KB235111

선 계 수 련　입 문 기

# 나에게로 돌아온 여정

선 계 수 련   입 문 기

# 나에게로 돌아온 여정

1판 1쇄 2015년 3월 23일 | 글쓴이 김태형 | 그린이 김승희
펴낸곳 수선재북스 | 펴낸이 김부연 | 기획팀 양임정 | 편집팀 나은희
마케팅팀 김부연, 박제영 | e콘텐츠팀 김대만 | 디자인 디자인나경

출판등록 2013년 12월 12일(제2013-000333호)
주소 서울특별시 강남구 봉은사로 114길 43 | 전화 070-4045-9454 팩스 02-6918-6789
홈페이지 www.ssjbooks.com | 이메일 ssjbooks@gmail.com

ⓒ 김태형, 김승희 2015
ISBN 979-11-952883-6-6 03810

이 도서의 국립중앙도서관 출판예정도서목록(CIP)은 서지정보유통지원시스템 홈페이지(http://seoji.
nl.go.kr)와 국가자료공동목록시스템(http://www.nl.go.kr/kolisnet)에서 이용하실 수 있습니다.
(CIP제어번호: CIP2015006746)

※ 저자와 협의하여 인지는 생략합니다.
※ 잘못된 책은 구입하신 서점에서 바꾸어 드립니다.

# 나에게로 돌아온 여정

김 태 형 지음

수선재

# 머리말

　여행을 좋아해서 다큐멘터리를 즐겨 보곤 했는데, 우주에 대한 프로를 접할 때마다 꼭 한번 가 보고 싶은 궁극의 여행지로 우주를 꿈꾸곤 했습니다.

　초등학생 때도 생뚱맞은 상상을 하곤 했는데, 길을 걷다가 비행기를 쳐다보고 있노라면 굼벵이 기듯 느리게 움직이는 모습이 이상해 보였습니다. 하늘 끝에서 반대쪽 끝으로 눈을 돌리면 세상을 눈 깜짝할 사이에 검색할 수 있는 데 반해 비행기는 소리만 컸지 제자리에 떠 있는 것처럼 보이는 겁니다.

　비행기가 아무리 빨라도 눈동자가 읽어내는 속도와는 비교조차 안 된다는 생각이 들었습니다. 밤하늘에 총총하게 떠 있는 별들도 마찬가지였습니다. 목을 90도로 돌리기만 하면 한순간에 은하수를 검색할 수 있으니까요.

 　　　　　　　　　　　나에게로 돌아온 여정

사람의 눈동자보다 더 빠른 것은 없겠다 싶었습니다.

10대 초반부터 엉뚱한 상상 속에서 살다가 명상 서적을 읽으면서 '사속'이라는 단어를 만났습니다. 내가 하고 있는 생각에 속도를 붙인다는 이론은 상상조차 못 했던 획기적 개념이었습니다. 생각에 속력을 붙여서 마음의 여행을 떠나면 어떤 느낌일지 경험해 보고 싶었습니다.

그러나 워낙 현실 세상과 동떨어진 이론인 탓에 가까운 쪽으로 마음을 빼앗겼습니다. 어딘가로 떠나는 것을 좋아하다 보니 장기 여행을 꿈꿔 왔고, 군 제대 일자를 잡아 놓은 듯 직장생활을 하다 보니 어느새 목표했던 퇴직의 시기가 찾아왔습니다.

퇴직하고 마음껏 여행을 다녀 보니 흥분도 되고 재미도 있었지만 가장 문제 되는 부분 중의 하나가 지루함이었습니다. 아무리 아름다운 풍경도 금방 싫증 나고, 왜 여행을 떠나 온 것인지 잊은 채 목적 없는 하루하루가 의미 없이 지나갑니다. 말초적인 재밌거리를 찾아 나서는 모습도 좋게 느껴지질 않았습니다.

그런 생각을 품어서였는지, 몇 개월간 해외 산행을 다녀오고 잠시 쉬는 사이에 호흡명상이라는 것을 접하게 됐습니다. 생각의 여행인지는 잘 모르겠지만 가끔은 감각을 초월하는 세계로 들어가기도 했고요. 그렇게 명상의 세계에 빠져 지내다 보니 퇴직 당시 1차 목표로 삼았던 장기 여행은 뒤안길로 묻혀 버렸습니다.

시간은 훌쩍 지나서 3년이 넘게 흘러갔고, 여행지에서 겪었던 감정의 추이와 명상을 하면서 느꼈던 것들을 간직하고 싶은 마음에 펜을 들게 되었습니다.

지극히 주관적일 수밖에 없는 글이지만 관심 있는 분들에게 조금이나마 도움이 되기를 바라면서 원고를 정리해 봅니다.

글을 쓸 수 있도록 그동안 저와 여정을 함께 해 주신 모든 분에게 감사의 말씀을 올립니다.

2015년 봄

김 태 형

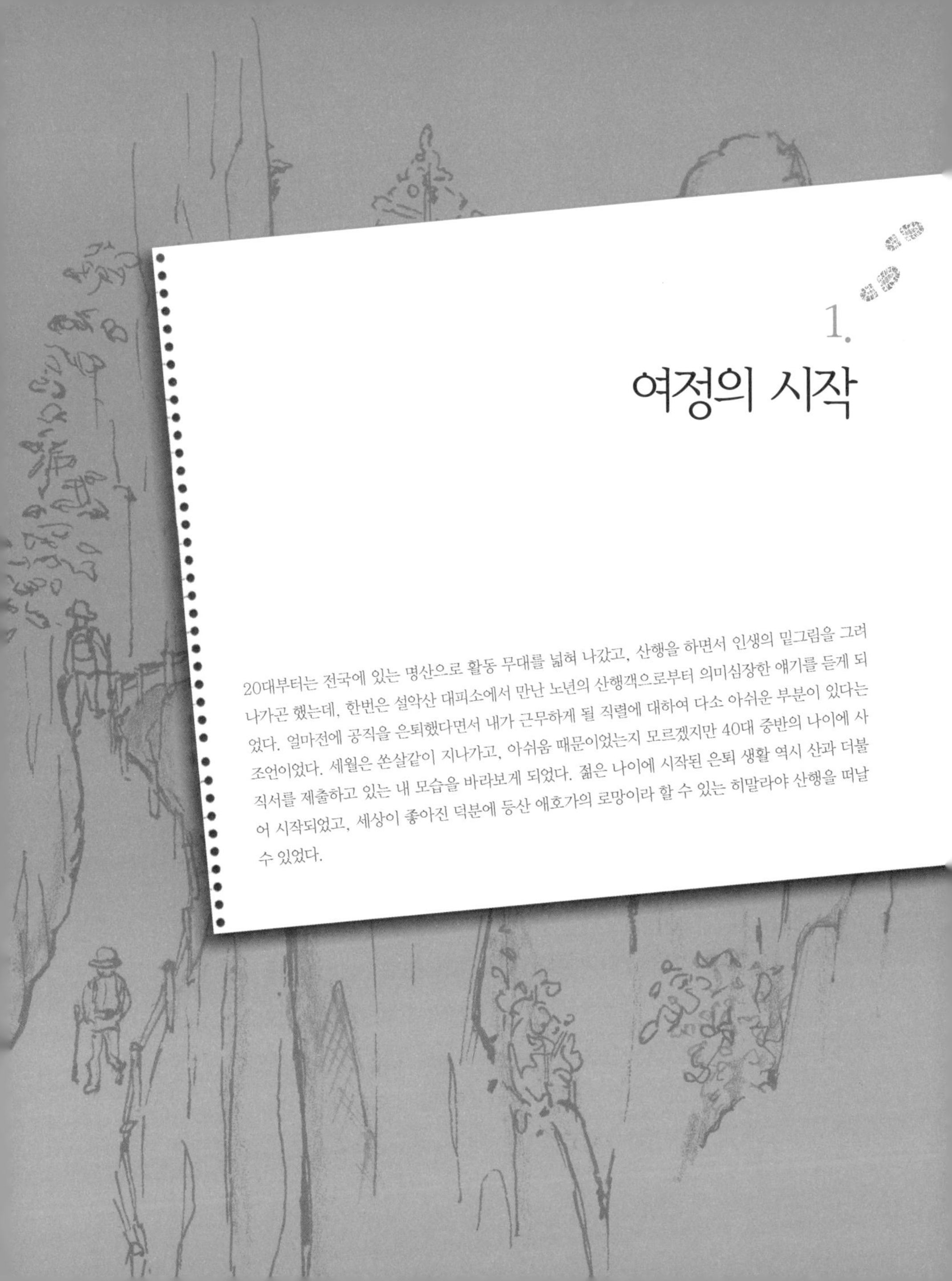

1.

# 여정의 시작

20대부터는 전국에 있는 명산으로 활동 무대를 넓혀 나갔고, 산행을 하면서 인생의 밑그림을 그려 나가곤 했는데, 한번은 설악산 대피소에서 만난 노년의 산행객으로부터 의미심장한 얘기를 듣게 되었다. 얼마전에 공직을 은퇴했다면서 내가 근무하게 될 직렬에 대하여 다소 아쉬운 부분이 있다는 조언이었다. 세월은 쏜살같이 지나가고, 아쉬움 때문이었는지 모르겠지만 40대 중반의 나이에 사직서를 제출하고 있는 내 모습을 바라보게 되었다. 젊은 나이에 시작된 은퇴 생활 역시 산과 더불어 시작되었고, 세상이 좋아진 덕분에 등산 애호가의 로망이라 할 수 있는 히말라야 산행을 떠날 수 있었다.

# 산행과 인생

산은 어린 시절부터 삶의 일부와도 같은 존재였다. 달동네에 살 때는 약수터까지 물지게를 지기도 하고, 땔감을 구하기 위해 동네 뒷산을 마당 삼아 지내곤 했다.

20대부터는 전국에 있는 명산으로 활동 무대를 넓혀 나갔고, 산행을 하면서 인생의 밑그림을 그려 나가곤 했는데, 한번은 설악산 대피소에서 만난 노년의 산행객으로부터 의미심장한 얘기를 듣게 되었다. 얼마전에 공직을 은퇴했다면서 내가 근무하게 될 직렬에 대하여 다소 아쉬운 부분이 있다는 조언이었다.

세월은 쏜살같이 지나가고, 아쉬움 때문이었는지 모르겠지만 40대 중반의 나이에 사직서를 제출하고 있는 내 모습을 바라보게 되었다.

젊은 나이에 시작된 은퇴 생활 역시 산과 더불어 시작되었고, 세상이 좋

 　　　　　　　　　　　　나에게로 돌아온 여정

아진 덕분에 등산 애호가의 로망이라 할 수 있는 히말라야 산행을 떠날 수 있었다.

그리고 잠시 귀국해서 쉬던 사이, 우연 같지 않은 우연으로 '명상'이라 불리는 세계를 배우던 차였다. 몇 개월간 명상에 심취해 있다 보니 어딘가로 떠나고 싶은 본능적인 산행 욕구가 치밀어 오르는 시점이었는데 마침 같이 명상 공부를 하던 동료가 중국으로 여행 가자고 제안을 해 왔다.

아들이 중국 유학을 시작했는데, 학교 환경을 확인하려고 북경에 들르는 김에 겸사겸사 여행을 하고 싶다면서 운을 띄운 것이다. 쉽지 않은 발걸음인데, 이왕이면 일정을 늘려서 중국 최고의 선경을 자랑하는 황산에도 가 보자고 내 쪽에서 새로운 제안을 했다.

돈이 문제였지 둘 다 시간적 여유가 있어서 생각을 실행에 옮기는 것은 일도 아니었다. 부랴부랴 비자 신청을 하고 보름 일정으로 항공권을 예약했다. 공항에 도착하자 늘 그렇듯 전 세계에서 모인 사람들이 한 가득이다. 표를 사려다 그간 여행을 제법 다녀서인지 조금 빠른 발권 창구로 갈 수 있는 자격이 생겼다는 것을 알았다.

줄을 오래 안 서서 좋기는 한데, 밀집해 서 있는 일반 발권 창구를 보니 미안한 마음도 생긴다. 항공사의 정책이 야비하단 생각이 들면서도 사회 시스템이 그러니 별 수 없었다.

입국 심사대를 나서자 달콤한 사탕이 또 기다리고 있다. 몇 차례 특별 대기실을 사용할 수 있다고 해서 들어갔더니 안락한 소파들이 놓여 있고, 한쪽에는 뷔페 식단까지 차려져 있다. 돈을 내야 하나 했는데 그냥 가서 먹으면 되는 모양이다. 접시 두 개를 비워 내고 포만감을 달래고 있을 때 탑승 안내 방송이 나온다.

두 시간도 안 걸리는 짧은 비행을 마치고 중국에 도착하니 뭔가 많이 변한 듯이 보였다. 전에 방문했을 때 머릿속에 박혀 있던 이미지와 180도 달라져 있었다. 예전에 한 번은 호도협이란 곳까지 패키지 산행을 했었고, 또 한 번은 퇴직을 앞두고 상해 일대를 관광했었다.

몇 년 되지도 않았건만 왜 그들의 생활상이 그때와 다르다고 느껴질까. 길게 생각할 것 없이 돈 때문이었다. 물가가 장난 아니게 올라 있었다. 패키지와는 달리 내 지갑에서 직접 돈을 꺼내어 쓰다 보니 중국과 한국의 물가 차이를 못 느끼겠다.

특히, 상해의 물가는 북경은 물론이고 한국보다 더 비싸게 느껴진다. 40~50평 되는 중심가 아파트는 50억을 호가하고, 상해 외곽의 40평대 민박집 아파트도 8억을 호가한다.

민박집 아줌마 말인즉, 10년 전만 해도 1억 원대면 살 수 있었다고 한다. 그때 집을 좀 사 놓지 그랬냐고 빈말을 해 보았더니 그 당시에는 먹고 죽을 돈도 없었다고 한다. 입에 풀칠할 모양새로 시작했던 민박 사업이었고, 이제 좀 자리를 잡아 가려는데 월세는 월세대로 오르고 환율이 급격히 오르는 바람에 운영이 어렵다면서 푸념한다.

북경에서 민박집을 운영하던 연변 아줌마도 이젠 한국에서 돈 벌던 세상

　•••　　　　　　　　　　　　　　　　　나에게로 돌아온 여정

은 물 건너갔다고 말한다. 같은 동포지만 대접도 못 받고, 고생해서 돈 벌어 봐야 환율 때문에 중국에서 버는 돈과 비슷하다고 한다.

# 세련된 인민들

50이 다 되어 가는 중년 남자 둘이서 배낭여행을 떠나왔기에 중국 현지 사정에 먹통이었다. 믿을 만한 사람은 민박집 사장님밖에 없었고, 북경에서 황산으로 가는 기차 편을 알아보기 위해 민박집 아줌마를 가이드 삼아 표를 알아보았다. 그러나 중국의 대명절인 노동절이 끼어 있어서 차편 구하기가 어려웠다.

어떻게든 해결될 것이라는 느긋한 마음으로 동료의 아들이 공부하고 있다는 학원에도 놀러 가고, 기차표 알아보면서 시간을 보내다 보니 북경 구경하는 것은 뒷전이고 민박집에서 수다 떨며 시간을 다 보내고 말았다. 천안문과 만리장성 같은 중국을 상징하는 유적들은 기억에 남지 않고, 오히려 민박집 아줌마와 함께 장 보던 풍경과 그의 절절한 삶의 이야기가 더 기억에 남는다.

    나에게로 돌아온 여정

어느 수필집에서 본 듯한 '여자 나이 50'이라는 말에서 느껴지는 정서가 아줌마의 삶을 고스란히 대변하는 것 같았다. 그는 어려서 몹쓸 병으로 아버지를 보내고, 수없이 많은 고난을 겪어 넘기며 살아왔다고 했다. 그러한 삶의 여정이 그의 표정과 주름 속에 고스란히 녹아 있었다.

그 와중에 내 나이 또래인 동생이 큰 말썽을 피워서 고향에 가야 한다고 하는데, 속이 다 뒤집어졌을 텐데도 얼굴은 웃는 상이다. 그런 성격 때문인지 웃음 근육이 얼굴에 낙인처럼 깊게 박혀 있었다.

다음날 주인아줌마가 활짝 웃는 얼굴로 동생 문제가 잘 해결되었다면서 아침을 차려 준다. 우리도 덩달아 신이 나서 같이 황산 가는 기차표를 끊으러 가는데, 문제가 해결돼서 마음이 들떴던지 동생에게 부쳐 줄 돈을 깜박 잊고 집에 놓고 왔다고 한다.

주머니에 있던 빳빳한 신권 3,000위안을 빌려 주었다. 똑같은 돈이지만 내가 지니고 있던 신권이 좋은 쪽으로 쓰인다는 생각에 기분이 흥겨워졌다. 그리고 민박집에 돌아와서 힘들게 벌었을 아줌마의 지갑 속에 있던 꼬깃꼬깃한 구권을 돌려받았다. 돈에서 풍기는 비릿한 냄새와 함께 주인아줌마의 삶의 애환이 느껴진다.

북경·황산 직행 표는 노동절 때문에 도저히 구할 수가 없었다. 그래서 우리 둘은 일정을 바꾸어 상해로 행선지를 변경하기로 했다. 그

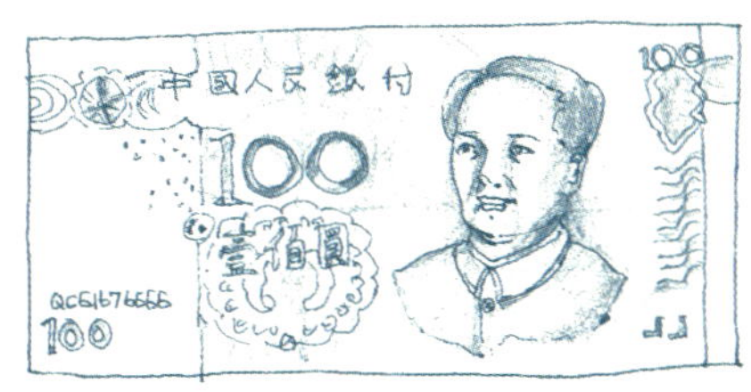

러나 북경에서 상해로 가는 밤 기차 역시 인기 구간인 듯했다. 간신히 표는 구했는데, 어쩔 수 없이 제일 비싼 좌석표를 끊게 되었다. 한 장당 무려 700위안이니 어지간한 항공권 가격이다.

기차 안으로 들어서자 2층 침대 두 개가 있고, 중국 아가씨 한 명이 우리 자리인 침대 아래 칸에 앉아 있다 자리를 비켜 준다. 말이 안 통하니 일단 자리를 깔고 앉아 과자봉지부터 뜯었다.

둘이서 열심히 과자를 먹고 있는데, 나머지 한 침대의 주인이 등장했다. 남자가 봐도 눈이 홀릴 만큼 훤칠한 키에 잘생긴 청년이었다. 청년과 아가씨는 처음엔 서로 어색한 표정이더니 어느새 눈이 맞아 복도에서 몇 시간을 조잘거리고 있다.

잠잘 시간도 되었고, 아가씨가 안경을 벗어서 밑에 탁자에 놓아두고 2층 침대로 올라가는데, 침대 위에서도 알아듣지 못할 중국말이 오고 간다. 설레는 분위기의 밤은 그렇게 지나가고 어느새 아침이다. 민박집에서 잘 때보다 더 편하게 잠들었다. 동료가 무슨 잠을 그렇게 오래 자느냐고 부러워한다. 그러면서 2층의 젊은 남녀는 벌써 일어나서 다정 모드로 들어갔다고 귀띔해 준다.

복도를 보니 두 사람은 어제와 똑같은 자세다. 아가씨는 복도에 마련된 좁은 의자에 앉아 있고, 남성은 옆에 기대어 선 채로 미소를 띤 채 낮은 목소리로 대화 중이다. 어제도 몇 시간 동안 계속 웃으면서 대화하더니 아침부터 신바람이 나 있다. 나까지 흥겨워지는 것이 그들 사이의 신선한 에너

    나에게로 돌아온 여정

지가 공기를 타고 전파되는 모양이다.

종점인 상해역에 도착하기 바로 전 역에서 사람들이 우르르 내리는데, 아가씨가 탁자 위에 올려놓은 안경을 두고 그냥 나가려고 했다. '글래시스' 하면서 챙겨 주니 화들짝 놀라면서 고맙다고 한다. 눈알을 두고 내릴 정도로 정신이 팔린 상태였다.

중국인 청년은 두고 볼수록 키도 크지, 덩치도 좋지, 얼굴은 A급 탤런트지, 내가 여자라도 반하는 것이 정상일 듯했다. 그들이 내리고 우리 둘이 외국인인 덕분에 중국인 선남선녀를 묶어 주는 데 큰 일조를 했다고 너스레를 떨며 자평했다.

어떤 여행기를 보면 그런 말이 있다. '인도는 인도다'. 그런데 '중국은 중국'이었다. 전철역에서부터 인민들 속에 끼어서 다녔다. 일사후퇴 때 인간장벽처럼 밀고 내려왔다는 그 인민들의 후손들이다. 상해 지하철 속에서 만난 이들은 70년대 교과서 속에서 만나 보았던 인민들이 아니었다. 패션의 첨단을 달리진 않지만 나름대로 옷차림이 세련된 느낌이다.

주요 전철 구간은 우리나라 출근 시간 신도림역을 복사해 놓은 듯 어마어마하게 붐볐다. 오랜만에 온몸이 찌그러드는 기묘한 감각을 체험했다. 명색이 대국이라면서 객차 폭은 서울의 그것보다 더 작은 것이, 부산지하철 정도 될 듯하다.

상해에선 지하철 갈아타던 기억밖에 없다. 가까운 항주까지 일일투어도 하곤 했는데, 기억에 남는 것이 별로 없다. 항주에 가서 가무쇼 한 번 본 기억, 상해에서는 서커스 본 기억, 그 다음 날에는 어딘가 물이 있는 고장에 가서 배 탄 기억, 그 정도다.

그렇다고 전철 타던 것만 기억나는 것은 아니다. 황산 가는 기차를 타는 날인데, 동료가 뜬금없이 예원에 가자고 한다. 상해 일일투어를 했기 때문에 또 갈 일이 없는데, 예원 부근에 시장 구경이나 하자고 한다. 뭐 누가 무슨 제안을 하든 나는 무조건 콜이다. 어차피 무언가 경험하고 체험하려고 왔는데, 굳이 시장 구경을 또 하자면 또 할 뿐이었다.

 　　　　　　　　　　　　　　　　　　　나에게로 돌아온 여정

# 짝퉁 시장

알고 보니 동료는 짝퉁 시장을 구경하려는 속셈이었다. 그다지 내키지는 않았지만, 구경이나 해 보자는 생각으로 조용히 따라 나섰다.

예원역에서 내려 상가 주변을 걷다가 다리도 아프고 해서 쉬려고 하는 참에 동료가 게튀김을 먹자고 했다. 중국 현지식은 입맛에 맞질 않아서 겁부터 났지만, 상대가 먼저 제안하니 그 역시 오케이였다. 가게에 들어가 게를 튀기는 모습을 보고 있자니, 벌써 짠 내음이 훅하고 풍기면서 특유의 향료 냄새가 비위를 상하게 한다. 그런데도 뭐가 좋은지 동료는 게튀김 한 접시와 만두를 샀다.

튀김옷을 살짝 뜯어 입에 넣자, 예상대로 짠맛이 강렬하게 혀를 자극하더니 묘한 향취가 내장을 자극했다. 냄새만 맡아도 배가 뒤틀리려고 해서 도저히 못 먹겠다 싶은데, 동료는 배가 고팠던 것인지 아니면 특색 있는 먹을

거리를 즐기려는 것인지 제법 맛나게 먹어 댔다.

옆에서 보고 있자니 나도 조금 배가 고파지기에 만두에 꽂혀 있던 빨대로 만두 속 육수를 반 모금 빨아 보았다. 순간 고기비린내가 훅 풍기면서 비위가 상한다. 바로 뱉어 버리고 물로 입안을 헹궜다. 그런데도 옆에서는 잘도 먹어 댄다.

그러거나 말거나 멀거니 앉아 지나가는 사람들을 구경하고 있는데, 아닌 게 아니라 짝퉁을 파는 아줌마들이 '시계', '시계' 하면서 다가온다. 그들을 따라가니 영화에서나 등장할 듯 낡고 좁다란 골목길이 등장하고, 허름한 가옥들 사잇길로 낡아빠진 문짝이 보인다.

조그마한 창고 같은 곳으로 안내하는데 안에 가방들이 멋지게 진열되어 있다. 둘러보다 보니 제법 예쁜 녀석이 눈에 띈다. 가죽도 보들보들한 것이 순간적으로 탐이 났다. 적당한 가격에 가방을 산 후 시계 쪽을 보니 그중 눈에 번쩍 띄는 멋진 녀석이 보였다.

급기야 시계도 사고 말았는데, 비록 불법이긴 하지만 짝퉁 사는 맛이 제법 짭짤했다. 마침 여행 떠나기 전에 인터넷 포털 사이트에서 중국산 짝퉁에 대한 기사를 읽었었는데, 단속 나온 명품회사 직원도 혀를 내두르며 헐값에 모조품을 사간다는 우스갯소리가 기억나기도 했다.

짝퉁을 산다는 것이 속으로는 좀 켕겼지만, 얼결에 불법을 저지르고 예원 거리를 걸어 나와 역으로 향했다. 그러나 나중에 귀국해서 조카에게 시계를 주었는데, 돈값 못하는 가짜라 그런지 얼마 안 가 망가져 버렸다고 한다. 가방은 그나마 생명력을 이어 가고 있지만, 국내산 가방도 그 정도 가격이면 괜찮은 제품이 많이 있을 텐데 괜한 짓을 했나 싶기도 하다.

황산 가는 기차는 느려 터졌다. 버스로 여섯 시간이면 간다는 거리를 열두 시간이나 가는 것이 이해가 안 갔는데, 다른 열차들에게 길을 비켜 주느라 수도 없이 정차하는 게 그 이유였다.

아침나절에 라디오 소리에 잠에서 깨어났다. 피곤해서 다시 잠들었는데도 비몽사몽 간에 커다란 라디오 소리가 온몸을 자극한다. 정신이 없을 정도로 시끄럽게 라디오를 틀어 놓았다. 누가 아침부터 시끄럽게 라디오를 틀어 놓고 있나 잠에서 깨어 주위를 둘러보자 중국 아줌마들이 수다 떠는 소리다.

동료도 시끄러워 죽겠다고 푸념한다. 그런데 얼굴이 죽상인 것이 배가 단단히 틀어진 모양이다. 어제 그 짜디짠 게튀김 한 접시를 다 비우더니 결국 탈이 나고 말았다. 그나마 응급처치가 필요할 정도의 심각한 상황은 아니어서 천만다행이었다.

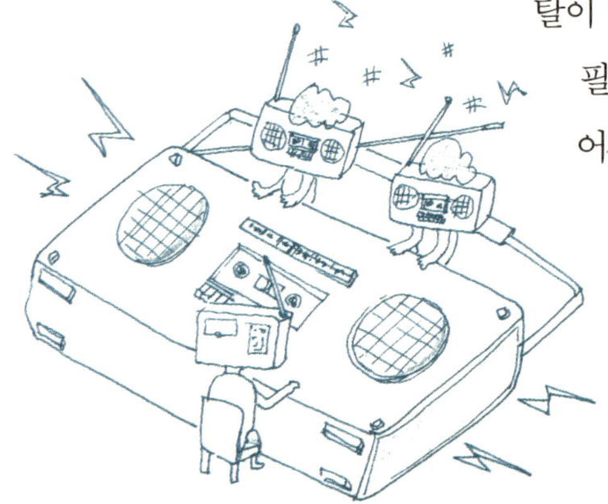

나중에 숙소 주인에게 들은 이야기인데, 중국 와서 게를 잘못 먹고 배탈이 나서 병원에 실려 간 여행객들을 몇 번 보았다며 그나마 다행이라고 한다. 어딜 가



나에게로 돌아온 여정

나 여행객은 몸조심을 해야 하는데, 가장 조심해야 할 것은 누가 뭐라고 해도 역시 음식물이다.

특히 물과 해산물은 더더욱 조심해야 한다. 네팔 산속에서 현지 물을 잘못 마시고 죽을 고생을 했던 여행 동료 생각이 났다. 만고의 진리는 어딜 가나 통용된다.

어렵사리 보름간의 여정에 마지막 지점인 황산에 도착했지만, 기대 반 걱정 반이었다. 산악지역의 특성상 제대로 된 풍경을 보는 것은 운이 따라 줘야 가능한 것인데, 숙소 주인이 요 며칠 동안 비가 와서 제때 잘 왔다고 한다.

수많은 중국인들이 대명절인 노동절을 맞이해서 황산을 찾았지만, 다들 장대비만 맞고 돌아갔다는 것이다. 애초 북경에서 황산 가는 침대칸을 못 구해 어쩔 수 없이 일정을 수정한 것이 새옹지마로 작용한 것이다.

# 황산 일출

　날씨가 좋을 것이란 부푼 마음으로 황산 산행은 시작되었고, 기대했던 것처럼 화창한 날씨는 아니었지만, 오히려 그 덕분에 연화봉 일대에서 멋진 구름바다를 감상할 수 있었다.

　오후로 접어들면서 날씨는 점점 더 화창해지고 노동절 연휴가 끝난 덕분에 등산로는 여유로운 편이었지만 한 가지 복병이 몸을 괴롭히며 건드려 왔다. 무거운 배낭을 짊어지고 바위계단을 몇 시간 걸었더니 무릎에 무리가 온 것이다. 쑤시는 무릎을 달래 가면서 숙소에 도착해 체크인을 하니 오후 두 시가 채 못 되었다.

　한숨 푹 자고 일어나니 다섯 시 가까운 시간인데, 옆에서 저녁을 먹자고 한다. 저녁이라 봐야 민박집에서 사온 10위안짜리 소형 컵라면과 중국산 소시지와 과자 나부랭이가 전부다. 식당에 내려가 간단한 단품 요리를 시키고 뜨거운 물을 받아서 라면을 먹으려 하자 식당 종업원이 뜨거운 물이 없다고 한다.

객실로 다시 올라가서 커피포트로 물을 끓여 컵라면 용기에 그득 부었다. 맛나게 라면을 흡입하고 중국산 소시지와 과자를 먹으니 몸에 힘이 솟는다. 라면 냄새가 배지 않도록 창문을 활짝 열어 놓고 서해대협곡으로 발길을 옮겼다.

부지런히 걸으니 인터넷에서 자주 접해 본 서해대협곡 특유의 입구가 눈에 보인다. 바위를 뚫어서 터널처럼 통로를 만들고 바위 사이에는 돌다리를 놓아서 산행객들을 아찔하게 만들어 주는 등산로 아닌 등산로다.

훈련병 시절 치수가 맞지 않는 군화를 신고 훈련을 받다가 무릎 관절이 망가진 적이 있는데 그 후유증이 지금까지 남아 있다. 연화봉을 넘어오면서 무릎이 삐걱거리는 신호를 보내왔는데, 대협곡 바위계단을 내려가려니 한쪽 무릎이 시큰거리는 것이 고문이 따로 없다.

올라가는 길은 내려올 때와 반대로 두 갈래 길 중에 우측길만 이용했다. 서해대협곡 전매특허인 바위를 깎아서 만든 돌계단 길이 인상적이었다. 거대한 바위산 둘레를 깎아서 나선형 계단을 만드는 발상이 중국적이다.

무릎 통증은 항상 내리막 계단이 문제지 오르막은 아쉬운 대로 견딜 만하다. 어두워지기 전에 부지런히 돌계단을 올라가다 보니 중간중간 등골이 저릴 정도의 까마득한 계곡이 아련하게 펼쳐져 있다.

서해대협곡의 절경을 맛보고 숙소로 돌아와 명상에 들자 여행하는 동안

느껴 보지 못했던 기운이 아랫배로 들어온다.

중국 본토를 열흘 동안 여행하는 내내 갑갑한 마음이었다. 한국에 있을 때와는 확연히 다른 것이 기운이 제대로 돌지 않는 것이다. 명상센터에 상주하던 지도 강사가 중국 가면 갑갑해서 어떡하느냐고 걱정했는데, 그 말이 뭔 소린가 중국에 와서야 이해가 되었다.

그런데 황산에 도착해 호흡명상에 들자 마치 전기가 흐르는 것 같은 자극과 함께 열기가 맴돌면서 기맥이 정상적으로 돌아가기 시작했다. 한국에서 수련할 때보다는 덜하지만 그래도 그 정도면 살 만한 수준이다.

보름간의 중국 여행이 거의 막바지에 이르러서인지 몸도 많이 피곤했고,

　　　　　　　　　　　　　　　　나에게로 돌아온 여정

명상을 마치자마자 푹신한 침구에 누워 바로 잠이 들었다. 알람 벨 소리에 깜짝 놀라 눈을 떠 보니, 새벽 네 시가 조금 넘었다. 새벽명상을 하려고 몸을 풀고 있는데 옆에서 멋진 일출 꿈을 꾸었다며 빨리 일출을 보러 나가자고 한다.

창을 열고 머리를 내밀어 보니 다 벗어진 머리 위로 빗방울이 후드득 떨어진다. 허탈한 마음에 호텔 문을 나서자 빗방울이 제법 내리친다. 발길을 돌려 객실로 올라가 비옷을 챙겨 입고 꼭두새벽에 산행에 나섰다.

거대한 황산 정상에 돌계단과 돌판이 깔려 있고 길 양측으로 허리춤까지 오는 가로등 비슷한 안내 불빛이 들어와 있다. 도심지 중앙인지 산꼭대기인지 가늠이 안 된다. 다행히 빗줄기는 잦아들고 일출을 보기 위해 중국인들이 제법 몰려 있다.

저 멀리 아득한 운해가 보이기는 한다. 가시거리는 매우 좋지만, 일출은 턱도 없다. 실망한 중국인들이 거의 다 내려가고 우리 둘은 아쉬운 마음에 한참 동안 하늘을 쳐다보다가 슬슬 숙소 방향으로 내려가기 시작했다.

그때였다. 동녘 하늘 한쪽으로 구름이 열리면서 찬란한 햇빛이 내리꽂히고 있었다. 동그란 모양으로 햇살이 빙글빙글 돌듯이 내려오는데, 빛깔이 정말 아름답다. 빨간 듯하면서도 노란빛이 녹아 있고, 주황빛이 돌면서도 진한 황금빛이 내리쬐는 것이, 마치 거대한 UFO의 바닥 문이 열리면서 빛줄기가 내려오는 듯하다.

남아 있던 두 명의 중국인과 우리 두 사람은 연신 환호하면서 사진기 셔

터를 정신없이 눌러 댔다. 보름간의 중국여행 중 가장 감격스러운 순간이었다.

날씨도 한몫을 톡톡히 했다. 첫날은 연화봉 정상에서 아득한 운해가 반겨 주더니, 둘째 날은 기묘한 일출과 함께 화창한 가을 날씨 같은 푸른 하늘을 안겨 주었다. 만약 비가 내렸다면 청계천 돌 바닥을 걷듯이 이틀 내내 돌계단만 밟고는 볼 일 다 보는 황당한 일이 벌어질 뻔하였다.

우리 둘은 마냥 신이 났다. 특히, 아침에 본 일출은 각별하게 다가왔다. 일출의 아름다움에 취한 채 한 시간 정도 재잘거리며 담소를 나누다 보니 광명정 근처까지 가 있었다. 숙소까지는 10분이면 갈 거리인데 한 시간 가까이 계단 길을 오르고 있었음에도 멋진 일출에 대한 이야기에 정신이 빠져서 엉뚱한 길로 빠져든 것이다.

그러나, 그 한 시간 가까운 시간도 체감 시간이 10분처럼 느껴질 정도로 신바람이 났다. 길을 돌려서 왔던 길을 내려서는데, 중국인 청년이 '안녕하세요' 하면서 인사한다. 처음엔 너무 발음이 좋아서 한국인이 아닌가 헷갈렸다. 그런데 연이어서 오던 중국인 아가씨가 높낮이가 있는 특유의 중국식 발음으로 '안녕하세요' 인사를 한다.

황산 정상께에서 상큼한 아침 공기와 함께 중국 젊은이들로부터 한국말로 아침 인사를 받으니 마음은 더 날아오른다. 짜릿한 재미가 몸과 마음을

   나에게로 돌아온 여정

휘감아 돌았다.

숙소에서 케이블카까지 가는 길에 펼쳐져 있는 풍경은 또 다른 맛으로 다가오는데, 전날 연화봉에서 느꼈던 웅장한 풍경과 서해대협곡의 아찔한 모습과는 전혀 다른 느낌이었다. 설악산의 느낌도 들고, 동포의 나라지만 한 번도 가 보지 못한 금강산의 아름다운 바위들이 그렇게 생기지 않았을까 싶은 멋진 암봉들이 줄줄이 늘어서 있다.

사진만 수백 컷은 찍은 모양이다. 다시 볼 일은 거의 없겠지만 사진 찍는 재미가 쏠쏠할 정도로 갖다 대는 구도마다 명작, 명품이 그대로 구현된다. 케이블카를 타고 내려오면서 보름간의 중국여행을 차분히 정리하는 와중에 서울 도봉산에 있는 오봉처럼 생긴 바위들이 나타났다. 동글동글한 바위들이 옹기종기 모여 있는 풍경을 보니 삼십 대 초반 암벽에 심취했던 때가 떠오른다.

# 암릉 산행

생활에 지쳐 있을 때 암릉 산행에 중독된 적이 있다. 산행 잡지에 나와 있는 멋진 바위 사진을 보고 있는데, 갑자기 가슴이 흥분되면서 그 위를 걸어 보고 싶은 마음이 들었다. 그리곤 무작정 북한산 바위 코스를 걷기 시작했다.

앞서 가는 한두 사람을 힘겹게 따라가는데 중간에 고난도 바위를 만났다. 바위를 끌어안고 땀을 흘리며 주춤거리고 있자 젊은 친구가 자기를 따라오라고 했다. 뒤로 돌아내려 가는 것은 상상도 못 할 지경이었다. 그래서 어쩔 수 없이 따라가기로 결정을 내렸는데, 그 길은 죽음의 경계선이었다.

온몸의 신경이 곤두서고 그 어떤 생각도 할 수가 없었다. 단 1cm만 발을 잘못 디디면 100m 아래 수직 낭떠러지로 굴러떨어지는 길들이 연이어 나타난다.

한고비를 넘기고 숨을 돌릴라치면 더 아찔한 코스가 기다리고 있다. 데드라인을 1cm 옆에 두고 암릉 산행을 하니 긴장조차 되질 않는다. 자칫 어설프게 긴장을 해서 근육이 불편해지게 되면 진짜로 떨어져 죽을 수가 있기 때문이다.

앞서 가는 길잡이 청년은 거침이 없다. 뭐라고 말도 못하겠고 나중에는 밧줄까지 타고 내려가란다. 그렇게 북한산 최고 봉우리인 백운대까지 올라가는 데 성공했고, 똑같이 생긴 정상임에도 그동안 보아왔던 산봉우리가 아니라 전혀 다른 산봉우리로 느껴졌다.

독특한 성취감이 마음을 흥분시켰고, 일반 계단 길로 올라와서 힘들다고 헉헉대는 사람들이 시시해 보이기도 했다. 그런데 코에서 무언가가 자꾸 흘

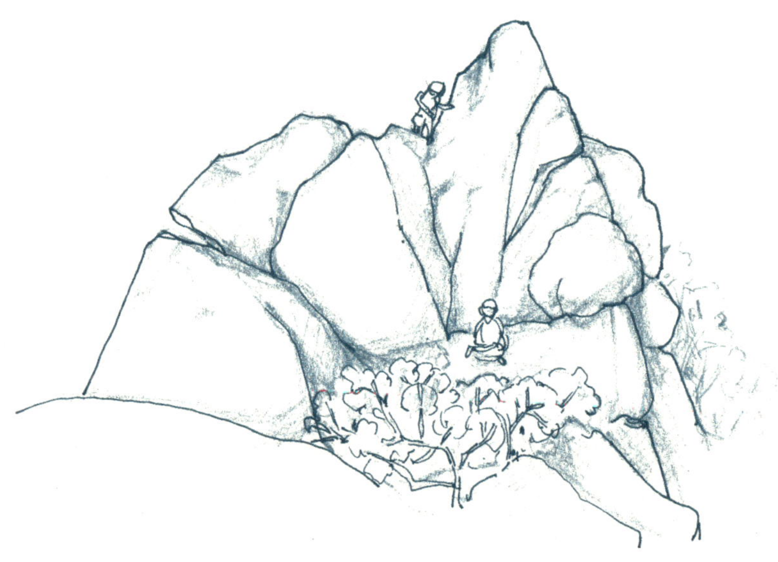

                                            나에게로 돌아온 여정

러나왔다. 줄줄 흘러내리는 것이 코피인가 하고 닦아 보니 콧물이다. 맑은 수돗물처럼 점성이 없는 콧물이 쉴 새 없이 흘러내린다.

처음에는 죽다 살아난 기분이었지만 그 짜릿한 전율을 잊지 못하고 암릉 산행에 중독되어 버렸다. 1년 넘도록 휴일만 되면 북한산 염초 암릉과 만경 대 암릉을 셀 수도 없이 돌아다녔다. 그러나 암릉 여행은 죽음으로 가는 시 간 여행이었다.

도봉산 칼바위를 바위꾼들과 함께 타고 나서 점심을 먹는 중이었다. 식 사자리 바로 옆에서 한 중년 남성이 암릉화도 신지 않은 채 바윗길을 내려 오다가 마지막 1m를 남겨 둔 곳에서 굴러 버렸다. 바로 내 옆으로 육중한 타격음을 내며 데굴데굴 굴러 내려가는데 너무 순간적인 상황이라서 손 써 볼 도리가 없다.

밑으로 몇 m 정도 더 구르다가 멈추기에 밥 먹다 말고 뛰어가 살펴보니 다행히 크게 다치지는 않았다. 그래도 얼굴이 조금 찢기고 다리도 접질리고 상태가 안 좋아 보여 구조헬기를 요청했다.

고막을 찢을 듯한 헬기 날개의 굉음과 함께 부상자를 실려 보내고, 그 이 후로 주위의 암벽 등반가들로부터 바위 타다 죽은 사람들 얘기를 들으며 바위와 인연을 끊어 버릴까 생각도 했었지만, 그러기엔 데드라인을 넘나들 며 즐기는 짜릿한 쾌감을 쉽게 떨쳐 버리기가 어려웠다.

그러다 심각한 상황들이 몇 차례 찾아오게 되었다. 직장동료에게 암릉의 짜릿함을 소개해 주었는데, 북한산에서 실족해 죽다 살아났다는 것이다. 천

나에게로 돌아온 여정

만 다행으로 바로 밑에 있던 등반객이 추락하는 몸을 붙잡아 주어서 명줄을 이어갈 수 있었다고 한다.

나 역시 북한산 일대에서 일행도 없이 혼자 암릉 산행을 하다가 홀더를 제대로 확보하지 못해 저승세계 코앞까지 갔던 적이 몇 번 있고 난 후, 이건 아닌 것 같다는 경각심이 들었다.

그리고 마침내 바윗길을 끊어 버렸다. 10년이 넘도록 바위하곤 남이 되었던 것인데, 오랜만에 그것도 이국땅 황산에서 도봉산 오봉처럼 생긴 올망졸망한 녀석들을 보고 있노라니 바위를 타면서 죽음과 맞닥뜨렸던 순간들이 떠오르며 만감이 교차한다.

암벽 끝자락에서 생사의 경계선에 서 있다 보면 죽는다는 것에 대해 억울한 마음은 일지 않았다. 나 스스로 선택한 바위산행이기 때문이다.

어릴 때도 마찬가지였다. 한강에서 물놀이하다가 죽다 살아나고, 낭떠러지에서 추락해 기절하는 등 사망 일보 직전까지 갔던 적이 몇 번 있었지만 삶에 대한 미련은 별로 없었다. 그런 위험한 행동을 한 자신에 대한 후회와 죽음을 눈앞에 둔 두려움의 감정뿐이었다.

그토록 위험한 바위산행을 즐겼던 것은 역설적이긴 하지만 어린 시절에 느꼈던 무서움의 감정을 계속 탐닉하고 싶어서였을 수도 있다. 그래서인지 모르겠는데, 대학 동기와 대화하던 중 장래 꿈이 뭐냐고 묻기에, 잠시 생각하다가 '죽음'이라고 대답한 적이 있었다. 당시 서울시 일선 구청에서 공직 생활을 하던 사회 초년병 시절이었는데, 무엇이 되겠나는 열망도 없었고, 그 냥저냥 살아가는 생이었다.

그 이후로 직장을 몇 번 옮겨 다니다가 결정적인 삶의 침체기를 맞이했 다. 주식에 중독되어 모든 경제생활이 망가지게 되면서, 친구에게 말했던 것 처럼 죽음의 세계에 대해 또 한 번 생각해 보게 되었다.

돌이켜보면 밧줄도 없이 무모하게 암벽을 타는 행동과 투기하듯 주식에 중독되었던 행동이 다를 바가 없었다. 벼랑 끝에서 떠밀리는 듯한 극한의 두려움과 무서움의 에너지를 주식을 통해 계속 제공받아 왔던 것이다. 그러 한 중독증의 원천은 두말할 필요 없이 '돈'이었다.

　　　　　　　　　　　　　　　　　　　　나에게로 돌아온 여정

# '알바' 공무원

그놈의 돈이라는 것을 벌어 보고 싶어서 고등학교를 졸업하고 구로공단이라는 공장 지역을 가 보게 되었다. 지금은 가산디지털단지로 변신을 했지만 80년대 중반에는 빨간 벽돌로 지은 단층 짜리 공장건물이 즐비한 수출공신 지역이었다.

그곳에서 단순노동의 극치를 경험하고 나서 학교에 입학하고, 어찌 어찌 군대를 제대하고, 딱히 다른 할 일도 없는 처지였기에 복학을 했다. 공부는 별 재미도 없고, 야간학교라서 낮에 남는 시간을 보내려고 아르바이트를 해 봤지만 용돈 벌이도 안 됐다. 그러다가 문득 공무원이 머릿속을 스치고 지나갔다.

대학에 떨어지고, 재수할 당시, 노량진 일대는 재수생들 텃밭이었다. 숱하게 많은 학원이 있고, 매월 과목별로 수강 신청을 받는 단과 학원이 많았다.

유능하다고 소문난 강좌는 신청서 접수하는 당일 마감되는 경우가 허다했고, 심하게 인기 있는 강사는 전날 밤부터 잠도 제대로 못 잔 채 진을 치고 앉아 줄을 서야 했다.

간신히 수강 신청서를 확보한다 하더라도 거대한 강의실에 수백 명이 콩나물시루처럼 앉아서 필기하기 정신없던 시절이었다. 그런 것이 싫어서 다른 학원을 물색하다가 눈에 띈 것이 공무원 학원이었다.

86년 당시 공무원 학원은 아마 서울에 몇 곳 없었던 것으로 기억한다. 공무원 학원에 등록했더니, 확실히 재수 학원과는 분위기가 달랐다. 나이 든 사람들이 많고 한 강의실에 500명씩 들어차는 분위기는 아니어서 강의 듣기에 훨씬 편했다.

그런데 복도에서 수강생들 간의 대화를 듣다가 놀라운 현실을 알게 되었다. 상당수 수강생이 대학 졸업생이거나 대학에 재학 중인 사람들이라는 것이었다. 왜 대학생들이 말단 9급 공무원 준비에 지원할까? 그때만 해도 대학생이라면 당연히 고시를 준비하는 것이 맞는다고 생각했고, 실제로 당시 9급 공무원들은 고졸 출신이 절반이 넘을 정도로 높은 비율을 차지하고 있었다.

그때의 기억이 떠오르면서 나도 대학생이지만 9급 공무원을 준비해도 별하자는 없지 않을까 하는 데까지 생각이 미쳤다. 보수가 괜찮은 아르바이트는 자리가 나는 즉시 마감되곤 했기 때문에, 경쟁이 치열한 아르바이트에 매달리느니 공무원이나 한번 해 보자는 가벼운 마음으로 공부를 시작했다.

　　　　　　　　　　　　　　　　　　나에게로 돌아온 여정

당시 서울시에서는 9급 건축공무원을 무려 100여 명이나 요구했고, 경쟁률은 별 의미 없이 과락만 면하면 합격하는 분위기였다. 최종 면접까지 통과는 했지만, 아르바이트나 하자고 시작한 직장이어서 그렇게 기쁘단 생각은 없었다.

실제 당시의 건축 열기는 끝물이긴 하지만 대단했다. 그런 곳에 지원하지 않고 박봉의 공무원에 지원하는 것이 비정상적으로 보일 수 있었다. 그래서인가. 면접관이 대학을 졸업하고 앞으로 월급 많이 받는 좋은 건설회사에 들어갈 기회가 많을 텐데 왜 말단 공무원 취업을 택했는지 대놓고 묻는다.

아르바이트 자리 구하기가 어려워 응시했다고 답할 수는 없는 노릇이라, 장기적으로는 공직도 괜찮지 않겠나 하는 생각에 들어왔다고 답했다. 지금의 시대상을 돌아보면 당시의 답변이 틀리지는 않았던 것 같다.

서울시에서 처음으로 제대로 된 직장이란 것을 붙잡고 근무하고 있는데 점점 싫증이 났다. 20대 초반의 젊은 나이 때문이었는지, 워낙에 떠돌이 근성이 있어서인지, 학업을 핑계 삼아 과감하게 사표를 던졌다.

그러나 실질적인 이유는 돈이었다. 월급이 너무 코딱지만 했다. 91년도 평균 월급이 30여만 원, 연봉이 386 컴퓨터 한 대 값이었다. 건설 회사 초봉이 100만 원이 훨씬 넘는 시대인데, 적어도 너무 적었다. 현장 잡부로만 나가도 하루에 5만 원을 벌던 시기였는데, 2년도 못 채우고 아주 쉽게 사표를 던졌다.

들어올 당시 너무 쉽게 들어왔기에 나갈 때도 큰 미련은 없었다. 그런데 퇴직하고 보니 멍한 것이, 생각과 많이 달랐다. 낮에는 무엇인가에 속해 있다는 소속감이 있었는데, 그 소속감에서 떨어져 나오자 불과 며칠이 지나지 않았음에도 엄청난 허전함이 몸을 짓눌렀고, 급속도로 늙어 간다는 느낌까지 들었다.

정신을 차리고 어렵사리 기사자격증을 취득하고 건설회사에 취업해 현장에 투입되었는데, 월급은 많았지만 또 싫증이다. 앞날이 너무 훤하게 보인다. 이번엔 야간에 현장 숙소에서 다시 공직을 준비했는데, 운이 좋았던지 쉽게 일이 풀렸다. 서울의 건축 열기가 경기도로 옮겨붙어서 건축 직렬을 많이 선발하던 추세였고, 역시나 별 어려움 없이 쉽게 합격했다.

그리곤 남는 시간을 이용해 7급 공무원을 준비했다. 경쟁률이 엄청나서 혹여나 했지만 당연히 떨어졌고, 그해 두 번째 시험인 국가직 건축직을 준

    나에게로 돌아온 여정

비했다. 무려 20명이나 정원이 나왔다. 다른 때에는 항상 다섯 명씩만 뽑더니 급작스럽게 인원수가 늘었다. 20명이면 도전해 볼 만했다.

도서관에서 살다시피 지내다 보니 중간등수로 합격할 수 있었다. 평소대로 다섯 명을 선발했다면 당연히 낙방했을 것이다. 사주를 업으로 하시던 아버지는 날 보고 관운이 어느 정도 있다고 말씀하시곤 했는데, 그런 것이 관운인 모양이었다.

학창 시절 지지리도 공부를 못해서 턱걸이로 연합고사를 통과하고, 대학교도 간당간당하게 들어갔는데, 어째 공무원은 그리 쉽게 들어갈 수 있었는지 신기한 일이다. 어찌 되었건 내가 마음먹은 대로 시험을 볼 때마다 합격했으니 운이 좋긴 좋았던 셈이다.

그러나, 한참 후에 퇴직하고, 명상 공부를 하면서 들은 이야긴데, 내 사주에 심한 상관격이 있다고 한다. 조직 질서에 얽매여 있거나 간섭받는 것을 싫어하는 사주라고 하는데, 다른 사주 전문가 한 사람은 어떻게 공무원 생활을 20년이나 했느냐며 놀랄 정도였다.

그래서였나. 공직에 있는 내내 성격을 건드리는 사람들하고 충돌이 잦았다. 까다로운 민원인들이야 두말할 필요가 없다. 배알이 꼬이면 시장이나 의원들하고도 충돌하곤 했으니, 내 덕에 동료직원들이 골치깨나 아팠을 것이다.

잘난 성질 덕에 조금 특수한 케이스로 부처 이동을 해서 제법 긴 세월을 한 곳에서 보낼 수 있었다. 처음 갈 때부터 순리로 갔다는 생각이 안 들면

서 마음이 무거웠고, 그러다 보니 인사이동 첫날부터 언젠가는 떠나야겠다
는 막연한 생각을 지니고 있었다.

그 첫날 먹었던 마음을 결국 실행에 옮기게 되었으니, 그 결과가 좋고 나
쁨을 떠나서, 마음이라는 것은 함부로 먹을 것도, 또 함부로 다짐할 것도 아
닌가 보다.

# 저승 세계 문턱에서

직장을 옮기고 정착해 가는 도중에도 이상하게 죽음이라는 단어는 계속해서 내 주위를 서성거렸다. 전에 근무하던 곳에서도 여러 명의 끔찍한 죽음의 현장을 본 적이 있었는데, 새로운 곳에서도 공사 업무를 하게 되면서 너무 참혹한 죽음을 목격하곤 했다.

그러나 나는 주위에서 사람들이 죽는 것을 직접 보고도 딱히 별생각이 없었다. 그저 남의 일처럼 감정을 다독이며 업무의 연장선 위에서 주변 상황을 처리하곤 했는데, 하늘에서 그런 내 모습을 꾸짖으려고 그랬던가. 직원 단체연수에 참석해서 교육을 받다가 죽음으로 가는 솔로 여행을 체험해 보게 되었다.

단체 교육 프로그램 중에 래프팅을 하는 중이었다. 멤버들과 함께 무거운 고무보트를 운반해서 강에 띄운 후 신 나게 노를 저으며 떠내려가는데,

첫 번째 급류에서 암초에 걸리더니 물의 압력을 못 이기고 수직으로 보트
가 일어섰다. 나를 포함해서 보트에 있던 여섯 명의 멤버 전원이 바로 물속
에 처박혔지만, 구명복 덕분에 얼마 안 되어 바로 떠올라서 별문제는 없는
듯 보였다.

　다른 멤버들은 열심히 수영해서 물가로 피신하고 있었지만 수영을 못하는
나는 허우적대다가 물살에 몸이 떠밀려 가기 시작했다. 두 번째 급류에 가까
이 가자 몸에 속도가 붙으면서 덜컥 겁이 났다. 겁에 질리면 위험해질 수 있
으므로 애써 태연한 마음을 먹어 보지만 몸뚱이는 내 마음과 상관없이 물속
으로 곤두박질해 버렸다. 물을 먹지는 않았지만 예감이 좋지 않았다.

　　　　　　　　　　　　　　　　　　　　나에게로 돌아온 여정

뒤를 보니 아무도 안 보이고 앞에는 저 멀리 급류가 보였다. 정신없이 손과 발을 휘젓지만, 제자리에서 사지만 휘젓고 있는 모양새였다. 힘이 몽땅 빠지는 와중에, 세 번째 급류에 다가갈수록 몸뚱이에 점점 속도가 붙었다.

세 번째 급류에는 큰 바위가 있어서, 양팔로 그것을 붙들어 보려 했지만 물살의 강한 힘 때문에 그대로 팅겨져나가고 말았다. 그리곤 여지없이 미끄럼을 타면서 물속에 처박히는데, 이번엔 많이 달랐다. 물 위로 떠오르는 시간이 좀 오래 걸리는 기분이 들었다. 그날따라 래프팅하기 전날부터 비가 많이 내려 물살이 강하고 수량도 많은 것이 더 문제였던가 보다.

기분상으로 몇 분은 잠수해 있었던 것 같은 막막한 시간이 흐른 뒤 물 위로 솟구쳤는데, 호흡하기 어려운 이상증세가 나타났다. 코로는 아예 숨이 쉬어지질 않았고, 입으로 아무리 세게 쉬어도 허파가 갑갑해져 왔다. 나중에 뒤에서 래프팅 하던 동료직원들에게 들은 이야긴데, 안전모를 쓴 머리가 쑥 들어가더니 한참을 지나도 나오지 않아서 많은 걱정을 했다고 한다. 실제로 오랜 시간 물속에 있었던 것이다.

이제 괜찮겠지 싶었으나 그게 끝이 아니었다. 순간 눈앞에 또 하나의 급류가 보이는데, 그 전에 빠져나가려고 필사적으로 손을 허우적대도 역시나 몸뚱이는 그 자리 그대로다. 물을 조금 먹었는지도 모르겠다. 가쁜 호흡으로 열심히 사지를 휘저으며 저항해 보지만 여지없이 물살에 말려들면서 몸에 속도가 붙는다. 그리고 그 속도감이 너무도 두려웠다.

아무 생각 없었다. 저항한다고 물 위로 몸이 날아가는 것이 아니라는 것을 알았고, 급류를 있는 그대로 맞이했는데, 숨을 어느 시점에 멈춰야 하는 지도 잘 모르겠고 여지없이 물속 깊숙이 처박혔나.

그때 느낌이 왔다. '사람이 이렇게 죽는구나!'

막막한 시간이 흐르고, 물속에서 하늘을 쳐다보게 되었다. 비가 조금씩 내리는 정도로 구름이 제법 꾸물거렸음에도 하늘이 유별나게 파랗게 보였고, 신비할 정도로 아름다운 색채를 띠고 있었다.

비록 죽기 일보 직전에 있었지만 저 위로 하늘이 있다는 것을 확인하면서 편안한 감정이 생겨났다. 얄궂은 생을 마감하고 하늘로 돌아간다는 생각이 들면서 기분이 좋아졌다.

삶에 대한 미련이라든가 아쉬움 같은 것은 하나도 안 떠올랐다. 너무 짧은 시간이어서일 수도 있겠지만 어쩐지 마냥 행복하기만 했다. 급류에서 속도감이 붙을 때 느꼈던 공포와 초조함과 두려움은 먼 세상 이야기였다.

그러나, 그 짧은 행복의 시간이 끝나면서 보호복의 막강한 부력 때문에 다시 물 위로 떠올랐다. 태아가 엄마 뱃속에서 빠져나오는 순간이 그런 기분이 아닐까 싶다. 물 위로 겨우 비집고 목을 내미는 순간 푸르고 아름답던 하늘은 사라지고 눈앞에는 먹먹한 강물과 잔뜩 찌푸린 구름만 보였다. 입으로 헉헉거리며 숨을 쉬다 보니 온몸에 힘이 쭉 빠지는데, 저 멀리에 또 하나의 급류가 나타났다.

다섯 번째 급류는 정신만 바짝 차리면 한 번 정도는 더 버틸 수도 있겠지 싶었다. 어차피 죽지 않고 떠올랐는데, 이왕이면 살아야겠다는 생각이 들면

     나에게로 돌아온 여정

서, 마지막 힘을 다해 몸부림쳐 볼 것인가, 아니면 조금이나마 남은 체력을 비축했다가 급류에서 버텨 볼 것인가 고민했다.

그렇게 갈등하고 있는 와중에 옆으로 배가 보인다. 동료 직원들에게 들어 올려져 보트 위에 앉으니 헛웃음만 나왔다. 보트 선장은 물가로 가서 잠시 쉬더니 담배 한 개비를 피워 문다. 표정을 보니 나보다 그 친구가 더 겁이 났던 모양이다. 직원들 얘기론 나를 건지려고 정신없이 노를 저어서 내려왔다고 한다.

틀림없이 저 세상 입구까지 간 듯했는데, 무거운 느낌은 전혀 들지 않았다. 어릴 적에 죽음의 문턱에 갔을 때는 너무나 두렵고 무서웠었다. 어떻게든 살아나려고 본능적으로 움직이며 난리를 쳤었는데, 왜 '진짜' 저 세상 문턱에서 편안한 마음으로 변하게 된 것일까.

마지막 급류를 향해 가는 동안 물살의 속도감 속에서 죽음과 조우할 확률이 높아졌음을 직감하고 마음의 준비를 미리 했기 때문에 편안한 상태가 되었을 수도 있다.

어쨌든 그렇게 물에 빠져 허우적대다가

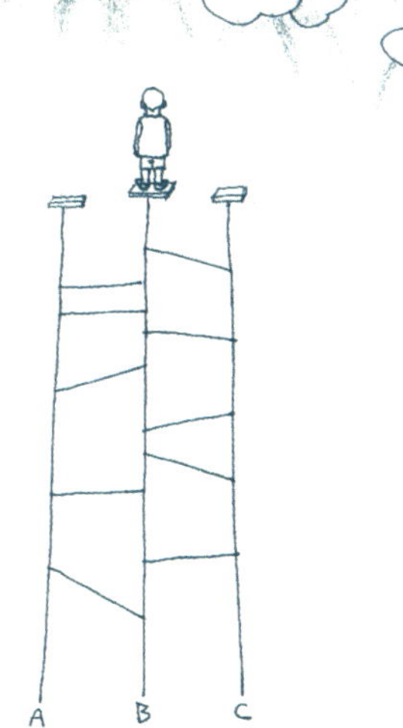

죽는 것은 싫었다. 휴일에 배낭 하나 들쳐 메고 가고 싶은 산을 골라 유유히 길을 걷듯, 저 세상에도 내가 떠나고 싶을 때 꽃구경 가듯 휘적휘적 돌아가고 싶었다. 강물 속에서 보았던 하늘 가는 길이 어디에 있는지.

   나에게로 돌아온 여정

# 부러진 등산 스틱

차근차근 계획된 퇴직이었다.

한 해 두 해 시간이 흐를수록 공직의 주가가 상승하기 시작했는데, 영특한 젊은이들이 줄을 서서 말단 공무원이 되겠다고 자원하고 있었다. 아무리 일자리가 부족하다 하더라도 공직에 들어오려고 몇 년씩 목을 매고 있는 현실이 씁쓸했다.

일반 기업과 달리 공직은 20년 정도 근무하게 되면 어떤 면에서는 풍요의 시기일 수도 있다. 박봉에 고생하고 나서 소위 철밥통이라고 하듯 안정적으로 생활하면서 호봉수도 올라 봉급도 점점 여유 있어지는 시기다. 그러나 특유의 성격 때문인지, 앞으로 펼쳐질 공직 인생이 너무 뻔해 보였고, 일부러 퇴직할 이유를 갖다 붙이기 시작했다. 팔자 좋은 갑갑함이 온몸을 근질거리게 하였고, 그 가려움을 어떻게 해서든 긁어서 해소해야만 했다.

개인적으로 의미 깊은 날이 된, 2011년 3월 11일, 그 날은 10여 년 전부터 고민하고 고뇌해 오던 결단을 실행한 날이었는데, 인사부서에 명예퇴직서를 제출하고 사무실을 나서자마자 영화에서나 보던 어마어마한 광경이 텔레비전에서 방영되고 있었다. 소름이 끼칠 정도로 끔찍한 쓰나미가 일본을 강타했다. 명퇴서를 제출하고 나서 불과 몇 분 사이에 그런 대 재난이 발생할 줄이야. 묘한 느낌에 휩싸이면서 감정이 훅 일어났다.

스스로 밥줄을 끊는 행위를 한 것이었는데, 그 처참한 쓰나미 현장을 보면서 감정이입이 되었던 듯하다. 눈물도 나지 않았다. 발붙이고 있는 지구라는 땅에서 그렇게 황망히 수많은 사람이 죽어 가는데 내 눈과 귀엔 주식 시세판이 제일 중요했다.

쓰나미 사태로 주식시장이 어떻게 돌아가는지 확인하고, 소유하고 있던 주식엔 문제가 없는지 인터넷을 검색하면서, '일본 반도체가 망가질 텐데 반도체 주식이나 사 놓을걸' 하고 아쉬워도 했다. 그러다가 잠깐이지만 명색이 사람이랍시고 그런 식으로 생각한 것에 대하여 일말의 죄책감 같은 것이 일었다.

왜 사람들이 저렇게 허무하게 몰살을 당하나.

언제 저 세상으로 돌아갈지도 모른 채 삼시 세끼 밥 먹고, 뒤로 열심히 싸고, 사람이 살아도 사는 것이 아니란 생각이 들었다. 보통의 평범한 사람들처럼 결혼해서 자식이라도 키우면 그 자체가 생활의 목적일 수도 있겠지만 그렇지도 못한 현실 아래에서 핵폭탄 같은 돌파구가 필요했다.

 나에게로 돌아온 여정

　명퇴서를 제출하고도 이런저런 절차를 거치다 보니 두어 달의 시일이 흐른 뒤에 공직의 옷을 벗을 수 있었다. 퇴직 이후에도 쉬는 시간을 만들지 않도록 관리에 들어갔다. 자진해서 만든 상황이긴 하지만 이미 20년 전에 백수라는 뼈아픈 경험을 해 보았기 때문에 철저한 스케줄 관리로 생활의 리듬을 찾아야 했다.

유일한 절친이 산이었기에 장마철임에도 불구하고 1차 목표한 바대로 백두대간부터 찾아 나섰다. 대간 첫날부터 지리산 천왕봉을 오르며, 비바람을 친구 삼아 장기 산행을 시작했다. 장터목산장에 도착해 짐을 푸는데 그날따라 일본인 단체관광객이 몰리는 바람에 한적해야 할 시기임에도 불구하고 자그마한 산장이 북적거렸다.

산장지기 말인즉, 일본인 여성 최초로 에베레스트를 등정했던 할머니를 따라서 그녀를 추종하는 일본인 아줌마들이 단체로 지리산 종주등반에 나선 것이라 한다. 에베레스트는 막연히 언젠가 꼭 한 번 먼발치에서라도 가보고 싶었던 거산이었다. 그러나 정상도 아니고 일반인들 다 가는 트레킹 코스를 다녀오면서 죽을 고생을 하게 될 줄이야 당시에는 꿈에도 생각하지 못했다.

그날은 퇴직 후 백두대간을 시작하는 첫날이었고, 대간의 끝점을 밟고서 종주를 시작하려는 마음과 이왕이면 찬란한 천왕봉 일출을 보았으면 하는 욕심에 새벽 네 시에 기상하여 부지런히 짐을 챙겼다.

안개가 자욱했지만, 혹시나 하는 마음에 길을 나섰고 열심히 천왕봉을 향해 올라갔다. 그러나 얼마 안 있어 태풍급의 비바람이 몰아치기 시작했고, 비옷으로 중무장했음에도 옷 틈 사이로 빗발이 몰아치며 속옷까지 흠뻑 젖어들었다.

정상에서는 시야 확보가 안 되어 몇 m 앞도 분간하기 어려울 정도여서 여차하는 순간 천왕봉을 지나칠 뻔했다. 엄청난 바람에 몸이 휘청이면서

　　　　　　　　　　　　　　　　　　나에게로 돌아온 여정

큰 사고가 날 뻔했는데, 비는 내리는 수준이 아니라 위로 올려치면서 물줄기를 뿌려대고 있었다.

첫날부터 거센 빗줄기로 호되게 신고식을 치르고, 미리 준비해 두었던 방수 지도를 펼쳐 들고 백두대간을 따라 열심히 산행을 했지만 몸은 슬슬 지쳐갔다. 일주일에 한 번은 집에 올라가서 행동식과 기타 산행 준비를 하고 남원으로 내려와 대간을 뛰는데, 생각보다 힘이 들었다.

배낭의 무게도 무시할 수 없지만, 산속에서 텐트를 치고 자는 것도 하루 이틀이지, 맛없는 행동식과 생식을 하는 원시생활이 이어지고, 장마철이라서 비는 계속 퍼붓고, 산행이 아니라 극기훈련을 받는 기분이다.

그런 종류의 고생은 예상했던 정도였으나 길을 걷는 것 자체가 어려움으로 다가오리라는 것은 전혀 예상치 못했던 복병이었다. 대간 길이 나 있긴 하지만 30% 이상의 길이 초목으로 뒤덮여 있었던 것이다. 그 초목을 스틱으로 쳐내면서 걷는 것이 곤욕이었다. 행복하고 즐거워야 할 걷는 행위 그 자체가 짜증으로 변하고 말았다.

가끔은 길을 잃어 몇 시간씩 엉뚱한 곳을 헤매기도 하고, 어떨 때는 내 인기척에 놀란 멧돼지가 괴성을 지르며 도망치는 소리가 바로 지척에서 귀를 갉아내듯 들리기도 했다.

장마철이라고 툭하면 폭우까지 뿌려 대니 야영할 곳은 마땅치 않고, 평소 다니던 유명한 명산들을 생각하고 떠났던 길이었는데 말 그대로 고생길이었다. 나중에는 급경사 길에서 스틱이 부러져 두어 바퀴 굴렀는데, 다행히

자그마한 나무등치에 엉덩이가 걸리면서 급경사를 구르는 큰 사고는 면할
수 있었다.

험악하게 시작된 백두대간 종주는 결국 10%도 진행하지 못한 채 중단되
었다. 애초 계획대로라면 대간도 종주하고 해외 명산도 등정하면서 목표했
던 제2의 인생을 살아야 했다. 그러나 인생 후반부는 이미 내 의지와는 전
혀 다른 양상으로 흘러가고 있었다.

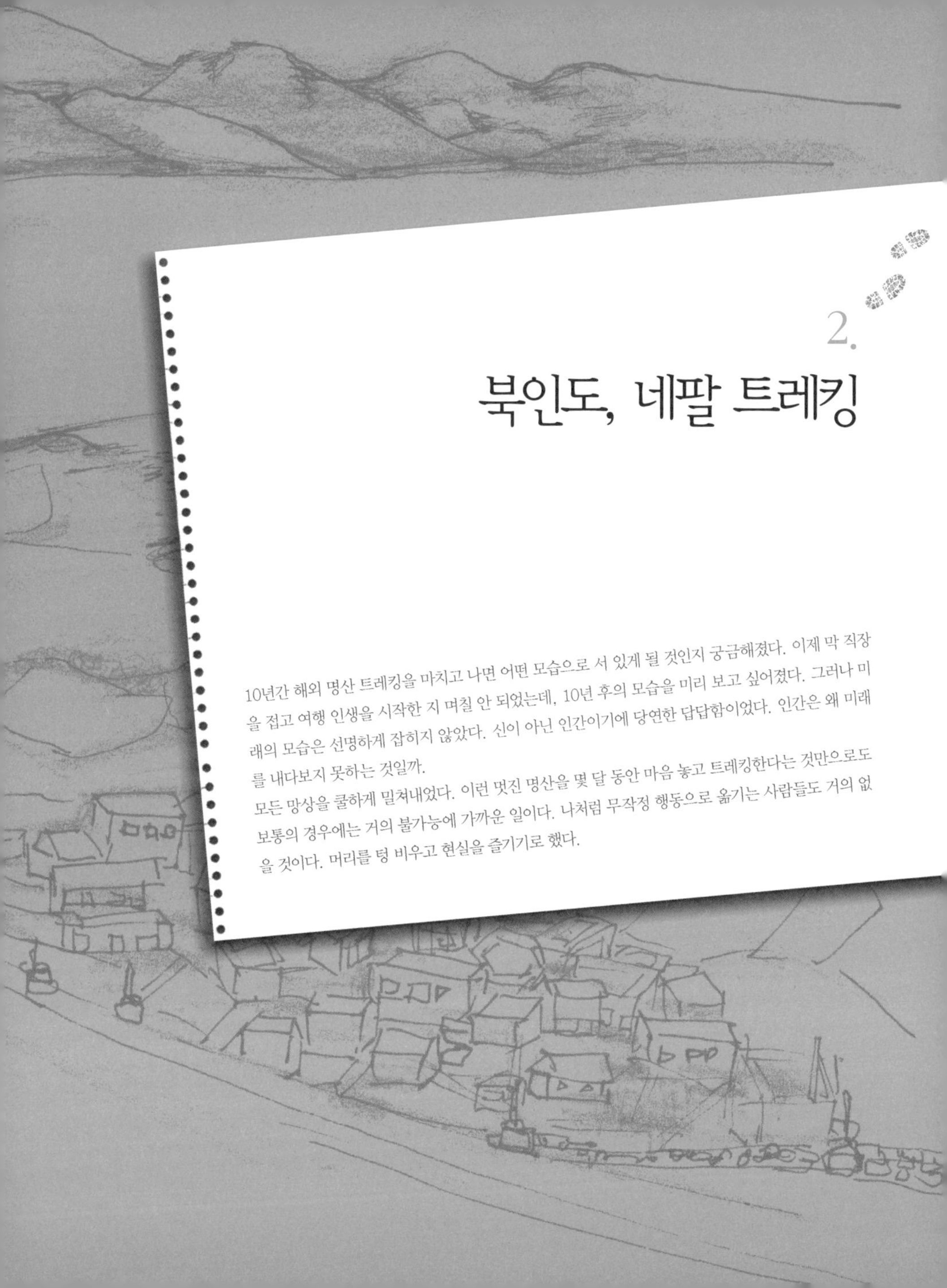

2.

# 북인도, 네팔 트레킹

10년간 해외 명산 트레킹을 마치고 나면 어떤 모습으로 서 있게 될 것인지 궁금해졌다. 이제 막 직장을 접고 여행 인생을 시작한 지 며칠 안 되었는데, 10년 후의 모습을 미리 보고 싶어졌다. 그러나 미래의 모습은 선명하게 잡히지 않았다. 신이 아닌 인간이기에 당연한 답답함이었다. 인간은 왜 미래를 내다보지 못하는 것일까.

모든 망상을 쿨하게 밀쳐내었다. 이런 멋진 명산을 몇 달 동안 마음 놓고 트레킹한다는 것만으로도 보통의 경우에는 거의 불가능에 가까운 일이다. 나처럼 무작정 행동으로 옮기는 사람들도 거의 없을 것이다. 머리를 텅 비우고 현실을 즐기기로 했다.

# 무스탕 트레킹

부러진 스틱 덕분에 장마철과 후덥지근한 여름은 피하고 보자는 생각으로 상경하여 인터넷을 뒤적이는데, 평소 애용하던 여행사에서 네팔 무스탕이란 곳을 프로그램하여 내놓은 상품이 눈에 띄었다. '무스탕' 하니까 처음엔 가죽점퍼 이미지가 떠올랐으나 뒤에 왕국이라는 단어가 붙으니 신비로운 미지의 세계 같은 이미지로 180도 변신했다.

결국 '무스탕 왕국'이라는 이름에 홀려 패키지 산행을 신청하고야 말았는데, 15일간의 여정이라 가격이 꽤 비쌌다. 재직 중이었다면 돈이 있어도 못 가는 상품이었지만, 여름방학 기간이라 그런지 직장인들 참여가 많은 편이었다.

퇴직까지 하고 무슨 정신으로 그런 비싼 상품을 택했는지 모르겠지만, 당시엔 가벼운 마음으로 떠날 수 있었다. 잠시였지만 주식이 내 마음대로 움

 

직여 주었기 때문이다. 불과 일주일 사이에 3,000만
원을 벌고, 종목을 살짝 갈아타며 잠깐 사이
에 1,000만 원을 벌고, 재미가 있었다.

전업투자도 할 만하겠다는 욕심이 붙
으면서 미수치기를 시도했다. 자산의
2.5배까지 주문할 수 있는 3일짜리 외상
거래를 '미수 치기'라고 하는데, 풀로 주
문해서 한 종목에 7억 원 가까이 투자했
다. 일주일 전 분위기라면 하루 이틀 사이에 1억

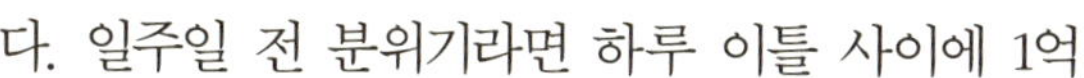


원 벌기는 일도 아니다. 그런데 갑자기 주춤거리더니 이틀 만에 3,000만 원
넘는 돈이 증발해 버렸다.

시세판이 퍼렇게 변하면 마음도 시퍼렇게 물드는 것이, 3일 동안 제법 늙
어 버렸다. 하한가 한 방이면 자산 1억 원 정도는 우습게 증발할 것이다. 쪼
그라든 간담을 추스르고, 미수를 정리하고 그나마 몇백만 원의 이익이 생
겼다는 기념으로 비싼 트레킹 비용을 들여 훌쩍 여행을 떠났다.

트레킹은 항상 느끼는 것이지만 황량하면서도 재미난 여행 상품이다. 패
키지로 참가한 한국인 동료들 덕분에 심심하지도 않고, 기타 세부 사항은
네팔 현지인들이 한국 음식부터 시작해 하나에서 열까지 다 준비해 주니
그렇게 편할 수가 없다.

7월은 우리나라도 그렇지만 네팔 역시 호우가 내리는 몬순 시기라서 대

부분의 트레킹 상품이 중지되는 계절이다. 그러나 무스탕이란 지역만큼은 8,000m가 넘는 안나푸르나 산군 뒤쪽에 있어서 비구름이 넘어오지 못하는 건조한 지역이기에 여름 트레킹이 가능하다고 한다.

오랜만에 황량한 산길을 걷다 보니 환자들이 하나둘 생겨나기 시작했다. 고산 트레킹은 멋진 경치를 감상할 수 있어서 좋지만 고산병이 문제다. 옆에서 지켜보고 있자니 반송장처럼 밥도 못 먹고 머리통을 쥐어짜고 앉아 있는 모습이 불쌍해 보였다.

우여곡절 끝에 무스탕왕국까지 도착은 했는데, 마을 숙소에서 생각지 못한 봉변을 겪었다. 잠을 자다가 등이 축축한 느낌에 일어나 보니 지붕에서 비가 새고 있었다. 침낭과 침대가 젖어 버리는 바람에 물기를 피해서 새우잠을 청했더니 몸이 영 찌뿌드드하다.

아침에 일어나 숙소 주인에게 항의하려 했는데, 동행했던 일행 중 일부는 나보다 훨씬 더 심하다. 아예 숙소 방 전체가 빗줄기에 그대로 노출되어 축축하게 젖어 있었고, 당연히 밤새 잠 한숨 못 잔 모양이었다.

가이드가 숙소 주인에게 알아보니 이런 경우는 처음이라고 한다. 그전까지는 그렇게 심하게 비가 온 적이 없었다는 것이다. 그래서 건물을 지을 당시에 비에 대한 대비를 제대로 하지 않았다는데, 그들에게는 이 상황이 천재지변인 셈이었다.

그 말이 거짓으로 들리지는 않았다. 사람들이 모여 사는 마을을 제외하고는 트레킹을 하는 내내 제대로 된 나무와 물이란 것을 거의 구경한 적이

    나에게로 돌아온 여정

없었기 때문이다. 지구온난화로 인한 기상이변이 8,000m 산봉우리들이 즐비한 산중 마을까지 피해를 주다니 자연의 힘이 무섭게 느껴졌다.

대부분의 트레커들은 잠도 제대로 못 자고 다들 피곤한 상태에서 긴급회의에 들어갔고, 결국 두 명의 트레커를 제외하고 다들 왔던 길을 지프를 대여해 되돌아가는 쪽으로 방향을 선회했다.

그 난리통에도 나는 가장 막내랍시고 4,000m가 넘는 마지막 코스에 달

라붙었는데, 그 신비스런 초원길은 그간 경험했던 트레킹 코스 중 다섯 손가락 안에 꼽을 만큼 신묘한 자연을 사랑하고 있었다.

그리곤 또 몇 날 며칠을 걸어서 깊은 산중에 위치한 좀솜 공항까지 도착했다. 명색이 공항마을이랍시고 은행도 있고 PC방도 있는 것이 시골 읍내 수준으로 느껴지는 동네다.

예약한 숙소에 도착하니 주방장이 염소를 잡아서 진수성찬을 차려 준다. 다들 맛나게 고기를 뜯고 있는데, 한국에서 동행한 담당자는 계속 초조해하고 있었다.

비행기가 뜨지 않으면 육로를 이용해 포카라로 가야 하는데, 그 길이 장난이 아닌 모양이다. 좀솜공항의 날씨는 문제가 없지만 산골짜기에서의 구름 등 제반 여건상 비행기가 도착하지 못한다고 한다.

결국, 좀솜에서부터 미니 버스를 타고 지프를 대여해 가면서 포카라에 도착할 수 있었다. 쉽지 않은 산행이었지만 한국에서 동행한 가이드가 있고, 주변에 희로애락을 공유할 수 있는 산행객들이 많아서 힘들다는 느낌은 별로 없었다.

이때 산행을 하면서 만난 네팔인 가이드와 인연이 되어 귀국 후 다시 네팔 산행을 떠나기로 마음먹게 되었다.

     나에게로 돌아온 여정

# 안나푸르나 라운딩 트레킹

귀국하자마자 주식부터 재정리했다. 제법 안정적인 회사에 모든 재산을 몰아놓고 멀리 떠나 주식의 세계를 잊으려고 했다. 3개월 동안 히말라야 산 군 속에서 속세를 잊은 채 떠돌이 방랑자처럼 돌아다닐 셈이었다.

방학을 이용해 해외배낭여행을 떠나는 것은 꿈도 못 꿀 시대를 지내 왔기에 영어도 못하면서 몇 개월씩 외유한다는 것이 좀 부담스럽긴 하였다. 아무리 나 혼자 내키는 대로 사는 삶이라지만 아련한 긴장감이 돌기는 하였는데, 서너 번 가 본 이력이 있어서인지 혼자 도착한 네팔 카트만두 공항은 친근하게 다가온다.

오히려 너무 편안해서 단체로 온 주위의 서양 여행객들이 헤매는 모습을 찬찬히 지켜보면서 여유까지 부려 가며 공항을 나서자 가이드가 한쪽 구석에서 훌쩍 나타난다.

그리곤 가이드가 소개해 주는 포터를 대동하고 평소 가고 싶어 했던 안나푸르나 라운딩을 시작했다. 현지인 두 명을 채용하는 바람에 경제적으로 좀 부담이 되긴 했지만 안정된 산행을 할 수 있어 좋았고, 무엇보다 재미난 친구들과 어울린다는 사실이 즐거웠다. 한국말 잘하는 가이드 덕분에 네팔의 종교와 문화 등 현지 실정을 배우는 맛도 쏠쏠하다.

수려한 경치와 흙길에 푹 빠져 걸음을 즐기고 있는데, 가이드가 트레킹 초반부터 일찍 쉬자고 제안했다. 비가 많이 내릴 것 같다면서 본격적인 오

   나에게로 돌아온 여정

르막을 오르기 전에 몸을 정비하는 것도 좋을 것이라고 한다.

그러나 아직 점심시간도 먼 시점이었고, 빗발도 약해 보였다. 시간이 지체되는 만큼 일당도 늘어나는 것이기 때문에 잔머리를 굴리는 것은 아닌가 하는 의심이 들었지만 산행의 책임을 진 가이드 의견을 무시할 수는 없기에 호흡을 맞추어 주었다.

실지렁이처럼 생긴 거머리들이 진을 치고 있는 길을 걷다 보니 '파라다이스'라는 팻말이 나타난다. 정원 한쪽에 있는 정자에 앉아 흐르는 물을 구경하고 있으려니, 슬슬 졸음이 쏟아진다. 잠시 눈을 붙이고 일어나자 빗줄기가 상당히 굵어져 있다. 그리고 귀를 울리는 장엄한 물소리가 들리는데, 정자 아래로 흐르던 계곡 물이 강처럼 불어나 있었다.

잠시나마 옹졸한 마음으로 가이드를 의심했던 것이 무안해졌다. 8월이면 비수기 중에서도 초절정의 비수기. 그 폭우 속에서 험난한 경사길을 올라가다가 혹여 사고라도 날까 봐 가이드가 일정을 조율했던 것이다. 덕분에 식당에 들어가 혼자서 망중한을 즐기고 있는데, 숙소 주인집 딸내미인지 다섯 살 남짓한 예쁜 꼬마 아가씨가 종종거리면서 돌아다닌다.

이후로 안나푸르나 서킷을 하면서 수

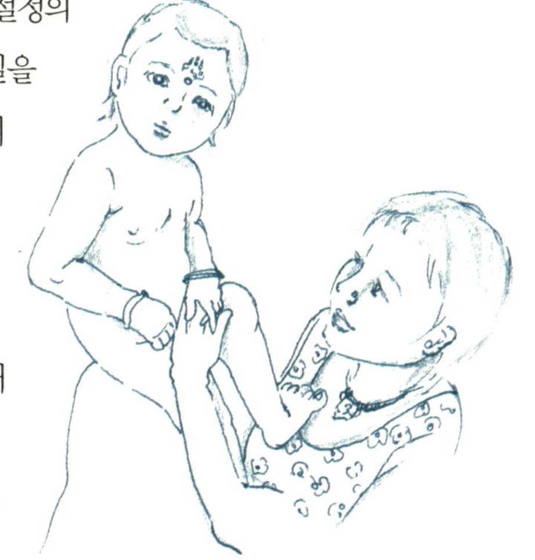

도 카트만두에서는 보지 못한 천사 같은 외모의 어린 친구들을 접하곤 했다. 그런 깊은 산중에서 사는 것이 이상할 정도의 아이들이었다.

비가 약간 그친 틈을 타서 마당을 뛰어다니고 있는 닭들을 보더니 가이드가 닭을 잡자고 한다. 한국인을 상대로 어릴 때부터 짐을 나르는 포터 등 여러 가지 일을 해 온 경력 때문인지 토실토실한 중닭을 잡아서 능숙한 솜씨로 백숙을 끓여 내 온다.

한국말 실력도 그렇지만 요리 실력 또한 한국인 못지않다. 닭이 토실해서 그런 것이겠지만 자그마한 다리를 붙잡고 입속에 넣으니 부들부들한 고기가 살살 녹는 느낌이다. 마늘을 듬뿍 넣은 하얀 죽을 마시니 온몸의 살들이 고맙다면서 난리를 친다.

파라다이스에서 푹 쉬고 본격적인 안나푸르나 서킷에 들어섰는데, 며칠 걷는 도중에 한국인 솔로 여행객을 만났다. 어딜 가나 북적거리던 서양인조차도 별로 보이질 않는 한적한 시기가 네팔의 우기다.

억수로 내리는 비 때문에 위험하기도 하지만 일단 설산이 안 보이니 다들 우기에는 트레킹을 피하는 것이다. 비수기에 전혀 만나리라 예상치 못했던 한국인을 만나 더욱 반가웠다.

앞서거니 뒤서거니 하면서 이 깊은 산중에 한국인이 나처럼 솔로 여행을 한다는 것이 위안이 되었고, 경치도 아름다웠다. 10여 년 동안 전 세계 방방곡곡을 여행한 모양인데, 이젠 국내에서 제대로 정착하고 싶다며, 인생의 마지막 해외여행으로 피날레를 장식하는 중이라고 한다.

 나에게로 돌아온 여정

10년간 해외 명산 트레킹을 마치고 나면 어떤 모습으로 서 있게 될 것인지 궁금해졌다. 이제 막 직장을 접고 여행 인생을 시작한 지 며칠 안 되었는데, 10년 후의 모습을 미리 보고 싶어졌다. 그러나 미래의 모습은 선명하게 잡히지 않았다. 신이 아닌 인간이기에 당연한 답답함이었다. 인간은 왜 미래를 내다보지 못하는 것일까.

모든 망상을 쿨하게 밀쳐내었다. 이런 멋진 명산을 몇 달 동안 마음 놓고 트레킹한다는 것만으로도 보통의 경우에는 거의 불가능에 가까운 일이다. 나처럼 무작정 행동으로 옮기는 사람들도 거의 없을 것이다. 머리를 텅 비

우고 현실을 즐기기로 했다.

라운딩을 하는 내내 정거운 현지 민가들이 반겨 주고, 트레킹 종반부에 5,000m가 넘는 정상 부위를 지나는 날에는 날씨도 내 편이 되어 주었다. 우기라고는 믿기 어려울 정도로 맑은 하늘이 비치면서 설산의 압도적인 모습을 충분히 감상할 수 있었다. 고소 때문에 많이 신경을 썼지만, 불과 보름 전 4,000m가 넘는 무스탕을 다녀와서인지 큰 불편은 없었고 기분 좋게 보름간의 라운딩을 끝냈다.

    나에게로 돌아온 여정

# 안나푸르나 베이스캠프 트레킹

연이어 몇 년 전에 패키지로 갔었던 안나푸르나 베이스캠프 쪽으로 발걸음을 옮겼다. 안나푸르나 서킷이 북한산 둘레길이라면 안나푸르나 베이스캠프는 북한산 정상을 향하는 구간과도 같은 곳이다.

가이드는 사정이 있어 헤어지고 포터와 단둘이 걷는데, 말은 안 통하지 버벅대며 영어로 대화할라치면 금방 한계가 드러난다. 열흘이 넘도록 걸었던 깊은 산중을 다시 올라가려니 힘도 많이 들고, 말로만 듣던 거머리가 달라붙고, 하늘은 계속 구름을 피워 대고 있는 것이 뭐하러 이 고생을 하고 있나 싶다.

세계적 일출 명소인 푼힐에 도착해서도 일출을 보러 나갈 생각이 안 든다. 날이 꾸물거리고 구름이 잔뜩 끼어서도 그렇지만 몸과 마음이 힘드니 가고 싶은 생각이 일지 않았다. 몇 년 전 푼힐에서 아름다운 일출을 보았던 경험도 있고 해서 침대에 누워 잠만 잤다.

느지막한 아침을 들고 기억에 생생한 길을 걷다 보니, 잠시 쉬는 자리에서 한국 젊은이를 또 만났다. 나중에 알았는데 안나푸르나 베이스캠프는 한국인 솔로 여행객들이 많이 다니는 인기 코스였다.

이제 막 대학을 졸업했다는 아드레날린 넘치는 청년 덕분에 다시 흥이 돋았으나 예기치 못한 일이 발생했다. 젊은 친구가 체력에 대한 자신이 있었던지, 돈을 아끼려 그랬는지, 현지인이 먹는 물을 물통에 받아먹고는 배탈이 나 버린 것이다. 눈동자가 풀려 보이고, 탈진한 상태로 보이는데도 계속 산행을 하겠다고 하더니 기어코 그날 목적한 곳까지 가서 완전히 뻗어 버렸다.

나 역시 보름에 달하는 산행으로 그로기 상태였기에 옆에서 해 줄 수 있는 것은 챙겨간 설사약을 주는 역할 뿐이었다. 이 친구가 그 와중에 무언가 먹기는 먹어야겠다면서 식당으로 내려왔다. 식당에는 이제 초등학교 1학년 정도 됨 직한 귀여운 꼬마 신사가 우리를 보고 신이 나서 서빙을 하고 있다. 옷은 걸레 조각들을 모아서 누빈 듯하고, 앙증맞은 손은 시커멓게 얼룩져 있었지만, 항상 천사처럼 웃고 있었다.

천사표 어린이가 서빙해 주는 빵을 맛

 

나게 먹고 있는데, 바로 옆에서 죽을 주문한다. 심한 설사증세로 먹는 즉시 뒤로 나오지만 아무것도 먹지 않으면 죽을 것 같다고 한다. 그런데, 주문을 마치고 나서 자그마한 수첩을 꺼내더니 흐느적거리는 팔로 필기구를 챙기는 모습이 보였다.

뭘 하는고 물으니 일기를 쓴다고 한다. 다 죽어 가는 친구가 무슨 일기냐고 하자 그래도 자기가 겪었던 힘든 상황을 일기로 정리하여야 나중에 힘이 된다면서 식탁에 머리를 박고 입을 헤 벌리고 엎드려서 무언가 열심히 적는 것이다.

전공이 같은 건축학도라는 공통점 하나만으로도 정감이 가는 친구였는데, 감동이 밀려온다. 온몸이 그로기 상태임에도 해야 할 것은 목에 칼이 들어와도 반드시 하고야 마는 열정과 정성을 보며 그날 나 자신과 약속했다. 일기란 것을 써 보겠다고.

그날 이후 지금까지 하루도 안 빼놓고 일기를 쓰고 있다. 일과 중 찜찜했던 부분을 손으로 정리하다 보면 화장실에서 볼일 보는 것처럼 무언가 쑥 빠지는 듯한 쾌감이 느껴지곤 했다. 왜 일기를 쓰는지 40대 중반이 되어서야 이해하다니.

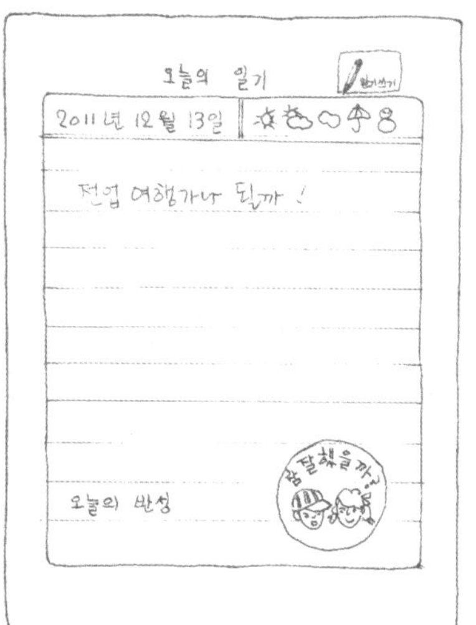

설사병 환자와 함께 정상을 향하다 보니 라운딩할 때 만났던 아가씨를 다시 만나게 되었다. 해외여행을 마무리하는 마지막 여행이라서 베이스캠프 쪽도 욕심이 났던 모양이다.

그렇게 셋이서 조를 이루어 정상까지 도착했는데, 이번엔 내 나이 또래의 직장인 남성을 만나게 되었다. 그런데 그 사람도 거의 초주검 상태였다.

젊은 친구들이야 포터 없이 체력만 믿고 산행을 해도 큰 무리가 없을 것이다. 그러나 50을 바라보는 나이에 집채만 한 배낭을 혼자서 짊어지고 4,000m가 넘는 고산을 뚝심만으로 밀어붙이니 당연히 몸에 무리가 올 수밖에 없다. 그래도 뭐가 그리 좋은지 첫 해외산행이라면서 잔뜩 들떠서 설산의 화려한 일몰을 즐기며 신바람이 나 있다.

초주검이 된 여행 동료가 준비해 온 버너에 세숫대야처럼 커다란 그릇을 가져다가 라면을 끓이며 소주잔을 돌리니 주위에 외국인 트레커들이 신기한 듯 바라본다.

안나푸르나 서킷을 할 때는 운이 좋아서 우기임에도 불구하고 일출을 볼 수 있었는데, 베이스캠프에서도 무슨 복인지 찬란하게 떠오르는 일출과 함께 하산길에 들 수 있었다. 내려가면서도 한국인 젊은이들은 계속해서 나타난다.

다들 나이는 어렸지만, 평소 직장생활에선 접할 수 없던 신선한 대화를 그들과 나누며 그간 품어 왔던 가치관과 고정관념들이 변화해 가는 것을 느낄 수 있었다. 그렇게 안나푸르나 트레킹은 여러 사람을 만나는 즐거움이

                                              나에게로 돌아온 여정

있었는데, 젊은 장기 배낭여행객들 모두 공통점을 한 가지씩 가지고 있었다. 다들 인도를 여행하고 나서 네팔로 넘어온다는 것이다.

열에 아홉은 북인도를 다녀왔다고 하며, 북인도에는 한국 사람들 천지라고 한다. 그들 간의 대화가 시작되면 판공초가 어쩌고저쩌고 스리나가르 가는 길이 어떻다느니, 버스를 타고 오다가 고산병으로 죽을 뻔했다느니 하는 이야기들이다.

네팔에 오기 전에 북인도 레왕국에 대한 여행기를 잠깐 읽은 적이 있어서 한번 가 봐야지 하는 생각은 있었는데, 길게 고민할 것 없었다. 3주가 넘는 기나긴 산행을 마치고 포카라를 거쳐 카트만두에 입성하자마자 인도로 가기 위한 비자부터 알아보았다. 인도로 넘어갈 예정이었던 영어 강사 출신의 여행객 도움으로 비자 만들기는 손쉽게 해결했다.

혼자 여행하기에는 겁이 나고 위험한 지역이라는 두려움이 있었지만 도전해 보기로 했다. 비자를 발급받는 일주일 동안 숙소 여행객들과 수도 근교를 돌아다니면서 짭짤한 이국의 맛을 즐기다 보니 시간이 훌쩍 지나갔다.

카트만두 공항을 떠나 뉴델리에 도착하니 제법 세련된 공항이 기다리고 있다. 겁먹었던 것과는 달리 다닐 만했다. 끈덕지게 달라붙는 사람도 별로 없었고, 빠하르간지라는 여행객들이 모여 사는 곳도 서양 배낭여행객들 동정을 살피면서 어렵지 않게 찾아들어갔다.

# 말로만 듣던 인도

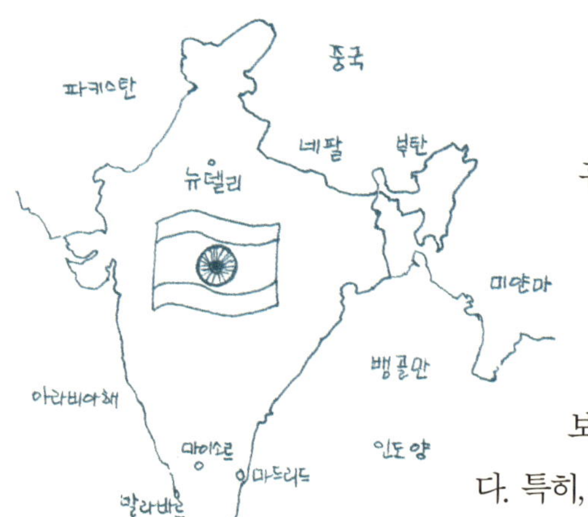


휴가를 이용해 일주일에서 열흘 남짓 여행하던 것하고는 확실히 달랐다. 네팔에서도 그랬지만 혼자서 인도에 입성하고 보니 하루하루가 새로운 세상이다. 특히, 인도상인들의 천연덕스러운 태도는 가히 독보적인 수준으로 보였다.

처음 인도에 도착한 날부터 사기를 당하고 이튿날 세 번 당하고, 푼돈이지만 장사치들에게 속는 일이 잦았다. 상인들이 '마이 프렌드' 하고 말을 건네기 시작하면 이 사람은 또 어떻게 사기를 치려나 겁부터 날 정도였다. 그래도 그런 상황은 양반이었다.

   나에게로 돌아온 여정

한국 음식점에 가려고 골목길을 헤매는 도중에 우리네 상식을 초월하는 광경을 목격하게 되었다. 대로변 안쪽에 있는 우중충한 건물로 올라가는데, 현관문이 열려 있기에 흘끗 안을 보니, 거지처럼 보이는 바짝 마른 현지인이 성기를 길게 늘어뜨려 놓고 누워 있는 게 아닌가.

바로 옆으로 일본인 관광객들이 즐겨 찾는 듯한 식당이 보이고 한국인 식당에 가려면 그 현관을 지나쳐 올라가야 하는데, 이게 무슨 황당한 일인가 싶어 혼란스럽다. 젊은 동양인 처자들이 버글거리는 곳이지만, 그런 것은 아랑곳하지 않았다.

찜찜한 기분으로 올라가 식사를 마치고 내려오는데 날은 조금씩 어두워져 가고 골목 분위기가 위협적으로 느껴진다. 날이 저물고 사람이 없는 뜸한 시간대면 무슨 일이 발생할지 상상하면 정신이 아뜩해진다.

2000년대 초반 자료에 보면 인도에서 실종된 한국인이 미국과 영국에 이어 3위를 차지한다고 한다. 한해에 실종되는 한국인이 수백 명에 달할 정도다. 인도 여행으로 유명한 사이트에 들어가 보면 실종자를 찾는다는 문구가 수없이 이어진다. 아마 지금은 여행객들이 늘어나서 더 심하지 않을까 싶다.

한국 여학생들이 모험심 하나로 당당하게 여행을 다니는 것이 멋져 보이긴 하지만, 너무나 위험하다는 생각이 들었다. 그래서인가. 나중에 알게 되었는데, 인도에서는 맘에 맞는 여행객들끼리 몰려다니는 것이 아주 당연한 여행의 법칙이었다.

문화적 충격을 뒤로하고, 뜨거운 뉴델리를 떠나 마날리라고 하는 북인도 산악마을로 행선지를 돌렸다. 여행사에서 발권한 버스표를 챙기고 버스를 타러 가는데, 한국 고등학생 둘이 보인다. 누나와 남동생이 여행을 온 모양이었다. 요즘 아이들은 그 중요한 시기에 학업도 팽개치고 인도로 여행 오나 생각하며 버스에 올랐다.

옆자리에 탄 이스라엘사람처럼 생긴 여행객에게 버스비를 물으니 800루피에 샀다고 한다. 나는 1,200루피짜리를 깎아서 1,000루피에 싸게 샀다고 룰루랄라 하면서 차를 탔는데, 기분이 우울해졌다.

버스 안에서 긴 밤을 지내고 목적지에 도착했다. 경비 절감을 위해 한국인 남매 둘과 같이 택시를 타게 되었는데, 그들은 650루피에 버스표를 샀다고 한다. 연타를 맞아 가면서 그러려니 하고 웃고 말았다.

남매와 같이 한국인이 많이 모이는 숙소로 가면서 알게 되었는데, 그 친구들은 남매가 아니라 현지에서 만난 지 하루 된 여행 동료라고 했다. 더욱 놀라웠던 건, 남학생은 중학생이었고, 여학생은 20대 후반의 취업준비생이었다는 것이다. 남매처럼 비슷한 외모에 버스에서의 대화도 죽이 잘 맞는 것이 내겐 고등학생 남매가 놀러 온 것으로만 보였는데, 이래저래 상식을 깨뜨리는 상황이 쉼 없이 이어졌다.

# 북인도 유람

네팔에서 인도에 입성할 때에는 20여 일 동안 북인도를 걸으면서 사색도 하고, 인생을 회고하면서 무게 좀 잡아 가며 여행하게 될 줄 알았다. 마날리란 곳도 꼭 가려는 생각은 없었다. 원래는 델리에서 곧장 비행편으로 판공초란 호수를 보러 가려던 참이었다.

그런데 네팔 숙소에서 만난 여행객이 마날리의 멋진 생활을 소개해 주어서 마날리를 꼭 들르겠다고 그 친구와 약속했고, 그러는 바람에 남매 같은 두 친구를 만나게 된 것이다. 일상생활에서도 아주 사소한 말 한마디와 우연찮은 만남으로 사람의 인생행로가 뒤바뀌곤 하지만 여행에서는 그 정도가 더 심했다.

오누이 같은 친구들과 같이 숙소에서 만난 사람들끼리 의기투합해서 금세 현지 패키지가 결성되었다. 떼거리로 몰려서 노천 온천도 가고, 노새도 타고, 패러글라이딩도 타보고, 같이 식사하면서 즉석에서 여행지를 결정해 가며 돌아다녔다.

그러나 마냥 한 곳에 죽치고 있을 수만은 없는 일. 안나푸르나 산행에서 귀에 딱지가 않도록 들었던 레왕국 가는 스케줄을 잡기 시작했다. 마날리에서 레왕국 가는 길은 코스의 험난함으로 악명이 높았기에 다들 단단히 각오하고 있었다.

뒷자리에 앉아 가다가는 엉치뼈와 정수리가 남아나지 않는다는 소문이 있어서 앞자리를 예약해 달라고 당부해 놓았는데, 9월이 비수기여서 다행히 멤버 모두 앞자리에 앉을 수 있었다.

꼭두새벽에 잠도 제대로 못 자고 일어나 10여 명이 탈 수 있는 미니 버스에 앉으니 마음이 심란해졌다. 깜깜한 새벽에 개들까지 떼거리로 몰려다니며 짖어대고 있어서 더욱 그랬다. 한밤에 개떼에게 몰려 곤욕을 치렀다는 인도 여행기를 자주 접했었기에 신경이 날카로워진다.

이틀 연속 비가 계속 내리는 바람에 출발이 늦어졌는데, 빗물에 불어난 도로가 달리는 내내 질퍽거리는 느낌이었다. 전날 밤 잠을 제대로 못 자서 한두 시간 정도 잠이 들었다 깨어 보니 가장 살벌한 코스를 막 지났다고 했다. 덕분에 네팔에서 들었던 살기 맴도는 도로를 편안히 통과할 수 있었다.

미니 버스는 황량한 벌판을 달리다가 5,000m 고지에서 잠시 휴식을 취한다. 그 높은 곳에 버스가 다니는 포장도로가 있다는 사실이 황당하다. 그런데 젊은 동행들 모두 내릴 생각을 안 하고 눈을 감고 누워 있다.

  나에게로 돌아온 여정

저 멀리 펼쳐진 산군을 구경하다가 너무 추워서 다시 버스에 돌아오니 다들 계속해서 자고 있다. 대화 나눌 사람 없이 혼자 설산의 찬란함에 빠져 사색을 하며 풍경을 보니 어마어마한 규모의 낭떠러지들이 이어진다. 경사 면 중간에 드문드문 박살 나 있는 차체가 보이는데, 사색이고 뭐고 사고 안 나면 다행이었다.

고산지대를 지나가고 나자 그제야 다들 한마디씩 한다. 잠을 잔 것이 아니라 고산병을 달래느라고 축 처져 있었던 듯하다. 최고점 부근에서는 오누이 아가씨가 창문을 열고 침을 뱉는 줄 알았는데 머리가 아파 고생하다가 죽을 듯한 고통과 함께 구토를 했다고 한다.

이상스레 외국행을 할 때마다 주변 동료들이 매우 아프곤 했다. 외유를 하는 동안 인연이 되어 여행을 다니던 사람들 모두 어디가 아파서 혼쭐이 나는 경우가 90% 이상이었다. 일본 호타카다케 산행을 할 때도 산행객 한 명이 산 정상 즈음에서 굴러떨어져 큰 상처를 입었고, 캄보디아에 갔을 때도 여직원 한 명이 열병으로 생고생을 했다.

이 아가씨도 동료에게 피해를 줄까 봐 아무 말 안 하고 참았던 모양인데 안쓰러워 보인다. 잘못하다 큰 병으로 도지면 문제가 심해지므로 고산병은 반드시 중간 처치가 필요한 중병이다. 약을 쓰기 어려운 경우는 물과 음료를 마셔대고 계속해서 밑으로 뽑아내는 수밖에 없다.

견디기 어려울 것 같으면 반드시 주위 사람들에게 고통을 호소하고, 고산병 약을 먹어서 응급조치를 해야만 한다. 그런 부분을 충분히 인지하고 있음에도 불구하고, 나도 나중에 히말라야에서 생고생을 했으니, 사람 일이란 것이 자기 뜻대로만 되는 것은 아닌 모양이다.

　　　　　　　　　　　　　　　　나에게로 돌아온 여정

# 판공초와의 만남

북인도 라다크 지방에 들어서자마자 도로 위에 커다란 표지판으로 '줄레'라고 적혀 있다. 우리 식으로 하자면 '환영합니다'라는 짧으면서도 모든 것을 함축하고 있는 인사말이다. 레왕국에 있는 동안 줄레를 수도 없이 들으며 돌아다녔다.

한국인 밀집 지역으로 유명한 곳에 숙소를 잡고 나니 그곳 역시 동 시간대에 도착한 멤버들끼리 짝을 이루어 지프패키지를 구성하고 있다. 4,000m가 넘는 지역이다 보니 머리가 가끔 핑 도는데, 하루 이틀 레왕국에서 쉬었다가 주변 명소들을 둘러보자고 합의했다.

탁월한 선택이었다. 그 하루 이틀 정도의 고소 적응 기간이 사람을 죽일 수도 살릴 수도 있다는 것을 나중에 히말라야에서 제대로 알게 되었다. 비수기라는 강점을 이용해서 저렴하게 지프를 대여하려고 여행사를 다녀보지

만 이미 자기들끼리 담합을 했는지 가격에 큰 차이가 없다. 괜히 힘들게 발품만 팔다가 어렵사리 한 곳을 정해 일정 조율에 들어갔다.

애초 북인도에 건너올 때는 판공초만 볼 생각이었기에 20일 정도만 계획하고, 그 일정에 맞추어 히말라야의 관문인 루클라에 가는 비행편을 예약했었다. 그런데, 동료들과 어울리다 보니 아쉬운 곳이 많았다.

마날리에서 만났던 스님의 말로는 판공초보다 초모리리가 훨씬 더 멋지다고 하니 초모리리에 대한 욕심이 났다. 게다가 누브라 밸리란 곳은 꼭 가야만 할 필수 코스라고들 하는데 안 가 볼 도리가 없다.

    나에게로 돌아온 여정

네팔행은 조금 늦추면 될 일이라, 세 군데 모두 돌아보기로 계약하고 지프여행을 시작했다. MP3에 저장된 흘러간 가요들을 귀에 못이 박이도록 들으며 산길을 달리다 보니 마날리에서 레왕국 올 때 지나쳤던 풍경은 저리가라 할 정도의 기기묘묘한 자연이 끝없이 전개된다.

여행객들의 입소문은 정확했다. 지구에 이런 마을도 있구나 싶을 정도의 풍경들이 쉼 없이 펼쳐졌다. 특히 초모리리는 기대 이상이었다. 젊은 친구들은 판공초의 광대함에 푹 빠져서 의견이 조금 다르긴 했는데, 초모리리의 아름다움은 호수와 마을 사이로 펼쳐진 밭에 있었다.

밀레의 만종에서처럼 추수하고 있는 수십 명의 현지인과 다 낡은 옷을 덧대어 입고는 당나귀 등짝에 매달려 열심히 뛰어노는 아이들의 모습. 파랗다 못해 시퍼런 호숫물이 주변의 설산을 비추며 잔잔히 파도치는 모습.

비수기여서인지 여행객은 우리 일행과 서양인 부부밖에 없었다. 적당한 숙소를 잡은 후 밥을 먹으려는데, 제대로 된 식당은 문을 닫아 버렸다. 몽골 텐트 같은 곳에 들어가 달걀 프라이 비슷한 뭔가를 주문하고 꽁꽁 얼어붙은 몸을 녹이곤 숙소로 돌아왔다 .

숙소도 한기가 휘몰아친다. 모여서 카드놀이를 하다가 꾸벅 잠들었다. 다음 날 호숫가로 나가 보니 호수에 유입되는 냇가처럼 보이는 지류가 얼어 있었다. 그 너머로 시퍼렇게 파도치는 호숫물이 보이고 말들이 뛰놀고, 그 너머 너머로 하얀 눈을 이고 있는 설산이 펼쳐져 있다.

날이 추워 고산용 보온복을 위아래로 껴입었지만, 워낙 차가워서 그런지

방광이 금방 오그라든다. 호수에 실례하고는 찬찬히 숙소로 향해 가는데 옆에 따라붙은 오누이 아가씨가 상당히 추워한다. 내 손도 찬 편인데, 털옷 속에 손을 넣고 만져 보니 냉한 체질이라 그런지 얼음장이 따로 없다.

여행 동료의 냉기가 손바닥을 타고 들어와 팔꿈치까지 시려진다. 천국의

   나에게로 돌아온 여정

풍경을 구경하는 만큼 돈부터 시작해서 시간과 체력 등등 내놓아야 할 것이 많아도 너무 많다.

누브라 밸리 역시 기대 이상의 풍경이 끝없이 펼쳐졌다. 접경지역이다 보니 길을 가는 내내 군사시설들이 위협적으로 느껴졌다. 게다가 개방한 지 얼마 안 되어 마을로 가는 길이 다른 차원의 세상이었다.

가는 길뿐만 아니라 마을 자체의 풍경도 신선한 충격으로 다가왔다. 스타워즈에 나오는 머나먼 외계 행성에 온 듯한 느낌이다. 그 깊은 산중 마을에서 순박하기 짝이 없어 보이는 오리지널 천국의 아이들을 만났다. 다시 북인도 레왕국을 가게 된다면, 그리고 시간이 부족하다면 단연코 누브라 밸리를 선택할 것이다.

그리고, 애당초 북인도에 오려고 했던 시발점이 된 판공초를 안 갈 수는 없는 노릇이다. 다시 일정을 맞추고 멤버를 조율해서 기나긴 여정 후에 호수에 도착하니 참 크다. 그 높은 지역에 그렇게 거대한 호수가 있다는 자체만으로도 유명 여행지로서의 자격이 충분하다.

역시 비수기로 접어들어서 관광객은 한국인 일행 말고는 거의 없다. 숙소를 알아보니 유명세를 타서인지 터무니없이 비싸다. 그러나 그곳도 사람 사는 곳이라고, 발품을 판 끝에 허름한 텐트를 쳐 놓고 헐값에 잠잘 수 있는 곳을 찾아냈다. 장작을 사다가 불도 지피고, 꾸물거리다 보니 하루해가 다 지났건만 이번에도 동행 한 명이 고산병으로 죽어 가고 있었다.

20대 초반의 가장 어린 막내임에도 아무 소용없다. 고산병은 핏속에 있는

헤모글로빈 수치가 관건이기에 남녀노소를 가리지 않는다. 높은 환경에 살면서 적응하는 것 말고는 답이 없다.

시간은 하염없이 흐르고, 북인도까지 와서 스리나가르의 보트 하우스를 안 가 보면 말이 안 된다고들 하니 그곳까지 일정을 잡으면서 계획은 한없이 늘어지게 됐다. 버스 맨 뒷좌석에 앉게 되었는데, 열네 시간 동안 엉덩이가 고문을 받았다.

길이 험하다 보니 걸핏하면 바이킹 점핑을 하고, 심할 때는 머리가 버스 천정에 닿을 듯이 높게 출렁거린다. 포장도 제대로 안 된 좁은 도로 옆으로는 천 길 낭떠러지가 입을 벌리고 있지만 잠은 계속해서 쏟아진다. 인간의 3대 본능에 수면욕이 들어가는 것을 확실하게 실감했다.

  나에게로 돌아온 여정

# 스리나가르에서의 천국 여행

북인도 마지막 여정이었던 스리나가르의 달호수는 시간이 멈춘 듯한 동네였다. 버스에서 내려 호숫가를 걷다가 적당한 배를 골라 탔는데, 뱃사공의 인상이 매우 강해 보인다. 같이 간 동료는 우스꽝스럽게 '앗싸라비야쿵' 하면서 현지인에게 말을 건넨다.

호수 위에는 커다란 배들이 수도 없이 떠 있는데, 전부 다 호텔들이다. 저렴하고 깔끔한 배를 찾아다니다가 뱃사공이 추천해 주는 적당한 급의 하우스를 하나 선택했다. 배 안에 화장실이 딸린 큼지막한 방이 두 개 있고, 거실도 있고, 식당도 있다. 호수 쪽으로는 발코니까지 나 있으니 갖출 것은 다 갖추어져 있는 셈이다.

현지인 복장을 한 젊은 여행 동료는 또 '앗싸라비야쿵' 하며 인사를 건넨다. 나중에 인터넷을 검색해 보니 정확한 인사말은 '앗 쌀람 알라이쿰'이라고 한다. 당신에게 신의 평화가 있기를 바란다는 내용의 인사말인데, 실제 그들이 발음하는 것을 들어 보면 우리 귀에는 '쌀라말라쿵'으로 들린다.

왜 같은 북인도임에도 레왕국과 달리 줄레라는 인사말을 하지 않나 했는데, 종교적, 문화적으로 완전히 다른 동네였다. 라다크 지방은 불교문화의 영향이 많은 편이고, 스리나가르 지방은 파키스탄에 인접한 지역이어서인가 이슬람문화가 녹아 있는 지역이었다.

짐을 푼 후, 현지인이 타고 다니는 3인용 쪽배를 타고 호수 주위를 둘러보았다. 물 위에 슈퍼마켓 등 각종 편의시설들이 구비되어 있는 것이, 느낌이 캄보디아 톤레삽호수와 비슷하다.

톤레삽이 원시적 수상민 수준이라면 달호수는 문화적으로 조금 진보된 수상마을로 보였다. 한편으론 마을이라기보다는 관광객을 위한 대규모 호텔촌으로 전락해 버린 듯한 아쉬움도 보인다.

일정이 빠듯했기에 바로 다음날 호수를 한 바퀴 둘러보기로 했다. 우리를 안내해 주었던 사나운 인상의 뱃사공과 흥정을 벌이는데, 예상대로 한 성격하는 모양새다. 몇 차례 흥정하다가 젊은 여행 동료들이 가격을 많이 낮추어 부르자 흥분해서 씩씩거리며 뒤도 안 돌아보고 떠나가 버린다.

귀족이 사는 고성의 집사 같은 분위기를 풍기는 숙소 주인은 그런 모습을 보면서도 입가에 미소를 띠며 태연하게 바라본다. 뱃사공이 떠나고 난 후, 주인과 대화를 나누면서 적당한 금액으로 가격을 맞춰 주었더니 어느새 연락을 받았는지 하우스 보트 뒷문으로 찾아와 잽싸게 돈을 받아간다. 욱할 땐 하는 거고, 장사할 땐 또 장사를 하는 모양이었다.

하우스 보트도 그렇고 뱃사공 인건비도 그렇고 성수기에 비하면 턱없이 저렴한 것은 틀림없는 모양이었다. 비수기를 찾아다니며 여행하는 것도 나름 괜찮은 맛이 있다. 다음날 새벽에 일어나 수상장터부터 찾아갔지만 생각보다 휑하다. 마날리에서 만났던 스님이 적극 추천해 주던 곳이어서 기대가 컸을 수도 있다.

자그마한 배끼리 맞붙어서 농산물을 거래하는 모습을 지켜보는데, 그곳에서 또 욱하는 사람을 보았다. 토마토를 상자 채로 거래하면서 손님이 지폐 몇 장을 건네주자 상인이 큰소리로 호통을 치더니 돈을 배 위에 내팽개

치고는 뒤도 안 돌아보고 씩씩거린다.

헐값에 농산물을 사 가려 한다며 화가 난 것이다. 손님이 떨어진 돈을 주우며, 말을 건네 보지만 고개를 돌린 채 손을 저으면서 쳐다보지도 않는다. 어제 뱃사공 사건과 비슷한 형국이다.

호수 위로 아침 햇살을 받으며 계속해서 배들이 밀려오고, 배 위에 우뚝 서서 강한 몸짓과 말투로 열심히 흥정하고 있는 모습이 활기차 보인다. 어느 나라든 재래시장을 구경하다 보면 강한 에너지가 흐르는 것이 느껴지곤 하는데, 달호수의 새벽시장은 불난 집에 불구경하듯 그 수위가 높은 편이었다.

아마 스님은 그런 에너지가 좋아 보여서 새벽시장을 추천해 주었을 것이다. 나중에 명상 공부를 하면서 알게 되었는데, 인도라는 나라가 불타오르는 기운이 강한 나라라고 한다. 땅덩이도 심장처럼 생긴 것이 사는 사람들도 걸핏하면 부들거리며 욱하는 것이 정상인 모양새다.

그러나, 그런 욱하는 성질을 있는 그대로 받아들였다가는 심장이 남아나질 못할 것 같았다. 나중에 인도를 떠나기 전날, 아그라와 뉴델리에서 화병이 날 뻔했는데, 인도에 방문하려면 강심제를 주머니에 챙겨 가는 것을 적극 권장하고 싶다.

보트 하우스로 돌아오니 집사가 맛깔난 음식을 차려 놓고 식당에서 대기 중이다. 정중한 모습이 비굴해 보이지도 않고 그렇다고 너무 딱딱해 보이지도 않는 적당한 수준의 격식을 갖추었다. 우리가 음식을 먹으면서 맛있다고 하자 얼굴에 웃음이 살짝 돈다. 그리고는 불편함이 없는지 챙기는 모습을

 나에게로 돌아온 여정

보이고 조용히 식사자리를 빠져나간다.

뱃사공이 아침을 마치고 다시 하우스로 왔는데, 이번엔 보조가 한 명 더 왔다. 우리 일행이 여섯 명이라서 노 젓기가 힘들어 추가 인력을 데려왔다고 한다. 비수기라서 호수에 배가 거의 안 보이고 그 드넓은 호수 위를 우리 배 혼자서 조용히 휘젓고 있자니 묘한 적막 속에서 우수가 느껴진다.

그 동네에서 제법 유명해 보이는 관광지에 잠시 들러보니 상당수 현지인이 관광을 왔다. 어린아이들이 단체로 놀러 와서 풀밭 위에서 도시락을 까먹고 있는 모습도 보인다. 다들 머리에 보자기를 둘러싸고 있는 것이 아주 귀엽다.

예전에 말레이시아 밀림 속에서 보자기를 두른 유치원생들을 보고 귀여워서 사진을 찍으려다가 혼났던 적이 있다. 그래서 이번에는 사진기를 주머니에 넣어둔 채 다가가 옆에 앉으니 다들 힐끗힐끗 눈치를 보며 쳐다보기도 하고, 남자아이들은 조금 더 적극적으로 다가와서 의사 표현을 한다.

점심 식사 후, 뜨거운 태양을 맞으며 이슬람 사원으로 향하는데, 노 젓는 뱃사공들을 보니 온몸이 땀에 흠뻑 젖어 있다. 노구에 돈 몇 푼 벌려고 고생하는 것이 안쓰럽긴 하지만 자신들이 땀 흘리며 고생하는 것을 알아 달라는 듯 자꾸 말을 붙이며 봐 달라고 한다. 그럴 땐 꼭 어린아이 같다.

사원 내부에는 못 들어가고 건물 외부를 둘러보니 특유의 옷차림을 한 현지인 모두 맨발로 사원을 걷고 있다. 우린 신발을 신고 돌아다니다가 현지인 복장을 하고 있던 동료가 할머니에게 얻어맞을 뻔했다. 아마 같은 종족으로 오인하고 그랬던 모양이다.

꾸짖는 억양과 표정을 보아하니 엄청난 분노가 녹아 있는 것이 느껴진다. 한참을 도망치던 동료는 할머니의 우악스러운 몸짓에 제법 놀란 듯한 표정이다. 덕분에 나까지 깜짝 놀라서 신발을 벗을까 하다가 그냥 걸어 나왔다. 지금 생각해 보면 아무리 여행객이라도 현지인들이 신봉하는 종교에 대해서 최소한의 예의는 지키는 것이 좋지 않았을까 하는 생각도 든다.

시간은 하염없이 흘러가고 몸은 슬슬 피로해지고 이젠 숙소로 돌아가나 싶은데, 또 어딘가로 배를 몰고 나간다. 뭐 볼 게 있는가 싶었지만 그때부터 진정한 달호수 관광이 전개되기 시작했다. 호숫가에 연꽃부터 시작해서 다

　　　　　　　　　　　　　　나에게로 돌아온 여정

양한 종류의 수생식물이 자리 잡은 한 편으로 나무집이 즐비하게 늘어서
있다. 학교건물도 있는지 아이들이 방과를 끝내고는 쪽배를 타고 집으로 향
해 가고 있었다.

　방콕 카오산 로드 건너편에 있는 차오프라야 강 수상마을이 떠올랐다.
태국의 베니스라는 별칭이 붙을 정도로 이국적 풍취가 아름다운 곳이었다.
주택가가 강물 위에 펼쳐지며 각종 빨래도 널려 있고, 조금 더러워 보이긴
하지만 다양한 수생식물과 꽃이 강물과 함께 햇살을 받아 눈부시게 빛나던
독특한 삶의 터전이었다.

강물 위로 각종 교통표지판과 전봇대들이 널려 있는 수 km에 달하는 상당히 큰 규모의 수상 마을을 재미나게 구경했던 적이 있는데, 달호수 역시 그 분위기가 비슷했고, 풍경 면에서는 천국 마을에 온 것처럼 훨씬 더 아름다운 정취를 보여 주고 있었다.

마지막에 숙소로 돌아가기 위한 구간은 말 그대로 꽃밭이다. 수십만 평 규모의 꽃밭 위를 조용히 헤쳐나가는 뱃머리를 지켜보며 한적한 감상에 젖어 있는 중이었다. 갑자기 웬 귀신처럼 생긴 할아버지가 우리 배 위로 연꽃 뭉치를 휙 하니 던져 놓는다. 그리고는 엄청난 속도로 노를 저으며 따라붙더니 우리 배를 꽉 붙잡고는 손을 벌리며 떠들어 댄다.

결국, 돈 몇 푼을 쥐어 주고 말았는데, 인상 사나운 사공은 화를 내면서 귀신 할아버지에게 한 마디 쏴붙인다. 그 난리 속에서 막내 동료가 다가오는 배에 타고 있는 아이에게 연꽃을 건네주자 아이는 무슨 그딴 것을 주느냐는 뜻인지 뭐라 쏘아붙이면서 꽃을 집어 던진다. 뱃사공부터 시작해서 장사치, 할머니, 아이들 할 것 없이 욱하는 데는 타의 추종을 불허하는 동네다.

다양한 볼거리들에 취한 상태로 숙소에 들어서자 주인이 매콤한 닭볶음탕을 준비해 놓고 조용히 우리를 맞이한다. 히말라야 산행 일정이 아니었으면 며칠간 멍하니 시간을 낚으면서 보내고 싶은 그런 곳이었는데, 부인도를 떠나면서 모든 것이 아쉬웠다.

 나에게로 돌아온 여정

# 기대와는 달랐던 타지마할

총을 든 군인들이 살벌한 모습으로 검문하는 스리나가르 공항을 떠나 뉴델리로 돌아왔다. 도착하자마자 네팔로 돌아가는 교통편을 검색해 봤지만, 상황이 여의치가 않았다. 이상스레 카트만두행 비행기 값이 치솟기만 하는데, 떨어질 날을 기다리면서 동료들과 다시 여행코스를 짜기 시작했다.

다들 귀국하는 날이 잡혀 있어, 바로 다음 날 타지마할에 가기 위해 일정을 조율하는데, 기차표 구하기가 하늘의 별 따기다. 기차역에서 한 시간 넘게 기다려 간신히 아그라행 편도 승차권을 샀다.

이튿날 아침 일찍 기차역 광장으로 발걸음을 옮겼다. 거지가 득시글거리지만 일행이 있다 보니 많이 안심된다. 그러나 다들 너무 안심했던지 역사에 있는 조잡하게 생긴 몸무게 재는 기계에 신경을 쓰는 사이, 막내가 스마트폰을 도둑맞고 말았다.

꿍한 채로 열차를 타니 인도 냄새가 난다. 억 소리가 절로 나는, 여행프로그램에서 숱하게 봐 왔던 인도 기차다. 상해에서 황산을 가려고 탔던 완행열차는 양반 수준이었다.

열차 안에서 도둑맞은 스마트폰에 대하여 이야기꽃을 피우다가 놀라운 사실을 알았다. 국내도 아닌데 스마트폰으로 인터넷을 검색하고 있는 것이다. 내가 깜짝 놀라자 일행들 모두 그런 내 모습을 보고 더 놀란다. 퇴물이 따로 없었다.

폰을 빌려서 주식시세판만 내내 검색하다 잠이 들었는가 싶은데, 누가 우리 모두를 거칠게 잡아 흔든다. 인도 전통복장을 입은 덩치 큰 여성이 남자 목소리로 구걸한다. 고약한 인상과 걸걸한 목소리로 한참을 떠들더니 옆 칸으로 옮겨 가는데, 생각해 보니 인도에서 그렇게 구걸하는 사람들을 어느 다큐멘터리 프로에서 본 듯하다.

그네들이 한 번 휩쓸고 가면 어지간한 상점주들은 돈을 쥐어 주곤 했다. 돈을 안 주면 온갖 악독한 소리로 욕을 해대면서 저주를 내린다고 들었다.

그들의 저주 때문인지 아니면 열차에서 먹었던 차이 때문인지, 타지마할 역에서 내려 교통편을 알아보는 도중에 아랫배에 자극이 오면서 등줄기에 땀이 배어난다. 급하게 화장실을 찾아 들어가자마자 터져 나온다. 조금만 늦었으면 일 날 뻔했다. 외국을 그렇게 많이 돌아다녔지만 그날처럼 급했던 적은 처음이었다. 식은땀을 닦고 나가 보니 일행들이 오토 릭샤를 하나 잡아 놓고 있었다.

　　　　　　　　　　　　　　　　　　나에게로 돌아온 여정

찌는 듯한 더위에 무덤을 찾아가니 비비 꼬여 있는 줄부터 보인다. 그런데 전부 다 현지인늘이고 서양인들은 하나도 보이질 않는다. 옆에서 삐끼로 보이는 녀석 두어 명이 줄을 안 서게 해 준다며 돈을 요구하는데, 느낌이 영 아니다. 우리 모두 모르는 척하며 어깻짓만 하고 있자 게이트 쪽으로 안내해 준다.

게이트를 옆으로 외국인 전용 출입구가 따로 보인다. 세계적 명소 타지마할에서도 사기를 치려 하다니, 인도다움을 여지없이 보여 준다.

건물을 접하니 웅장함부터 다가오는 것이 캄보디아 앙코르와트가 생각난다. 앙코르와트는 위치가 가깝기도 하고, 정글 속에 파묻혀 있던 아름다움에 매료되어 세 번이나 방문했던 곳인데, 타지마할은 그 느낌이 많이 다르다.

틀림없이 전 세계인에게 유명세를 떨칠 만큼 멋진 건축물이긴 하지만 그 명성에 비하여 사기를 당했다는 느낌까지 들 정도였다. 여행기에서 많이 접했던 것처럼 하룻밤 정도 머무르면서 왕의 마음이 되어 아름다운 색조의 변화를 차분히 감상해 보면 그 감동이 많이 다를 수도 있겠지 싶다.

현지인 상당수가 맨발로 대리석을 걷고 있기에 스리나가르에서의 기억을 떠올리며 따라 해 보았다. 처음엔 조금 뜨거운 느낌만 있었는데, 얼마 안 있어 발바닥에 불이 붙었다. 그 열기가 몸을 타고 전해지며 두어 시간 정도의 짧은 시간이긴 하지만 열사병 비슷한 증상 때문에 곤욕을 치렀다. 인도에서는 대리석까지 안 뜨거운 척 사람을 놀린다.

    나에게로 돌아온 여정

　나갈 때는 다른 쪽 게이트로 갔는데, 좁은 골목길에 상점들이 빽빽하게 늘어서 있다. 릭샤를 잡아타고 버스정류장에 가니 오후에 떠나는 차는 예약이 끝났고, 여섯 시 넘은 늦은 시간에 떠나는 차편이 있다고 한다. 무덤에 들르기 전에 버스 편부터 예약했어야 하는데, 릭샤꾼이 그럴 필요 없다고 해서 그냥 지나쳤던 것이다. 인도사람 말을 함부로 믿었다가는 곤욕을 치를 수 있다.

　차 시간을 맞추기 위해서 뿔뿔이 헤어져 정류장 주변을 돌아다녀 봤지만 볼 만한 구경거리가 없었다. 더 걸어 봐야 다리만 아프고, 정류장 뒤쪽에 있는 제법 큼지막한 구멍가게에 눈길이 꽂혔다. 가게에서 시원한 음료를 마시고 혼자 앉아 있자니 지나치는 차들과 사람구경 하는 재미가 쏠쏠하다. 타지마할보다 더 재미있었다.

　뜨거운 햇살 아래서 고개를 꾸벅이며 졸음 방아를 찧고 있는데, 젊은 동료들이 하나둘 찾아와 앉는다. 넷이 앉아서 음료와 과자를 까먹고 있는데 깔끔한 옷을 차려입고 기름져 보이는 사람들이 무더기로 들어온다. 그러자 가게 직원이 극도의 친절한 자세로 그들을 대한다.

　점원 한 명은 건너편 차이 가게로 후다닥 뛰어가서 차를 구해와 대접하고, 그걸로 모자랐던지 매우 겸손한 자세로 음료를 따서 건네기도 한다. 그런데 손님들이 안쪽으로 들어서자 그들 등 뒤에 대고 얼굴을 찡그리며 입을 삐죽거린다. 욕을 하는 모양새다.

　그 모습이 재미있어 큰 소리로 웃음을 터뜨리자 나를 보며 겸연쩍어하는 웃음과 함께 손을 살짝 올리며 어깻짓을 해 보인다. 우리가 먹었던 음료수 매출 장부를 보여 주며 대화를 나누는 모습을 보아하니 인도에서 제법 유명한 음료 회사 관계자들이 방문한 듯하다. 사람 사는 곳은 어디나 비슷하다. 아그라에서는 타지마할보다 가게직원의 뒷말하던 표정이 더 기억에 남는다.

가게에서의 시간 덕분에 덜 지겨운 몇 시간을 보내고 바로 옆에 붙은 정류장에 들어서니 버스가 안 보인다. 후줄근한 쌍팔년도식 낡아빠진 버스들만 보이고 우리가 예약한 리무진 버스는 코빼기도 안 비친다. 시간은 자꾸 흘러가고 매표소에 문의하면 굳은 표정으로 기다리라고만 한다.

다들 불안해져 가고 해는 점점 기울어 오는데, 드디어 리무진이 등장했다. 반갑기는 무진장 반갑지만 너무 낯설다. 광화문대로 한복판에 UFO가 나타나면 그런 느낌이 들지 않을까 싶다. 판잣집만 있는 산동네 한가운데 최고급 별장이 지어져 있는 모양새다.

버스 안에서 잠도 자고 중간에 맛난 식사도 하고 다 좋았는데, 뉴델리에 도착해서 기분 나쁜 일이 벌어졌다. 다른 현지인들은 대기하고 있는 택시를 타고 조용히 자기 갈 곳들을 가는데, 우리에게 달라붙은 기사 한 명이 빠하르간지까지 터무니없는 고액을 부른다.

말도 안 된다며 도로변에 있는 택시를 붙잡고 흥정을 하자, 우리에게 달라붙었던 택시기사가 큰 소리로 주위에 있는 택시기사들에게 고함을 치기 시작한다. 아마도 정해진 사기 금액을 준수하라고 경고를 하는 듯했다.

　　　　　　　　　　　　　　　　　　나에게로 돌아온 여정

　돈 액수도 문제지만 우리 뒤에서 조직깡패처럼 험악한 몸짓과 말투로 지껄여대는 행태가 기분 나쁘다. 기분이 문제가 아니라 모골까지 송연해지려고 한다. 들개무리를 대하는 느낌이었다. 혼자 외지에 떨어졌었다면 사고가 나지 않았을까 겁이 날 정도였다.

　겨우 차를 잡긴 했지만, 늦은 밤인 데다 길이 멀다고 큰 금액을 요구한다. 하도 지쳐서 더는 흥정하지 않고 탑승해서 기차역에 도착하니, 채 10분도 안 되는 가까운 거리다. 내리면서 거리가 가깝다고 깎아 보려 하자 밤늦은 시간이므로 당연히 돈을 많이 받아야 한다면서 태연한 얼굴로 처음 불렀던 고액을 고수한다.

　기차 안의 저주 때문이었는지 설사, 열병, 버스, 택시 등 온갖 방법으로 사람을 골린다. 징글맞은 동네였다. 애꿎은 타지마할까지 싫어질 정도였다.

# 히말라야 사전 관문

원하던 퇴직을 하고, 그간 꿈꾸어 오던 삶을 만끽하면서 이국적인 풍경에 젖어 지냈지만 한편으로 무거운 돌덩이가 마음을 짓누르곤 했다. 악마와 같은 주식 때문이었다. 가끔 인터넷을 확인해 보면 유럽 사태로 폭락한 주식 때문에 가슴 한쪽이 무너져 내려갔다.

비행기표를 끊고 여행을 떠나기 바로 전날인 2011년 8월 초순 경, 주식은 그리스사태로 끝없이 폭락했다. 종합지수가 하루에 100포인트 정도 빠지고, 공직을 마무리하면서 명예퇴직금으로 받은 8,000만 원이 며칠 만에 증발해 버렸다.

그나마 해외에 훌쩍 떠나 있어서 나 몰라라 하는 심정으로 여행을 다니니 견딜 만했지, 한국에 있었으면 울화병이 터져서 어떻게 되었을지도 모를 일이다. 그 3개월간의 여행 기간은 어떤 면에서 축복과도 같은 시간이 되었



나에게로 돌아온 여정

다. 왜냐하면 나중에 귀국하고 보니 명퇴금 8,000만 원이 전부 다 복구되어 있었으니까.

PC방에 들러 시세판을 노려보다가 여행이라는 현실로 돌아오면 네팔로의 비행편이 머릿속을 날아다녔다. 카트만두에서 뉴델리로 들어올 때 편도 비행기 삯이 10만 원 선이었는데 이상하게 항공권 가격이 오르기 시작했다.

처음엔 12만 원이라서 너무 비싸 천천히 구매하려는데 검색할 때마다 가격이 올랐다. 나중에는 20만 원까지 치솟아서 뭔 일이 있나 하고 금액을 치르려 하자 이젠 카드가 말썽이다. 무슨 문제인지 지급이 안 된다. 결국 뉴델리까지 가서 비행일 하루 전날에 36만 원을 치르고 항공권을 구매했다.

왜 그렇게 항공료가 올랐는지는 네팔에 도착해서 바로 알 수 있었다. 그 시기가 우리나라로 치면 추석과도 같은 네팔 최대의 명절이어서 인도에서 일하던 네팔인들이 고국에 방문하기 위해 수요가 몰렸던 것이다. 히말라야 트레킹 관문인 루클라까지의 비행편과 인도비자 만료일 때문에 어쩔 수 없이 큰돈을 치르고 카트만두에 들어가야 했다.

그리 큰 금액은 아니었지만 인도를 여행하다 보니 돈에 대한 관념이 그곳에 적응되어선지 마치 한 달 월급을 손해 본 듯한 짜증이 밀려온다.

어렵게 네팔 카트만두 공항에 도착해서 히말라야 루클라행 비행편을 늦추기 위해 여행사부터 찾아가는데 그 혼잡한 타멜 거리가 썰렁하다. 네팔 최대의 명절이니 다들 고향으로 떠나고 상점들이 텅텅 비어 버린 것이다.

별 소득 없이 빈 거리를 서성이다 택시를 타고 숙소로 돌아가다 보니 차창 밖으로 항공사 간판이 보였다. 급하게 택시를 세우고 사무실에 들어가 간신히 의사전달을 해서 루클라행 항공권을 늦출 수 있었다.

직원이 수기로 변경한 항공권을 받아들고 사무실을 나서니 뿌듯한 마음이 생겨난다. 조금 맘고생을 하긴 했지만 가이드가 없어도 되긴 된다.

    나에게로 돌아온 여정

인도에서 네팔까지 넘어와 히말라야행 항공권을 변경하고 다른 일정들을 조율하는 등 정신적, 육체적으로 무척 힘들었는데, 그것은 시작에 불과했다. 솔로 여행의 진짜배기 고생은 공항에서부터 시작되었다.

아침 일찍 공항에 도착하니 사람들이 장사진을 치고 있다. 그 전에 서너 번 네팔에 왔을 때와는 조금 다른 것이, 명절 때문인가 했는데 그런 것만은 아닌 느낌이었다. 발권창구에 가서 표를 보여주자 내 표를 보고는 기다리라고 한마디만 남기고는 어딘가로 가 버렸다.

그리고 한 시간을 기다렸다. 비행시간은 이미 지나가고 있고, 청사 내 여행사 사무실에 들어가 물어봐도 확실한 답을 안 해 준다. 계속 시간은 지나가고 옆에 서양인들을 가이드하는 현지인에게 물어보니 그들도 내 표를 보고는 문제가 있다고 말은 하면서도 확실한 조언은 없다.

결국 두 시간 가까이 지나서야 직원이 나타나서 발권해 주는데, 순식간에 여행객들이 구름처럼 몰려들어 순서가 없어졌다. 내 곁에 섰던 덩치 큰 서양인은 새벽부터 기다렸다면서 풋볼 하듯 나를 밀치고는 씩씩거리고 난리를 치면서 표를 받아간다.

임시표처럼 무언가 한 장을 찢어내어 주는데, 나도 그 직원을 향해서 영어 단어 두어 개를 조합해서 큰소리로 항의하자 그제야 나를 물끄러미 바라보며 발권을 해준다. 엿장수 맘대로다.

하여간 발권을 해서 고마운 일이고, 대기실에 들어서니 공항청사 안은 트레커들로 북새통이다. 명절이 끝난 직후라서 여행객이 많아 보였는데, 전광

판을 보니 감이 잡혔다. 새벽 비행기들이 연착된 것이다.

패키지로 왔으면 가이드가 모든 상황을 고객들에게 설명해 주고 마음 편하게 기다렸을 텐데 이럴 때는 솔로 여행이 서러워진다. 청사 안에서도 한참을 기다리면서 안내 여직원에게 표를 보여주니 열심히 설명해 주지만 알아들을 수가 없다. 마지막에 웨이팅이라는 단어만 겨우 알아듣고 기다리는 것이 일이다.

계속해서 경비행기들은 이륙하고, 서양인 트레커들은 열심히 활주로에 들어선다. 대기청사 안에서도 두 시간 가까이 기다리면서 애가 끓어서 전부 다 증발할 즈음에 아까 발권창구에 있던 직원이 나를 별견하고 표를 보자고 한다. 아마 나를 기억했나 보다. 여행사에 따라 배정된 경비행기 일정이 다른 모양이었다.

직원의 안내로 활주로에 나가서 버스를 타고 드디어 루클라행 비행기를 향해서 신나게 달렸다. 그런데, 달리던 버스가 활주로에 멈춰 서서 한참을 기다린다.

왜 그런가 하고 지켜보니 다른 비행기가 착륙해서 활주로에 들어서면 자리를 피해 주었다가 다시 활주로에 나온다. 그러다가 옆에 있던 경비행기가 이륙한다고 움직이면 이번엔 그 비행기를 피해서 갓길로 이동하고, 그런 식으로 버스를 타고 활수로를 30분 정도 왔다 갔다 했다.

나중엔 운전기사도 짜증이 났던지 안내 직원과 함께 내리더니 우리가 탈 비행기를 둘이서 밀어 제친다. 제법 큼직한 20인승 정도의 비행기가 두 사

    나에게로 돌아온 여정

람의 힘으로 잘도 움직인다. 그 비행기를 치운 자리에 버스를 대 놓고 또 한 참을 기다리다가, 드디어 경비행기에 탑승했다.

히말라야에 가 보기도 전에 비행기를 타면서 감격하게 될 줄이야. 고맙고 감사한 마음으로 비행기 좌석에 앉았다. 언제나처럼 전통 옷을 꾸며 입은 여승무원이 귀막이용 솜과 사탕을 나누어준다.

그러나, 들뜬 감격과 고마움은 잠시뿐이었다. 안나푸르나에 가면서 경비행기를 몇 차례 탔던 경험이 있기에 멋진 풍광을 보는 기쁨만 생각하면서 히말라야에 간다는 들뜬 마음뿐이었는데, 점점 등골이 서늘해지기 시작했다.

안나푸르나 갈 때는 그런 일이 없었는데, 히말라야 쪽은 많이 달랐다. 한참을 비행하더니 갑자기 창문 바로 밑에 산이 보이기 시작한다. 상당히 가깝게 보이는 것이 풍광은 더할 나위 없이 좋지만 괜히 불안해지는 것이 비행기가 슬슬 요동을 치기 시작한다. 무스탕을 여행할 때 동료산행객에게 들었던 말이 떠올랐다. 루클라 가는 항공기 사고로 트레커들이 상당히 죽었다고.

실화를 바탕으로 한 영화의 한 장면도 떠올랐다. 주인공들이 비행기 안에서 대화를 나누던 중, 산이 너무 가깝게 보이는 것이 아니냐는 말을 한다. 얼마 안 있어 비행기는 설산과 충돌을 하고, 생존자들은 죽은 사람의 인육을 먹으면서 두 달 넘도록 버티다가 구조된다는 인간의 생존본능을 감각적으로 해석한 명작이었다.

산악지대 정상에 있는 녹색의 초원들이 발밑으로 지나가더니 끝이 안 보일 정도의 깊은 계곡이 나타났다. 그 순간 비행기가 또 휘청거리면서 기류를 타고 하늘 바이킹을 시작한다. 회음부위가 시큰거리고 등골이 유체이탈을 하지만, 기내를 둘러보니 다른 서양인들은 멀쩡해 보인다.

괜히 나 혼자 겁을 먹었나 싶어 차분하게 주위 풍광을 보고 있자니 비행기가 수직 절벽을 향해 날아가고 있었다. 절벽으로 들이받는 느낌이 드는

 나에게로 돌아온 여정

순간 갑자기 눈앞에 코딱지만 한 활주로가 나타났다. 그 짧은 활주로에 성공적으로 내려앉았다. 손에 땀이 난 모양이다.

비행기가 안전하게 착륙하자 기내에서 서양인 트레커들이 운전석을 향해 손뼉을 치고 휘파람을 불고 환호성을 하며 난리다. 얼굴에 드디어 살았다는 환희의 미소가 가득하다. 말을 안 해서 그렇지 다들 초긴장을 했었나 보다. 기장과 부기장이 존경스러워 보였다. 그들은 그런 상황이 익숙하다는 듯 아무 표정 없이 선글라스를 낀 채 조용히 내려서 사무실로 들어선다.

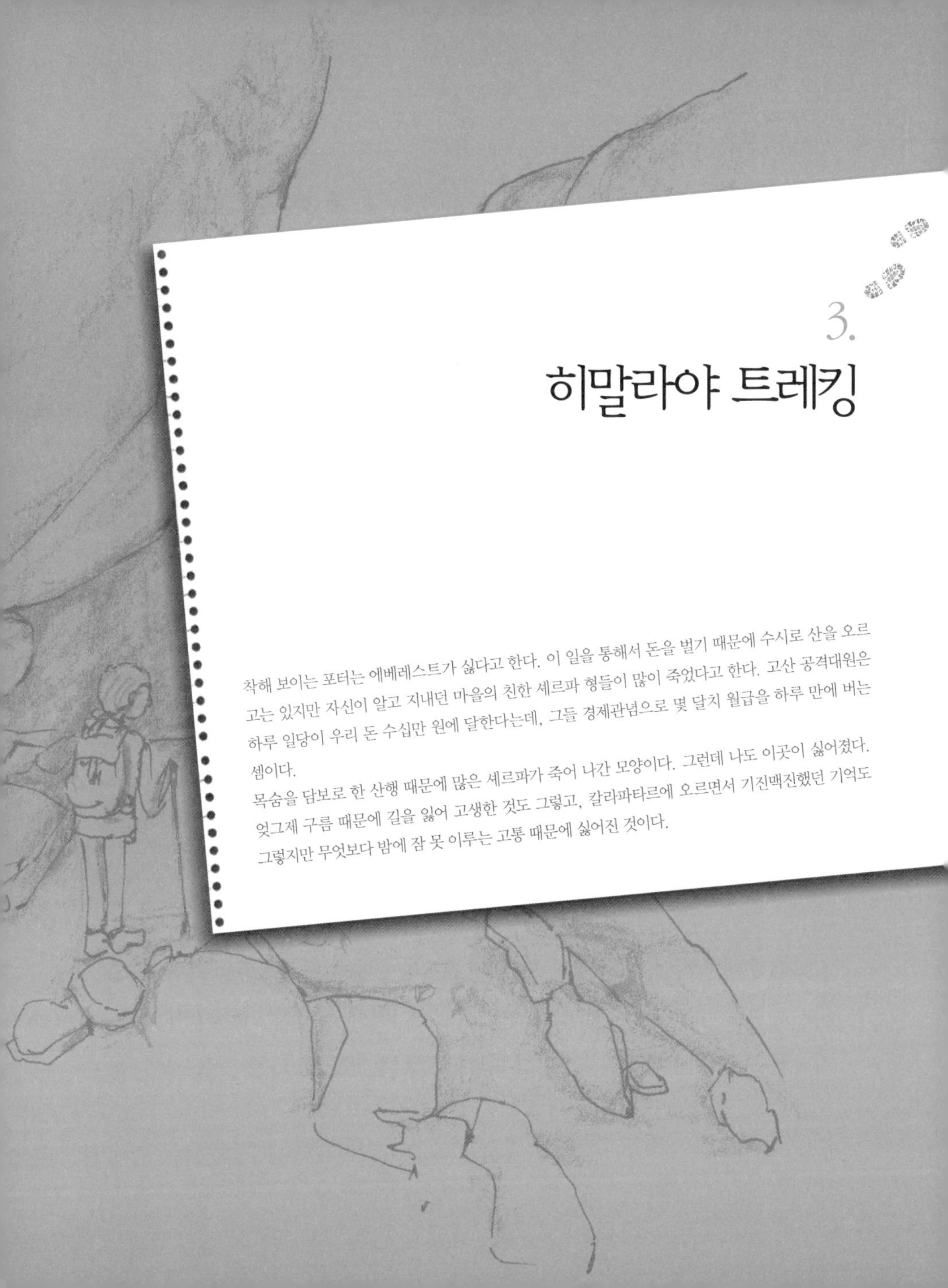

3.

# 히말라야 트레킹

착해 보이는 포터는 에베레스트가 싫다고 한다. 이 일을 통해서 돈을 벌기 때문에 수시로 산을 오르고는 있지만 자신이 알고 지내던 마을의 친한 셰르파 형들이 많이 죽었다고 한다. 고산 공격대원은 하루 일당이 우리 돈 수십만 원에 달한다는데, 그들 경제관념으로 몇 달치 월급을 하루 만에 버는 셈이다.

목숨을 담보로 한 산행 때문에 많은 셰르파가 죽어 나간 모양이다. 그런데 나도 이곳이 싫어졌다. 엊그제 구름 때문에 길을 잃어 고생한 것도 그렇고, 칼라파타르에 오르면서 기진맥진했던 기억도 그렇지만 무엇보다 밤에 잠 못 이루는 고통 때문에 싫어진 것이다.

# 드디어, 히말라야

산을 좋아하는 사람들의 로망과도 같은, 어찌 보면 신앙과도 같은 에베레스트에 간다는 생각에 마음이 붕 떴다. 날씨도 좋았고, 포터도 좋았다. 180은 되어 보이는 듬직한 체구에 선량한 얼굴을 한, 한국에서라면 영화배우로 대성할 듯한 미남이었지만 그곳의 현실은 너무 열악하다.

결혼했더라면 딱 내 아들뻘 정도 될 듯한 스무 살 남짓한 멋진 친구를 가이드 삼아서 산행을 시작했다. 애초 전문 포터로 계약했던 것이었지만, 의외로 영어를 제법 할 줄 아는 친구였다. 조만간 가이드 시험을 치를 예정이란다.

그때까지만 해도 모든 것이 좋았다. 쾌청하게 웃으며 트레킹을 하니 흥거워지고, 먼 거리지만 에베레스트 정상이 보이면서 심장이 기분 좋게 뛰기 시작했으며, 주위 풍경과 분위기도 안나푸르나하고는 또 다른 맛을 보여 주

 　나에게로 돌아온 여정

고 있었다.

느긋하게 길을 걸으며, 중간중간 마을에서 쉴 때마다 포터가 잘 아는 듯한 집으로 들어가는데, 숙소에 들어서니 한국 아줌마 포스가 느껴지는 주인장이 국수를 삶고 있다.

옆에서 일을 도와주고 있는 딸내미를 보니 100% 원조 한국인이다. 약간 째진 듯한 눈매에 호리호리한 몸매도 그렇고 몽골계통의 피가 많이 섞인 모습이다. 주방 일을 보다가 내가 들어서니 같은 종족이라고 반갑게 맞이해 준다.

무스탕에서도 아기들을 보면 엉덩이에 시퍼런 몽골반점이 보이곤 했었는데, 이곳 히말라야에 모여 사는 셰르파족도 같은 핏줄인 모양이다. 서양인들만 득시글거리는 산길에서 한국인과 똑같은 느낌의 외모를 지닌 모녀를 만나니 그렇게 반가울 수가 없다.

더듬거리며 대화해 보니 고등학생이다. 그런데 혀가 제대로 꼬부라지는 것이 영어회화가 원어민 수준인 것 같다. 배드민턴 선수권대회에서 우승했다면서 기념패를 일부러 꺼내어 자랑도 하고, 조카가 삼촌 앞에서 재롱떠는 것처럼 정겹다.

포터를 불러 같이 대화를 나누자 어째 분위기가 묘하다. 둘을 붙여 놓고는 사진을 찍어 주며 자꾸 부추기니까 둘 다 수줍어하는 모습이 재미나다. 서로 알고 지내고 맘에 들어 하는 눈치가 뻔한데, 옆에 가족들이 있으니 대놓고 사귀지는 못하고 있는 듯하다.

그러거나 말거나 시즌도 아닌데 동양인 한 명이 불쑥 방문한 것이 재미났던지 내가 알아듣건 말건 영어로 참새처럼 재잘거리는 것이 한국 여고생의 느낌 그대로다. 자막이 없는 영화를 한 편 보는 듯한 기분이다.

국수도 우리 음식 맛과 비슷한 것이 간도 잘 맞고 맛이 좋았다. 나중에 하산할 때도 같은 숙소에 들러 잠을 청했는데, 숙소 주인과 얘기해 보니 자기네 셰르파족은 500년 전 즈음에 티베트에서 이주한 민족이라고 설명한다. 포터는 북인도 계통의 커다란 눈망울과 큰 덩치로 보아, 히말라야에 넘어와서 서양인과 혼혈이 된 듯하고, 국숫집 가족은 원형 그대로다. 국숫집 딸내미와 얘기를 붙여 주면서 분위기를 만들어 주자 포터가 신이 났다.

다른 마을에서는 친구가 운영하는 식당을 추천하기에 들어가 보니 이제 스무 살 된 여성이 어린아이가 둘이나 있다. 밀크티와 달걀 프라이를 주문하고 가게를 둘러보고 있는데, 둘이서 신나게 대화를 나누고 있다. 어린 친구와 트레킹을 하니 색다른 잔재미가 있다.

그러나 고산지역이라는 복병이 어김없이 기다리고 있었다. 두어 달 전부터 무스탕, 안나푸르나, 북인도를 여행하면서 4,000~5,000m 고지를 수차례 넘었기 때문에 심적인 압박감은 별로 없었다. 그런데 3,500m에 불과한 남체 바

　　　　　　　　　나에게로 돌아온 여정

자르에 도달하자 숨이 턱까지 차오르면서 고산병이 몸을 건드리기 시작했
다.

그때 정신 차리고 하루 이틀 정도 추가로 머무르면서 고소적응을 해야
했는데, 자신을 너무 믿어 버리는 실수를 저지르고 말았다. 우선은 정보가
너무 빈약했다. 당시 고산병이라 하면 이미 겪어 봤던 사항이지만 머리가 깨
지도록 아픈 것만이 문제였던 것으로 착각했던 것이다. 다음 날 아침에 일
어나 보니 머리는 전혀 아프지 않았다.

다음 목적지에서도 별문제 없었다. 4,000m가 조금 넘는 지역이긴 하지만
고산병을 염려하면서 워낙 천천히 발걸음을 옮겨서인지 두통은 못 느꼈다.
밤에 잠도 잘 오고 음식도 잘 넘어가는 것이, 원래 계획보다 이틀은 앞당길
수 있을 것 같았다.

보통의 패키지 트레커들은 남체 혹은 바로 위에 있는 쿰중마을에서 하루
이틀 더 머무는 경우가 대부분이었는데, 이를 무시해 버린 벌칙이 어마어마
한 충격으로 찾아오게 되었으니 그 시발점은 로부체라는 곳이었다.

그날따라 일찍 숙소에 도착해서 낮 동안 여유가 생겼다. 3,000m대에 있
는 마을은 사람 사는 모습을 구경하면서 시간 보낼 거리가 많지만 4,000m
가 넘는 고산지역에서는 딱히 구경거리가 없다.

점심을 들고 나니 숙소에서 할 일도 없고, 숙소 뒤에 펼쳐져 있는 동산길
을 걸어 보기로 했다. 한참을 걷다가 마을 뒤편의 거무죽죽한 바위투성이
산을 오르기 시작했다. 북한산 암릉길에 1년 정도 빠졌던 경험이 있었기 때

문에 고소가 문제였지 돌무더기 산을 오르는 것은 일도 아니다.

숙소에서 보았을 때는 자그마한 야산 정도의 느낌이었는데, 막상 오르기 시작하자 끝도 없이 돌길이 이어진다. 저 위에 파르초가 너풀거리고 있어 그곳까지는 무조건 가야겠다는 일념으로 마침내 꼭대기에 도착했다.

오후 서너 시 경이 되면서 구름이 밀려오기 시작하는데 구름이 깔리는 모습이 독특하다. 구름이 공간에서 만들어지는 듯한 느낌이다. 날이 저물면서 오른편 하늘이 노랗게 물들고 구름도 약간씩 붉어지려고 한다.

고산의 구름은 평지에서의 상식을 초월한다. 일순간에 그 넓은 지역이 구름으로 뒤덮이다가도 눈 깜박할 사이에 구름이 걷히면서 광활한 설산 봉우리가 모습을 드러내곤 한다.

춤추는 구름이 예뻐 보이기만 했지 이면에 깔린 또 다른 모습을 눈치채지 못하고 멍청하게 일몰만 기다리고 있는데, 이상한 예감이 들기 시작했다. 장미 나무 속에 숨겨진 가시처럼 구름이 내게 위해를 가할 수도 있다는 생각이 든 것이다.

날카로운 가시를 피해서 빨리 내려가야 한다는 마음과 멋진 풍경을 감상하고 싶은 마음이 충돌하면서 두 마음이 격렬한 전투를 벌였다. 결국, 일몰을 보겠다는 마음이 이겼고, 그 결정의 배후에는 고산지역에 대한 부족한 상식이 한몫했다.

바로 코앞으로 느껴지는 숙소들이 눈에 보였고, 다소 어두워지더라도 숙소를 보면서 내려가면 된다는 암시를 걸었다. 날은 점점 추워지고 한참을

  나에게로 돌아온 여정

기다리자 드디어 일몰이 시작되려는지 오른쪽 설산이 주황빛으로 변해 가고 있었다.

사진기를 꺼내어 열심히 사진을 찍는 도중 작동이 멈추어 버린다. 추운 날씨 때문이었는지 배터리가 방전된 것이다. 높은 고산에서 멋진 일몰 사진을 찍어 기념으로 고이 간직하고 싶었던 것인데 배터리가 나갈 줄이야.

사진은 그렇다 치고 눈으로 감상만 해도 그 기억은 영원히 남는 것이란 생각에 마음을 비우고 풍경을 감상하고 있는데 잠깐 사이에 거짓말처럼 구름이 온 사방을 메우기 시작한다. 불과 몇 분 사이에 눈앞까지 구름이 꽉 들어차서 불과 몇 m 앞도 분간할 수가 없었다. 그때만 내려갔어도 위험한 상황에서 벗어날 수 있었을 텐데, 특유의 똥고집이 발동했다.

# 사람 잡는 구름

이왕 이렇게 된 것, 사진은 못 찍더라도 기필코 멋진 일몰을 보고야 말겠다고 더 버텼더니 무시무시한 바람이 불면서 멋진 풍경을 선사한다. 그런데 또 얼마 안 가 구름이 꽉 들어차 버리고, 그런 식으로 몇 차례 약을 올린다. 주위는 조금씩 어두워져 가고, 더는 안 되겠다 싶어서 결국 바위를 내려가기로 했다.

여기서부터 중대한 문제가 생겨 버렸다. 숙소가 아예 보이지 않는 것이다. 대략 20m 앞만 보이는데, 이 돌덩어리들이 다 고만고만하게 생겨서 숙소 방향으로 제대로 내려가는지 알 수가 없다. 나침반을 지니고 있어야 했는데, 감으로만 구름 속에서 방향을 잡다 보니 방향을 잃고 말았다.

날은 급속도로 어두워지고 일단은 안전하게 바위산을 내려가는 것이 더 중요해졌다. 다행히 미니 배낭에 헤드 랜턴을 가지고 갔기 때문에 시야는

  나에게로 돌아온 여정

대충 확보할 수 있었다.

조급한 마음으로 돌덩이를 헤치며 내려가는데, 어느 시점부턴가 바위의 경사도가 가파르게 변해 버린 것이, 올라오던 길이 아닌 것을 확실히 알 수 있었다. 그것을 인지하는 순간 마음이 불안해지면서 창자는 타들어 가고 심장이 거칠게 뛰기 시작한다.

마음을 진정시키려 해도 어쩔 수 없이 계속 흥분된 상태로 험악한 경사 길을 정신없이 내려왔다. 드디어 무사히 평지에 도착은 했지만, 여전히 숙소는 보이지 않았다.

뛰다시피 평지길을 따라 더듬어 봤지만 등산로 주변에 있던 냇가도 안 보이고, 무언가 잘못되었다는 느낌이 들었다. 주위에는 나지막한 언덕들이 둘러쳐 있는데 이 역시 말이 언덕이지 실제 그곳까지 가려면 제법 먼 거리였다. 그사이 구름이 조금 걷히긴 했지만 숙소로 가는 길은 여전히 오리무중이었다.

어딘지도 모르는 곳을 헤매다 보니 날은 이미 저물어 버렸고, 심장은 계속해서 뜀박질하고 있다. 직감적으로 완전히 잘못되었다는 느낌이 들었기 때문이다. 그렇다고 너무 초조해 하다가는 제대로 된 판단을 내리지 못할 것이라는 마음의 소리가 들렸다. 그래서 마음을 가라앉히기 위해 깊은숨을 쉬어 보았다.

우선 체력부터 점검해 보니 돌덩어리 산을 급하게 내려오느라 많이 지쳐 있었고, 구름 속에서 길을 찾는다고 헤매다가는 체력이 고갈되어 큰 사고가 나겠다는 생각이 들었다. 그래서 우선 차분히 쉴 곳을 찾아보았다.

그 와중에 갑자기 모래펄 같은 곳이 나온다. 등산화가 쑥쑥 들어가는 늪지 같은 곳이었는데, 그곳을 피해 걷다 보니 동굴 비슷하게 푹 파인 바위가 보였다. 일단 그곳으로 들어가 자리를 잡자, 황망한 것이 동굴 안에 많은 양은 아니지만 눈이 쌓여 있다. 그렇다면 낮에도 영하란 뜻인데, 한밤중의 무지막지한 추위를 어떻게 견딜지 걱정이 되었다.

그나마 다행히 거위 털 점퍼와 고산용 바지를 미니 배낭에 챙겨 간 덕분에 옷을 껴입고 일단 드러누웠다. 눕자마자 바닥에서 한기가 올라온다. 먹을거리라고는 말린 과일 조금과 육포 한 봉지가 전부다. 누워서 눈을 감고 왜 이 지경이 되었는지 곰곰이 생각하다가 잠을 청해 보는데 잠이 올 리 만무하다.

왜 이런 상황까지 오게 되었는지 돌이켜보다가 죽음에 대하여도 생각해 보았다. 하룻밤 자고 해가 뜨면 숙소를 찾으면 될 것이라는 생각에 패닉에 빠질 필요 없다고 마음을 달래 보지만 그러기에는 상황이 심각했다. 불과 몇 분 안 지났지만 냉기가 점점 심해지고 침낭이 없는 상태에서 추위를 이겨낼 수 있을지 자신감이 조금씩 사라져 갔다.

날은 완전히 어두워졌고 구름이 많이 걷히긴 했지만 여전히 안개처럼 아득하게 끼어 있다. 칠흑 같은 암흑 속에서 저 멀리 언덕의 구릉이 희미하게 비친다. 나 홀로 바위를 타다가 홀더를 확보하지 못해 죽기 일보 직전에 있을 때처럼 기분이 묘해지기 시작했다. 그렇지만, 큰 위기는 없을 것이란 감

　• • •　나에게로 돌아온 여정

같은 것이 머리를 스치고 지나갔다.

스스로를 안심시키려고 주머니에 있던 MP3를 꺼내서 노래를 들으며 누워 있는데 어디선가 휘파람 소리가 들렸다. 혹시나 하는 기대감은 있었지만 포터가 나를 찾아 나선 것이다. 반가운 마음으로 포터의 이름을 부르며 헤드 랜턴을 비췄더니 숙소방향으로 생각했던 언덕 반대편에서 몇 개의 불빛이 나타났다.

반가운 마음에 불빛이 비치는 언덕을 향해 헤드 랜턴을 흔들어 대며 성급히 걸어가는데, 발밑에 느낌이 이상하다. 아까 잠깐 혼이 났던 모래펄 같은 곳이었는데, 진흙수렁처럼 발이 푹푹 들어가는 것이다. 그럼에도 불구하고 포터의 불빛이 반가워 그쪽으로 몇 발자국 더 디디다 보니 굽 높은 등산화가 사정없이 빠져든다. 정신이 번쩍 들면서 차분하게 몸을 컨트롤하며 늪지대를 빠져나와 언덕에 올라서자 포터가 반갑게 맞아 준다.

지친 몸으로 그들을 따라가자 40분 정도 거리에 숙소가 있었다. 함석판으로 얼기설기 지은 낡은 건물이 타지마할보다 수천 배, 수만 배 더 감동적으로 다가왔다. 숙소를 찾는답시고 엉뚱한 언덕으로 올라갔다가는 체력만 고갈되었을 터인데, 자리를 잡고 체력을 비축한 것이 잘한 일이라는 생각이 들었다.

보디랭귀지 수준으로 대화하면서 일주일가량 산행한 것이 전부였지만 포터가 그렇게 고마울 수가 없다. 고산에선 구름이 끼면 바로 1m 옆에 텐트가 있어도 지나치게 된다고 하면서 상업 등반객 몇 명이 얼어 죽었다는 고산 체험기를 읽었던 적이 있다. 그 정도 상황은 아니었지만 아름다운 구름이 사람을 죽음으로 내몰 수도 있다는 것을 알게 되었다.

허름한 숙소에서 몸을 추슬러 보지만 상황은 계속해서 편하게 놔두질 않았다. 당장 그날 밤 숙소에서 잠을 이룰 수가 없었다. 나름 몸 관리를 철저히 했기 때문에 길을 잃은 후유증은 거의 없었는데, 나중에 안 일이었지만 잠을 못 자는 것 자체가 고산병의 대표적인 증상이었다.

   나에게로 돌아온 여정

# 고산병과의 사투

해외 명산에 대한 동경으로 처음 트레킹 패키지를 떠났던 곳은 일본 호타카다케였다. 여름휴가를 이용한 5일 정도의 짧은 산행임에도 불구하고 그곳에서 제대로 고산병을 경험한 적이 있다.

그 당시에도 고산병에 대한 별다른 특별한 지식 없이 패키지 여행객들과 가벼운 마음으로 산행을 떠났던 것이었는데, 일행들을 따라 걷다가, 머리가 깨지는 듯한 경험을 했다. 고산병을 앓아 본 사람은 더 설명이 필요 없지만 한 번도 겪어 보지 못한 사람은 상상하기 어려운 고통스러운 증상이다.

그나마 들은 풍월이 있어서 아픈 것을 숨기지 않고 동료에게 머리가 아프다고 호소했더니 경험 많은 선배들이 요령을 알려 주었다. 일행을 따라갈 힘이 있으면 잠시 쉬면서 음료수를 많이 마시고 빨리 소변을 누라고 한다. 소변을 보면서 몸을 부르르 떨면 고산병이 순식간에 증발한다는 것이다.

선배들의 조언 덕분에 간신히 산장에 도착해 살 만해진 적이 있었는데, 머리가 깨질 듯 아픈 것만이 고산병의 증세로 알고 있었다. 그 외에도 코피가 난다거나 설사를 하거나 밥을 못 먹는 등 여러 가지 증상을 잠깐씩 겪어 보기는 했지만 잠을 못 자는 것은 금시초문이었다.

로부체란 곳이 5,000m 가까운 곳인지라 내륙보다 30도 가까이 온도가 내려가기 때문에 처음엔 추위 때문에 잠을 못 자는 것인가 생각했지만, 잠이 들었다 싶으면 얼마 안 있어 잠이 깨고, 그때마다 심장이 아파 왔다. 낮 동안에는 열심히 걷고 밤에는 쉬어 줘야 컨디션이 유지될 텐데, 밤에 잠을 못 자니 대책 없는 노릇이었다.

한국에서라면 책을 보든가 TV를 보면서 시간을 보낼 수 있겠으나 허름한 숙소에서 멀뚱거리며 긴 밤을 보내는 것은 여간 고역이 아니었다. 그러나 그 역시 시작에 불과했다.

이튿날 좋지 못한 컨디션으로 에베레스트를 가까운 곳에서 볼 수 있다는 칼라파타르를 향해 갔다. 만년설이 녹아 흐르는 황량한 물가를 끼고 한참을 걸으니 조립식 건축물이 보인다.

   나에게로 돌아온 여정

숙소에 도착해 방부터 알아보니 그 지역 일대의 모든 숙소에 빈 방이 없다고 한다. 이러다 식당에서 잠을 자야 될 판이었다. 우선 밥을 시켜 허기진 배부터 채웠다. 식사 중에 카운터 쪽으로 눈길을 돌리자 인터넷 이용 요금표가 걸려 있다.

5,000m가 넘는 곳의 PC방이라 그런지 이용 요금은 상당히 비쌌다. 며칠간 주식 시세를 확인하지 못해 갑갑하기도 했고, 국내 물정도 확인할 겸 잠깐 이용했는데, 사람이 그렇게 많아도 인터넷 이용객은 아무도 없다. 그런데 PC방에 자그마한 침대 하나가 비치되어 있다.

종업원에게 오늘 밤 여기서 자고 싶다고 말하고 얼결에 1인실을 하나 예약했다. 그리고 칼라파타르를 오르기 시작했다. 걱정되었는지 순박하게 생긴 포터가 처음엔 안 보이더니 어느 순간 옆에 붙어서면서 따라온다. 그럴 필요 없다고 포터를 돌려보내고 산을 오르는데, 거리 감각이 묘해진다. 숙소에서 보기에는 규모가 대단치 않아 보이지만 막상 발걸음을 내딛으니 한도 끝도 없다.

중간 즈음 갔을 때부터 발이 납처럼 느껴진다. 발만 그런 것이 아니라 온몸이 납덩이로 바뀌어 버렸다. 거기다 호흡은 입으로 아무리 세게 해도 힘이 들고, 래프팅하다 물속에서 허우적거릴 때처럼 허파까지 아파진다.

5,500m의 높이지만, 예상했던 것보다 훨씬 더 힘들었다. 중간에 포기하려는 마음도 들었으나, 8,000m가 넘는 무지막지한 곳을 오르는 로봇 같은 사람들도 있다는 생각이 들면서 다시 발걸음을 옮겼다.

언제 이곳을 또 오겠는가 하는 오기로 잠시 쉬었다가 납덩이 같은 발을 옮기자, 뒤에서 따라오던 덩치 좋은 서양인이 나를 훅 스치면서 앞으로 치고 올라간다. 체력도 좋다. 괜히 무리하다가 머리가 깨지면 산통이 날아가 버리기 때문에 왼쪽 등산화와 오른쪽 등산화가 붙어가듯이 기어서 올라갔다.

두어 시간 기어가다 보니 드디어 정상이 보인다. 현란한 초르파가 강풍에 나부끼고 마지막 구간은 죽기 살기로 숨 막히는 고통을 참아가며 기어올랐다.

칼라파타르 정상은 제대로 서 있기가 힘이 들 정도로 바람이 드셌고, 사진을 찍기 위해 장갑을 벗으면 손이 금방 얼음장으로 변했다. 눈앞에 파노라마로 펼쳐진 고산들 모두 굴뚝에서 연기 뿜듯이 정상을 기준으로 해서 좌측으로 힘차게 구름을 쏟아내고 있었다. 마치 구름 제조공장 같은 느낌이다.

그 정상에 서 있는 상황이라면 아마 드러누워 있어야 할 듯싶었다. 서 있으면 날아가 버릴 듯한 기세로 보였다. 모든 설산이 동일한 모습으로 굴뚝에서 수증기를 뿜어내고 있고, 구름은 어제처럼 살아있는 괴생명체처럼 스멀스멀 차 오르기 시작한다.

    나에게로 돌아온 여정

　구름 때문에 죽다 살아난 것을 생각하니 구름이 괴물로 느껴졌다. 그 괴물은 어제와 마찬가지로 춤을 추기도 하고 위로 분수처럼 올라갔다가 다시 땅바닥에 차분히 깔리기도 하면서 쇼를 하고 있었다. 한참 넋을 놓고 천국의 풍경을 바라보다가 사진만 찍으면 그 즉시 생지옥으로 변했다.

# 에베레스트 베이스캠프에서

손가락이 날아가는 기분이다. 그 높은 곳에서 초강력 한기를 자랑하는 에어컨을 허리케인급 속도로 틀어 놓았으니 환장하실 노릇이다. 손을 재빨리 주머니에 넣으면 조금 나아지긴 했지만 답이 없을 정도의 강풍에 강추위였다.

그러나 방한복에 손을 넣고 멍하니 풍경을 보고 있노라면 하산하고 싶은 마음이 안 생길 정도로 황홀한 세계가 펼쳐진다. 특히, 날이 저물어 갈수록 설산은 더욱 빛을 발하였다. 이상하게 날이 저물어 가는데 설산은 더 번쩍거린다. 아마 설산의 각도와 태양이 떨어지는 각도가 맞물리면서 경사면이 태양 빛을 반사하는 양이 많아져서인 듯하였다.

설산이 보석처럼 반짝거리면 가만히 있을 수 없다. 또 지옥 같은 추위를 만끽하면서 주머니에서 카메라를 꺼내어 열심히 찍어 주고, 사진 찍기 놀이

    나에게로 돌아온 여정

를 즐기다 보니 어느덧 해 질 녘이 가까워진다. 그러나 칼라파타르는 어제 올랐던 이름 모를 바위산하고 다르게 등산객이 워낙 많이 오르는 곳이라 확실하게 길이 나 있어서 별문제는 아니다. 안개가 코앞까지 찬다 하더라도 숙소까지 내려가는 것은 문제가 없었는데, 날이 차서 그런지 또 카메라 배터리가 방전되어 버렸다.

오늘은 무슨 일이 있어도 설산이 불타오르는 광경을 코앞에서 감상하고 싶었지만, 유감스럽게도 구름은 점점 더 차오르고 배터리는 방전되어 할 수 없이 하산길에 들었다. 납덩이 같던 몸이 내려가는 동안에는 물 만난 고기처럼 자유롭다.

일부 등반객은 늦은 시간에도 커다란 카메라를 들쳐 업고 정상을 향해 올라간다. 아마 석양을 카메라에 담으려는 듯했다. 이미 사방은 구름으로 가득 차서 별 의미가 없을 듯한데 이해가 안 간다. 그러나 중간 즈음 내려가자 맛보기라도 보라는 듯 갑자기 구름이 걷혔다.

하여간 이 동네는 웃긴다. 조금 전까지만 해도 한 치 앞이 안 보일 정도로 구름이 꽉 차 있더니 눈을 한 번 깜박이고 나면 순간적으로 구름이 완벽하게 걷혀 버린다. 그 순간을 놓치면 불타오르는 거벽을 못 보게 된다. 딴생각을 하면서 걷다가 한두 번 멋진 장면을 놓치고 이번엔 눈에 쌍심지를 켜면서 하산하는데, 약 2초에서 3초 정도 구름이 걷혔다.

새하얀 수천 m의 설벽이 바로 코앞에서 석양을 받아 붉게 타오르는데, 그 색조의 아름다움은 말로 표현하기가 어렵다. 그냥 빨갛기만 한 것이 아니라, 태양이 위치한 각도와 설산의 경사면이 조화를 이루어 빛이 난다. 수천 m의 설벽이 온통 빨간 빛으로 번쩍이며 불타오르는 광경이란!

진귀한 장면을 보고 숙소에 다다르니 이미 어두워져 있고, 식당 안에는 트레커와 스텝들로 꽉 차있다. 자리를 비비적대고 앉아 밥을 먹고 아까 예약해 둔 PC방으로 자리를 옮기자 5,000m가 넘는 곳이어서인지 한기가 장난이 아니다. 냉동고 안으로 들어가는 기분이다. 시간은 7시도 안 되었고, 딱히 할 일은 없고, 자그마한 침대에 침낭을 깔고 드러눕자마자 바로 곯아떨어졌다.

그러나 얼마 안 되어 불면의 고통이 펼쳐진다. 심장이 찡 아파지면서 잠에서 깨어 시계를 보니 아직 초저녁이다. 채 한 시간도 못 잔 것 같다. 다시 잠을 청하려니 쉽게 잠들 리가 없다. 가지고 간 MP3로 두어 시간 노래만 듣다가 억지로 잠을 청했다.

그러나 역시 얼마 못 자고 똑같은 증상으로 잠을 깬다. 거기다 고산병 증세는 아니지만 엄청난 한기로 머리가 아파서 잠을 잘 수가 없다. 방한모를 썼지만 틈새로 들어오는 냉기가 장난이 아닌 것이다.

그런 과정을 대여섯 번 거치고 나니 드디어 해가 들기 시작한다. 몸뚱이는 삐걱거리며 제대로 움직여지지도 않는다. 그 상태로 마늘죽을 두어 숟가락 밀어 넣고 또 걷는다. 이곳까지 왔으니 에베레스트 베이스캠프는 가 보아야 할 것 아니겠는가.

착해 보이는 포터는 에베레스트가 싫다고 한다. 이 일을 통해서 돈을 벌

　　　　　　　　　　　　　　나에게로 돌아온 여정

기 때문에 수시로 산을 오르고는 있지만 자신이 알고 지내던 마을의 친한 세르파 형들이 많이 죽었다고 한다. 고산 공격대원은 하루 일당이 우리 돈 수십만 원에 달한다는데, 그들 경제관념으로 몇 달치 월급을 하루 만에 버는 셈이다.

목숨을 담보로 한 산행 때문에 많은 세르파가 죽어 나간 모양이다. 그런데 나도 이곳이 싫어졌다. 엊그제 구름 때문에 길을 잃어 고생한 것도 그렇고, 칼라파타르에 오르면서 기진맥진했던 기억도 그렇지만 무엇보다 밤에 잠 못 이루는 고통 때문에 싫어진 것이다.

그러나 싫든 좋든 간에 자진해서 선택해 온 곳이다. 등산애호가 입장에서만 본다면 엄청난 행운이다. 그러니 베이스캠프 정도는 가 주는 것이 예의 아니겠는가.

죽자 살자 걸으니 빙하가 보이기 시작하고, 원정대들이 짐보따리를 풀어 놓은 베이스캠프에 도착했는데, 별반 새삼스러울 것은 없었다. TV에서 보았던 것처럼 텐트를 크게 연결해서 식당처럼 꾸민 곳도 있고, 화장실용 텐트도 보였다.

안쪽으로 원정대원들이 잠을 자는 대형으로 된 돔형 텐트가 보였고, 원정산행을 온 일본인과 서양인이 몇 명 돌아다니는 정도다. 그리고 저 멀리 원정등반객 두어 명이 조를 이루어 빙벽을 타고 올라가는 모습도 보인다.

발밑에 에베레스트 베이스캠프가 있다는 사실에 가슴이 뭉클해질 법도 하지만 특별한 감정이 일지는 않았다. 사진만 몇 커트 찍고 왔던 길로 돌아

가다 보니 등반객들이 열심히 걸어오고 있다. 다들 표정이 묘하다. 힘들어 죽겠다는 표정과 기대에 찬 표정이 뒤섞여 있다.

많이도 걸었다. 구름 때문에 고생했던 로부체까지 가야 하는데, 하산길이라 힘은 덜 들어도 워낙 걷는 양이 많다 보니 지쳐 간다. 게다가 이틀 동안 잠을 제대로 못 자서 몸 상태도 엉망이다. 그래도, 시간은 흘러가고, 구름 때문에 죽을 뻔했던 로부체 숙소에 다시 도착했다.

   나에게로 돌아온 여정

# 석청

이번에는 제대로 잠을 좀 자 보자는 요량으로 안나푸르나 라운딩을 할 때 사 두었던 석청을 컵에 풀어 대형 컵으로 한 잔 가득 마셨다. 저녁도 맛나게 먹고 하루 전에 미리 예약했던, 침대가 하나만 있는 독방을 잡아서 꿈나라에 빠져들려는 찰나, 또 무언가 잘못되었다는 느낌이 찾아왔다.

온몸이 마비되어 가고 있었다. 그전에는 고산병 때문인지 손가락 정도만 약간 마비 기운이 있곤 했는데, 잠들려고 누운 순간 머리끝에서부터 발끝까지 온몸이 이상해졌다. 마비 기운을 없애려고 손발과 얼굴을 문지르면 그 문지른 부위가 더 심하게 마비되면서 난생처음 느껴 보는 희한한 감각의 공포 속에 빠져 버렸다.

이런 종류의 고산병 증세도 있나 싶기도 하고, 겁이 나서 병원에 가야겠다는 생각이 들었으나 그 높은 곳에 병원이 있을 턱이 없다. 시간이 흐르면

좀 나아지겠거니 했지만 마비 증상은 점점 심해졌다. 혹시 척추신경이 잘못되었나 싶어 몸을 움직여 보면 아무 문제가 없는데, 어떻게 표현이 안 되는 이상한 느낌이다.

분명히 심각한 문제가 발생했다. 평상시의 피부감각이 아니라 세포가 마비된 듯하면서도 온몸의 피부가 꼬이는 듯한 묘한 느낌이 강렬하게 몸을 휘감았다. 그러한 감각이 조금만 더 심해지면 큰 사고가 날 것 같은 그런 임계점을 향하여 몸뚱이가 뒤틀리고 있었다.

잠을 자는 것이 문제가 아니라 까딱하면 여기서 비명횡사할 것 같다는 불안감에 정신을 못 차리고 한참을 누웠다 앉았다 일어서기를 반복하면서 허덕이고 있었다.

그러다가 엊그제 구름사건 때처럼 마음을 다스리기 시작했다. 죽는 것이 뭐 대수냐. 어차피 사람은 살다가 한 번은 죽게 되어 있고, 그동안 살아오면서 죽을 고비를 셀 수도 없이 넘겼는데, 죽음이 그리 새삼스러울 것은 없었다. 그깟 죽는 게 뭐랍시고 이렇게 난리를 치는가 하는 마음으로 차분히 숨을 고르면서 원인을 생각하다 보니 답이 떠올랐다.

바로 꿀이었다. 네팔 고산에는 우리나라 철쭉꽃 같은 독약 성분을 가진 꽃이 있다고 한다. 고산에 사는 왕벌들은 그 꽃에서도 꿀을 모으기 때문에 일정량 이상 석청을 섭취하면 몸에 부작용이 발생할 수 있다는 내용을 검색한 기억이 났다.

그래서인지 석청을 살 때도 포카라 식당 아줌마가 하루에 티스푼으로 하

나씩만 먹으라고 했던 것도 생각났다. 그러나 당시에는 이 꿀이 진짜 100%
는 아닐 것이라고 반신반의했던 것이다.

이틀 동안 잠을 못 잔 상태에서 제일 험악한 산행 코스를 지나오며 몸이
지나치게 약해진 것이 문제였던 모양이었다. 그런 몸 상태로 식당에 있던 큰
수저로 석청을 세 숟갈 이상 컵에 넣고 거의 꿀 반 물 반 수준으로 뜨거운
물과 함께 원샷을 했으니 그 독성이 제대로 몸을 파고든 것이다.

원인을 알았으니 치료가 문제인데, 아무런 치료 상식이 없었다. 그리고 어디서 약이 나올 리도 만무한 일이고, 죽지 않고 멀쩡하게 살아나게 해 달라고 비는 수밖에 없다. 원인을 알아서인지 설마 꿀 때문에 죽진 않을 것이란 태평스런 마음도 생긴다.

꿀의 독성을 의식하지 않고 멍하니 누워 있는데, 온몸은 계속 마비되어 가고, 죽든 살든 졸음은 오고 해서 잠을 청했다. 너무 몸이 피곤했던지 독성에 대한 걱정이 가득함에도 의외로 쉽게 잠이 들었다.

그러나 심장이 쩡 울어 대면서 얼마 안 있어 잠에서 깨고, 꿀독과 한참 싸우고, 합판 한 장으로 마감된 옆방에서는 프랑스 산행객들이 떠들고 있다. 그러다가 꾸벅 졸고 또 일어나서 꿀독과 싸우고, 그렇게 험악한 밤은 지나갔다.

꿀독은 다행히 아침이 되어서 거의 다 사라졌고, 죽 비슷하게 생긴 음식을 하나 시켜 먹고 길을 나섰다. 조금 걷다 보니 갈림길이 나온다. 이제 판단을 내릴 시기다. 그즈음에서 바로 하산할 것인가 고민을 했으나 나를 기다리고 있을 고쿄 호수를 지나칠 수 없는 일이다.

갈림길이 눈에 훤히 보였다. 상당수 사람들은 하산길이 있는 쪽으로 지나쳐 가고 있었고, 어느새 포터와 함께 둘이서만 황량한 벌판길로 들어서고 있었다.

이때만 해도 더 험악한 꼴은 안 보리라는 막연한 기대가 있었지만, 현실은 그렇지 않았다. 색다른 경치에 빠져 산길을 걷는데, 포터가 예상한 대로

 나에게로 돌아온 여정

종라 숙소에 자리가 없다고 한다. 그래서 아침 일찍 출발하자고 한 모양이다. 어쩔 수 없이 피로에 찌든 몸을 이끌고 몽라까지 이동하기로 했다.

몽라를 가려면 촐라패스라는 고산지역을 넘어서야 하는데, 이 길이 여간 까다로운 것이 아니다. 이미 인터넷에서 촐라패스에 대한 정보는 얻은 상태였기에 나름 마음의 준비는 되어 있었지만 체력이 문제다. 길을 걷는 도중 너무 졸려서 잠시 누워 잠을 청했더니 포터가 다가와서 깨운다. 몸이 아프냐고 걱정하면서 시간 여유가 없을 것이라는 눈치를 준다.

졸음을 떨치고 멋진 계곡을 감상하는데, 저 앞쪽에서 중년의 서양 여성 한 명이 포터 등에 업혀 내려온다. 가냘픈 체구의 포터가 거구의 아줌마를 들쳐 메고 야무지게도 걷는다. 포터에게 물어보니 고산병에다가 무릎까지 문제가 발생한 모양이었다. 남 일 같지가 않다.

아무리 천천히 걸어도 잠을 못 자니 체력은 급속도로 약해져만 가고, 그래도 목표한 산행코스는 꼭 가야만 하겠고, 악명 높은 촐라패스를 넘는데, 이번에는 얌전하던 포터가 절대 조심하라면서 신신당부를 한다. 꽤 많은 사람이 촐라에서 죽었다는 것이다. 안 그래도 힘들어서 헉헉거리고 있는데 죽지 않도록 조심하라니 괜스레 긴장감이 돈다.

안전이 최우선이니 포터의 말을 머릿속에 새기며 조심스레 고개를 오르는데, 좀 위험하긴 하다. 그러나 체력이 고갈되어서 그렇지 멀쩡한 컨디션이라면 그렇게까지 험한 코스는 아니다. 진짜 문제는 패스 정상에서의 눈길이었다. 만년설처럼 느껴지는 눈 위를 걸어서 패스를 지나야 하는데, 크레바

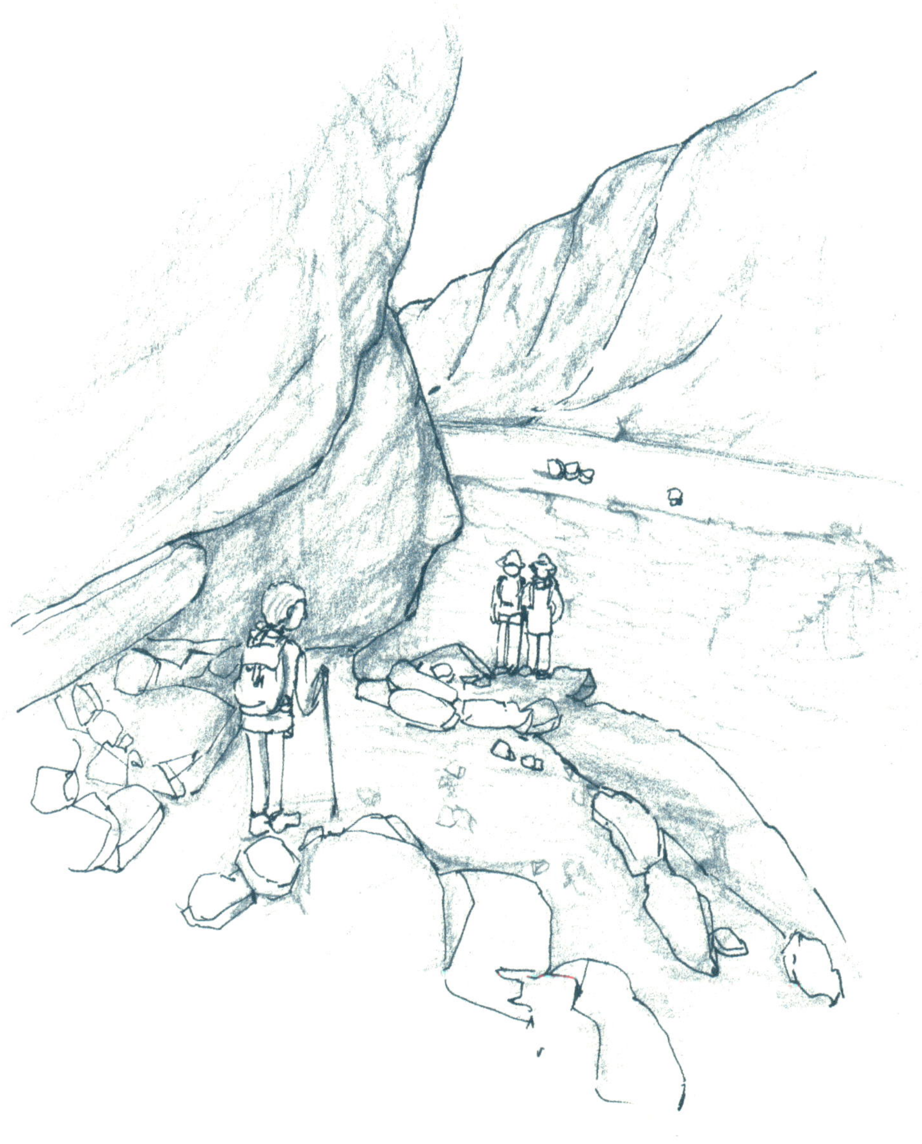



나에게로 돌아온 여정

스가 있으니 사람들이 앞서 간 길로만 따라가야 한다고 주의를 시킨다.

처음에는 8,000m급 고산을 걷는 기분이 들면서 운치가 있었지만, TV에서 보듯 멋지기만 한 것이 아니다. 그다지 위험하지는 않은데 눈길을 걸으면서 체력이 바닥나 버렸다. 산소도 부족한 상태에서 눈길을 허적거리며 걷다 보니 주위의 아름다운 경치조차 짜증이 날 정도로 힘이 들었다.

패스를 올라가고 눈길을 걸으면서 그나마 남은 체력을 다 써 버리고 하산하는데, 하산길이 장난이 아니다. 보통 하산길에서는 산소상태도 좋아지고 힘이 나지만, 여기 촐라패스는 하산길이 돌무더기로 되어 있어 진을 쏙 빼놓게 되어 있다. 가끔 체중을 못 이기고 돌무더기들이 굴러 내리기도 하는 것이 보통 험악한 길이 아니다. 이름값을 톡톡히 하는 구간이다.

이미 눈길을 걸으면서 체력이 9할 이상 증발했기에 그로기 상태였다. 무사히 급경사 길로 내려섰지만 숙소까지는 한도 끝도 없이 길이 이어져 있었다. 도대체 언제쯤 끝이 나는지 알 수도 없고, 포터에게 물어보면 한두 시간 남았다 그러고, 주위 풍경은 징글맞게 아름다웠다.

고산지역이라고 다 똑같지 않을까 했는데, 지역마다 구간마다 나름대로 특성이 있다. 마지막에 온몸의 진액이 빠지는 느낌으로 고생하면서 걷던 구간은 이름 모를 희한한 야생초목이 서로 뒤엉켜 구릉을 이룬 신비하고도 절묘한 풍경의 산책로였다. 말 그대로 눈앞에 천상의 산책로가 펼쳐져 있는데 내 몸은 지옥에 갇혀 있었다.

# 얼음 샤워

새벽부터 시작한 걸음은 해가 져서야 조립식 건물이 몇 동 보이는 숙소에 도착할 수 있었다. 이 숙소에서 보름간의 트레킹 여정 중 하이라이트라고 할 희한한 증상을 체험하게 되는데 당시에는 무슨 종류의 병인지도 몰랐다.

숙소는 깔끔한 편이었고, 식당에 들어서니 역시나 서양인 트레커들과 현지인 스텝 십여 명이 앉아서 두런두런 이야기를 나누고 있다. 바로 식사 주문을 하고 짐을 풀었다. 숙식비가 유별나게 비싼 숙소였는데 즐겨 먹는 달밧이 무려 600루피다. 우리 돈 만 원에 달하는 금액이어서인지 맛은 좋은 편이다. 그러나 두어 숟가락 뜨는 새에 머리가 뜨거워지기 시작했다.

워낙에 추운 고산지대라서 항상 면으로 짠 비니 모자를 챙겨 쓰고 있었는데, 그 모자 때문인가 하고 모자를 벗었는데도 머리통이 후끈거린다. 식

　　　　　　　　　　　　나에게로 돌아온 여정

당 안에 난로가 있어서 그 열기 때문인가 했지만, 그럴 정도로 강렬한 열기는 아니었고, 머리가 갑갑해지면서 밥이 넘어가지 않았다.

달밧이란 음식은 현지인들의 백반이라고 보면 되는데, 이상한 현지냄새가 나면서 비위가 거슬리는 곳도 있지만 주인장의 솜씨가 좋은 곳에서는 훌륭한 특식이 된다. 그곳 숙소도 아줌마의 음식 솜씨가 좋아 맛이 좋았고 현지 물가를 생각하면 가격도 엄청났다.

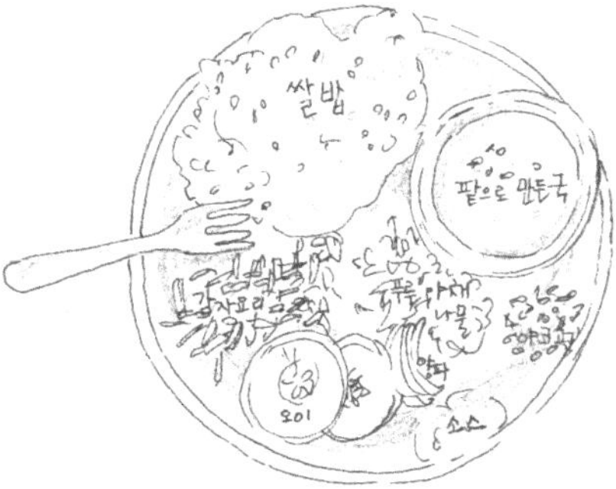

그간 형편없는 맛 때문에 음식다운 음식을 먹어 본 적이 없어서 제대로 된 밥을 먹어 보자 달려들었던 것이지만, 딱 두 숟가락 먹고 포기하고 말았다. 더 먹었다간 몸이 뒤틀릴 것 같았다. 머리가 뜨거운 것과 동시에 머릿속이 근질거린다는 표현이 맞을 것이다.

지난밤의 석청 사건처럼 이상한 느낌이 몸을 감싼다. 석청 독의 후유증 같지는 않았다. 내내 멀쩡하다가 숙소에서 밥을 먹자마자 머리가 뜨거워지는 것이, 감기 걸린 아이처럼 이마가 뜨거운 것이 아니라 머릿속에 있는 뇌가 뜨거워지는 감각이다.

석청 사건 이후 이틀 연속 처음 느껴보는 묘한 느낌이었다. 통증 때문에 고통스러운 게 아니라 갑갑한 고통이다. 몸속이 근질거리면서 뒤틀리는 느낌이다. 손으로 긁을 수 있으면 박박 긁어서 잠시라도 갑갑함을 벗어났으면

좋겠지만 긁어서 해결할 수 없는 가려움이다. 그렇다고 몸뚱이 어디가 아파 죽어 나갈 정도는 아니었기에 겉으로는 멀쩡해 보였다.

달밧을 물리고 메뉴판을 보다가 핫 샤워가 있는 것을 보고 깜짝 놀랐다. 어지간한 고산 지대 숙소에서 핫 샤워는 상상할 수 없는 일이다. 호텔도 아니고 허접스러운 조립식 건물에 무슨 샤워장이 있다는 것인지 매우 비싼 가격임에도 불구하고 샤워 신청을 했다.

뜨거운 물로 샤워하면 몸이 노곤해지면서 머릿속 갑갑함도 풀리고, 잠이 잘 오지 않을까 하는 기대감 때문이었다. 비싼 금액은 문제가 아니었다. 이 높은 곳에서 뜨거운 물로 샤워할 수 있다는 황당한 즐거움만으로 앞뒤 재 보지도 않고 신청한 것이었는데, 이게 미친 짓이었다.

한 20분 기다리니 주인아줌마가 시커먼 간장통 같은 곳에 물을 담아 가지고 나온다. 샤워를 원하지 핫 버킷을 원하는 게 아니라고 하니 피식 웃으며 자길 따라오라는 손짓과 함께 간장통을 들고 건물 밖으로 나간다. 그 추운 날 저녁에 조그마한 화장실처럼 생긴 건물로 가서 사다리를 타고 올라가더니 옥상 위에다 물통을 거꾸로 올려놓고 무슨 조작을 한다.

엉성해 보이는 건물 안에는 낡아 빠진 샤워기 한 개가 천정에 달려 있다. 물통에서 자유낙하로 떨어지는 물이 샤워기에 연결된 것이다. 순간 황당하면서도 그래 이거라도 어디냐 하면서 옷을 벗는데, 말이 좋아 건물이지 에어컨 바람이 숭숭 들어오는 컴컴한 건물 안에서 머리에 랜턴을 끼고 어떻게 샤워를 한단 말인가.

　　　　　　　　　　　　　　나에게로 돌아온 여정

그 와중에 물은 위에서 자동으로 떨어지고, 앞에 물건 두는 곳에 랜턴을 올려놓고 씻기 시작하니 몸이 부들부들 떨려 온다. 물이 콸콸 쏟아지면 한기가 덜할 테지만 장치가 어떻게 된 건지 졸졸 흐르는 수준이다. 물을 맞는 부분은 따뜻하지만 나머지 부분은 한기로 오싹하다. 아수라 백작이 된 듯한 느낌이다. 샤워를 하는 건지 고문을 당하는 건지 헷갈린다.

열심히 비누칠을 하고 한기를 없애려 제자리 뛰기를 해 가면서 그간의 찌든 몸을 닦아 보지만 물살이 약하다 보니 거품 제거하는 데만도 시간이 제법 걸린다. 이러다 간장통에 들어 있는 물이 다 떨어지면 어떻게 하나 걱정이 되기 시작했다. 말 통 한 개에 물이 들어가 봐야 얼마나 들어가겠나.

괜히 비누칠을 했나 싶어 부지런히 거품을 제거하고 대충 몸을 씻을 수 있었다, 문제는 옷을 입는 일이었다. 급속히 머리 회전을 하기 시작했다. 따뜻한 샤워 물줄기에서 벗어나는 순간 몸이 얼어붙을 것이기 때문에 최대한 빠른 속도로 물기를 제거하고 재빨리 옷을 입어야 한다.

두어 달 전 무스탕 산행 당시 샤워 후 여유 있게 옷을 갈아입다가 된통 당한 적이 있다. 한기 때문에 온몸이 바이브레이터가 되면서 심장이 깨지는 듯한 충격적인 고통

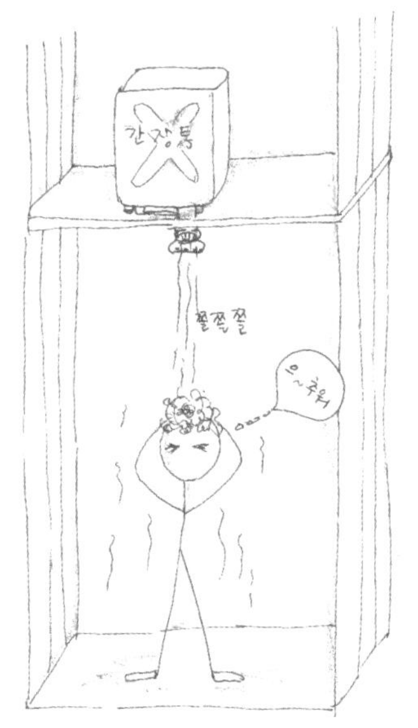

을 경험한 적이 있었기 때문에 이번에는 옷 입는 타이밍을 잘 잡아야 했다. 더구나 무스탕보다 높은 지역이고 더 추운 늦가을이었기에 정신을 바짝 차려야 했다. 운 나쁘면 심장마비로 이승과 작별인사를 할 수도 있다.

먼저 따뜻한 물을 맞고 있는 상태에서 상체를 내밀어 모자부터 쓰고, 타월로 윗통을 닦고 상반신에 옷을 걸쳐 입은 후, 하의를 입었다. 그간의 내공이 있어서인지 큰 충격 없이 옷을 챙겨 입었지만 뭐하는 짓인가 하는 생각에 내 모습이 우습기도 하다. 샤워를 한 덕분에 몸은 노곤해지고, 동시에 엄청난 한기 때문에 온몸이 부들부들 떨려 온다.

방에 도착해 두꺼운 거위 털 방한복을 위아래로 껴입고 동계용 침낭에 들어가 있는데도 으슬으슬 한기가 돈다. 침낭 속에서 몸을 털면서 열을 내고 3일간 못 잔 잠을 보충이라도 하듯 바로 곯아떨어졌다. 짧은 잠에서 깨고 보니 역시 심장이 쩡 울리면서 가슴이 갑갑하다.

오늘도 틀렸다는 예감이 들면서 혹시라도 하는 마음에 시계를 비춰 보는데 겨우 한 시간 정도 바늘이 흘러가 있다. 혹시 잘 못 본 것은 아닌가 하고 두 눈에 불을 켜고 다시 살펴봤지만 시계는 멀쩡했다.

겨우 한 시간 정도 지나 여덟 시밖에 안 된 초저녁이란 사실에 욱하고 짜증이 올라왔다. 눈을 말똥말똥 뜨고 있다가 일기라도 쓰려고 노트북을 꺼내자, 배터리가 바닥이나. 게다가 한기 때문에 손을 내놓을 수도 없다. 늘 듣던 MP3도 지겹다. 가지고 갔던 유일한 책 한 권도 원체 많이 읽어서 책갈피 넘기는 것도 짜증이다. 아무것도 하기 싫었고 멍하니 누워 있는데, 정신이

　　　　　　　　　　　　　　　　나에게로 돌아온 여정

나간 듯 갑갑해지기 시작했다.

아까 머리와 몸뚱이 속이 갑갑했던 그 느낌은 아니다. 이번엔 차원이 다른 갑갑함이다. 도대체 이해가 안 되었다. 이유를 밝히려고 몸뚱이를 스캔해 들어가니, 좀 추워서 그렇지 어디 아픈 곳은 없다. 그런데도 지난 3일 동안 느꼈던 고통은 저리 가라 할 정도의 엄청난 아픔과 갑갑함이 온몸을 짓누르고 있었다.

# 공황장애

이번엔 왜 그런 것인지 답이 바로 나왔다. 마음 자체가 근질근질하고 답답해진 것이다. 육체가 아니라 마음이 감기에 걸린 것이다. 몸뚱이는 머리가 깨질 정도로 고생한 전력이 있었기 때문에 아슬아슬하게 위기 상황을 넘기고 있었지만, 정신이 견뎌 내질 못했던 것이다.

왜 이 높은 곳 깊은 산중에서 한기에 잠도 못 자고 개고생하고 있으며 이 긴긴밤을 또 어떻게 보내야 할 것인지 정신착란이 오는 듯했다. 3일 동안 겪었던 잠 못 드는 고통을 고스란히 다시 겪어야 한다는 두려움이 엄습했던 모양이다.

고문 중에 가장 무서운 고문이 잠을 안 재우는 고문이라더니, 3일은 어떻게든 버텨 냈지만 나흘째 되는 날, 마음속

나에게로 돌아온 여정

깊은 곳에 있던 또 하나의 내가 더는 참지 못하고 폭발했던 것이다.

당시엔 몰랐지만 귀국하고 나서 그것이 공황장애 증상의 일부란 것을 알았다. 무조건 그 허름한 숙소에서 나가고 싶었다. 일주일 넘게 아무 말도 못하고, 아무 말도 못 알아들으면서 귀머거리, 벙어리 생활을 하다 보니 그 자체가 스트레스가 된 것이다.

어디를 가든 서양인이 북적거렸고 동양인 여행객은 늘 나 혼자였다. 그들이 쏟아내는 영어와 꼬부랑말을 들으면 짜증부터 났다. 외톨이 여행을 하면서 숨겨진 나 자신과 만나느니 마음공부를 하느니 하면서 대찬 각오로 산행을 시작했던 것인데, 결국 그날 터져 버리고 말았다. 어떤 의미에서는 나 자신을 만났다고 할 수도 있다. 미칠 듯이 폭주하는 내 본 마음을 발견하긴 했으니까!

나 스스로 미쳐 가고 있다는 자각이 일었다. 침대를 떠나서 서양인이든 현지인 스텝이든 사람이 있는 곳에 가야 한다는 발작이 났다. 왜 그런 생각을 했는지 모르겠지만 지겨울 정도로 자주 만나던 서양인이건 현지인 스텝이건 누구든 간에 갑자기 사람이라는 존재를 만나고 싶어졌다.

지금 바로 못 만나면 진짜로 미쳐 버릴 것 같은 느낌이었다. 왜 사람을 만나고 싶어졌는지 이상한 일이다. 이 깊은 산중에 나 말고 사람이라는 존재가 있다는 사실만 두 눈으로 확인하면 안심이 될 것 같았다.

급하게 방문을 열고 뛰쳐나가서 식당을 찾아가니 난로의 온기가 아직 남아 있는데 불은 다 꺼져 있고, 사람은 한 명도 없다. 다 자러 간 듯했다. 갑자기 아랫배 방광 부위가 당기면서 마음이 다급해졌다. 포터를 보고 싶었다. 그런데 포터가 어디서 자고 있는지 잘 모르겠고, 잠자고 있을 포터를 만나서 무얼 하겠는가.

포기하고 다시 방으로 돌아가기 위해 컴컴한 복도를 지나는데, 지옥문으로 가는 기분이 들었다. 숙소 방이 지옥처럼 느껴졌다. 방에 들어가기가 싫

 나에게로 돌아온 여정

었다. 그래도 갈 곳은 오직 내 방밖에 없고, 삐걱거리는 기분 나쁜 소리를 내는 문을 열고 들어가니 썰렁한 한기가 몰아친다. 그리고 바로 침낭에 들어갔다.

누워 있는데, 당연히 잠은 안 오고, 정신이 제대로 미쳐 오기 시작했다. 하산하고 싶은 열망이 대책 없이 밀려왔다. 그 시간 도저히 그곳에 있을 수가 없다는 두려움이 찾아왔고, 당장 짐을 싸서 하산하고 싶은 생각이 일어났다. 정신병에 걸리는 사람들이 이해되었다.

그래서 침낭에서 나가려는 찰나, 이성이 조금 돌아왔다. 실제로 그랬다간 추위 속에서 길도 모른 채 얼어 죽을 것이 뻔했다. 그 많은 짐을 다 버리고 내려갈 순 없는 노릇이고, 포터를 깨워 데리고 가려면 정신 나간 사람으로 취급할 것은 뻔한 일이다. 현실은 내 생각이 말도 안 되는 것이라는 것을 알고 있었기에 몸은 그대로 누워 있었다. 일단 너무 추워서 침낭에서 나가기가 싫었다.

아무 생각이 없었다. 로부체의 눈 쌓인 동굴에서 멍청하니 안개를 쳐다볼 때는 그나마 비명횡사라는 것에 대해 생각이라도 했었는데, 이번에는 죽음에 대한 생각조차 없었다. 죽는다는 생각조차도 사치였던 모양이다. 그 당시엔 그 숙소를 떠나고만 싶은 오직 그 한 마음뿐이었다. 아니, 숙소가 아니라 히말라야 산군을 지금 당장 빠져나가고 싶은 마음밖에 없었다.

빨리 이 지옥을 탈출해서 인터넷도 하고 마약처럼 빠져 있던 주식시세도 확인하고 싶고, 한국말을 쏟아 붓듯 말하고 싶기도 하고, 사람이 바퀴벌레처럼 버글거리는 도시라는 곳이 그리워졌다. 오로지 그 상황에서 벗어나고 만 싶었다.

그날 밤 역시 수차례 잠들다 깨기를 반복하다가 기어코 새벽 네 시 경에 한기를 무릅쓰고 밖으로 걸어 나갔다.

숙소 밖은 냉동고였다. 현관 앞에 있는 물통 주변으로 달빛인지 별빛인지를 받아서 반짝거리는 얼음이 먼저 반겨 준다. 그리고 그 거대한 냉동고 속에 어설픈 별빛을 받고 주위의 산군이 펼쳐져 있다.

서양인 단체 등반객이 텐트를 여러 동 치고 자고 있었는데, 한 텐트에 불이 켜져 있는 것이 보였다. 나 말고 이 지옥 속에 다른 누군가 사람이 있다는 징표였다. 그 거대한 냉동고 속에서 그렇게 보고 싶어 안달하던 사람이란 존재가 있음을 기어코 확인하고야 말았다. 40 중반의 삶 동안 바라본 불빛 중 가장 아름다운 조명이었다.

엎드린 채 팔꿈치를 세워서 책을 읽고 있는 실루엣을 보는데 마음이 편안해졌다. 텐트를 통해 뒤척이는 사람 그림자가 보이자, 이 냉동고 속에 나말고 잠 못 이루는 다른 사람이 있구나 하고 안도감이 들었다. 하늘을 올려다보니 보석처럼 반짝이는 별이 무수하다.

퇴직하기 수년 전 안나푸르나 베이스캠프에서 멋진 밤하늘에 흠뻑 취한적이 있었다. 그때도 쉬운 상황만은 아니었다. 마지막 구간을 오르자마자눈보라가 휘날리는데 얼마나 강력한지 식당 문을 닫아 놓았는데도 그 틈으로 스프레이를 뿌려 대는 것처럼 눈발이 치고 들어왔다.

  나에게로 돌아온 여정

룸메이트였던 초로의 동행은 고산병으로 밤새 끙끙 앓고 있고, 잠시 볼일 보러 나갔다가 눈이 그치고 사방으로 영롱한 별빛이 가라앉아 있는 모습을 마주한 기억이 있다. 멍하니 하늘을 바라보다가 살인적인 추위로 몸이 얼어버릴 듯한 냉기와 함께 아름다운 일출을 맞이했었다.

그때를 떠올리며 시상이라도 떠오르나 했는데 역시나 너무 추워서 바로 숙소로 들어갔다. 그 지옥과도 같은 황량한 환경 속에서 비슷한 처지의, 사람이라는 동물이 내 주위에 있다는 것이 안도감으로 다가왔다. 나보다 더 열악한 텐트에서 잠 못 이루는 등반객을 확인하자 내 상황은 그보다 낫다는 암시를 하며 잠을 청했다.

드디어 아침 해가 떠오르고 비스킷 몇 조각과 소금물 비슷한 마늘죽을 한두 스푼 떠넘기고 숙소를 떠났다. 그게 그거 같으면서도 조금씩 다른 듯한 풍경이 이어진다. 비슷한 것은 드높게 솟아 있는 설산이다. 해가 비치면서 풍경은 더욱 아름다워지고 주위는 다시 천국으로 변한다.

그러나 한 시간 정도가 지나면 숨이 턱에 차오른다. 머리가 아프면 절대 안 된다는 일념으로 보폭을 평상시의 4분의 1 수준으로 줄이며 걷고 있지만, 그렇게 걷는데도 불구하고 몸이 녹초가 되어 숨을 제대로 쉬지 못하겠다. 그래도 마지막 고산 코스인 고쿄를 포기할 순 없는 일이다.

천근만근 같은 다리를 끌고서 고쿄호수를 보는 순간 또 어디선가 힘이 솟는다. 호수변에 위치한 조립식 숙소도 예뻐 보인다. 그러나 그날 저녁 다섯 번째 지옥을 경험하리란 것을 예상하고 있기에 마냥 예쁘지만은 않았다. 고쿄 역시 4,700m에 있기 때문에 고산병을 피해 가기는 어려울 것이다.

짐을 내려놓고 고쿄피크를 향해 걸음을 옮기는데, 다른 곳도 마찬가지겠지만 역시 파라다이스에 와 있음을 실감하게 된다. 지구에 이런 아름다움이 있다는 것이 놀랍고 그 천국 속을 지금 내가 걷고 있다는 것에 감사할 따름이다. 그런데 그것도 순간일 뿐 고쿄피크를 오르는 순간부터 고행이 시작된다.

   나에게로 돌아온 여정

곡소리를 내면서 올라와 주위를 둘러보니 설산들이 삐죽삐죽 솟아서 그 위용을 자랑하며 서 있다. 시간은 오후 2시가 넘어서고 눈 깜빡할 사이에 구름이 몰려오더니 이후부터 구름이 춤을 추면서 생겼다 없어졌다 하며 구름 쇼를 한다.

하산은 금방이다. 후다닥 내려오면 된다. 고쿄호수의 황홀한 물빛을 눈이 시리도록 구경하면서 내려와 숙소 식당에 도착하니 노트북이 충전되어 있다. 무려 만 원을 넘게 주고 완전 충전을 했다. 밤에 잠 못 들 것은 뻔한 일이니 일기라도 쓰려고 준비한 것이다.

딱 침대 하나 들어가는 골방에 노트북을 던져 놓고 배낭 속에서 아끼고 아껴 둔 마지막 라면을 하나 꺼내 들었다. 식당 주방에 들어가 양파를 달라고 해서 잔뜩 썰어다가 끓는 물에 던져 넣고 달걀도 하나 깨 넣었다. 입에서는 침이 절로 고인다. 양파의 시원함이 배어난 라면 국물을 들이켜니 최고의 진수성찬이다.

저녁밥을 먹으면서 비치된 자료를 읽다 보니 푸어 슬리핑이라고 해서 밤에 잠 못 이루는 것이 고산병의 대표적 증상이라는 것을 알았다. 증상을 알든 모르든 이제 마지막 밤이라는 안도감으로 독서실만 한 숙소에 들어서서 잠을 청했다.

역시 한 시간 정도 자다가 심장이 뻐근해지며 잠을 깬 후엔 아예 마음을 비우고 노트북을 꺼내어 일기를 써 보려 했지만 쉽지가 않다. 고쿄는 어제보다 훨씬 더 춥다. 1분도 채 안 되어 손가락이 굽어 타이핑을 할 수가 없

다. 고드름처럼 딱딱해지면서 피부감각이 사라지려고 하는 것이, 아마 호숫
가라서 훨씬 춥게 느껴진 듯하다.

기껏 비싼 돈 들여 충전해 놓았는데 더 이상 손을 내놓을 수가 없었다.
다섯 밤 내내 사람 잡는 곳이다. 그나마 마지막 고산지대에서의 밤이라는
생각에 안심이었다. 마지막 하루를 못 버티겠는가 하는 생각에 대여섯 번
잠을 설치다가 긴 밤을 마무리하고 아침을 맞았다.

온 세상이 꽁꽁 얼어 있는데, 그 한기를 뚫고 햇살이 비친다. 햇빛이 사랑
스럽게 느껴지고 그렇게 따뜻해 보일 수 없었다. 조카와 함께 베트남과 라
오스를 여행할 때, 베트남 갓빠에서 작렬하는 태양을 맞으며 걷던 생각이
났다.

워낙 물불 안 가리고 돌아다니다 보니 해님을 여행 동무로 생각하면서
더위 자체를 즐기는 타입이지만 문제는 조카다. 힐끗 쳐다보니 더워서 어쩔
줄 몰라 하는 눈치였다. 괜히 데려와서 애를 고생시킨다는 생각에 마음이
짠했는데, 결국 귀국하는 마지막 날 열병을 앓다 거의 죽다 살아난 모양이
다. 어찌 똑같은 태양임에도 불구하고 그렇게 느낌이 다를 수가 있는지 지
구라는 땅덩이가 사람을 들었다 놨다 한다.

그날 사흘에 걸쳐 올라오던 거리를 단 하루 만에 하산했다. 보통의 코스
대로라면 4,200m 정도의 산장에서 하룻밤 쉬고 가는 것이 정상이지만 쿰
중 마을까지 이틀 거리를 하루 만에 내달렸다.

   나에게로 돌아온 여정

# 산소의 맛

그때 산소에도 맛이 있다는 것을 알았다. 4,000m 지역을 통과해 3,900m 대로 내려가자마자 기다렸다는 듯이 키 작은 나무들이 나타나기 시작했고, 향긋한 침엽수 냄새가 솔솔 풍겨 왔다. 그리고 그 향기 속에 산소가 가득 섞여 있는 것을 알 수 있었다.

혀가 느끼는 단맛이나 짠맛은 아니었지만 코는 확실히 산소라는 맛을 느끼고 있었다. 아니, 코가 아니라 몸 전체가 맛을 느끼고 있었고, 이 세상 어떤 음식보다도 맛이 있었다. 살면서 느낀 어떤 맛과도 비교가 불가한 몽환적인 맛이었다.

산소의 맛에 신이 나서 열 시간 넘게 산행을 했고, 상당 구간은 뛰다시피 날아다녔다. 뛰어도 심장이 멀쩡하다. 무슨 일이 있어도 나무가 있는 4,000m 이하에서 잠을 자야겠다는 일념 하나로 계속 뛰었다. 4,000m 이하

면 고산병이 없어질 것 같았다.

하도 뛰어다니니 처음으로 포터가 내 뒤로 처지기 시작했다. 10kg이 조금 넘는 제법 육중한 배낭을 신발주머니처럼 들쳐 메고 다니던 친구였음에도 한계라는 것이 있는 모양이었다. 180cm가 넘는 키에 딴딴한 근육으로 뭉쳐진 동양판 터미네이터처럼 잘난 친구였는데, 계곡 물이 흐르는 급경사 길에서 땀을 비 오듯 흘리며 숨을 돌리고 있다.

잠시 앉아 쉬다 보니 서양인 일가족이 올라오는 모습이 보였다. 초등학교

　　　　　　　　　　　　　나에게로 돌아온 여정

저학년 정도로 보이는 금빛 단발머리의 꼬마 아가씨가 자기 상반신만 한 배낭을 메고 스틱을 양손으로 꽉 움켜쥔 채 다부지게 걷고 있었다. 하도 기특해서 손을 흔들어 주며 인사를 건네니 싱긋 웃으면서 내가 쉬고 있던 버팀대에 배낭을 걸쳐 놓고 여유 있게 숨을 고르며 아름다운 숲을 즐긴다.

어른들 속에서 완전히 독립된 존재로 행동하는 모습이 인상적으로 다가왔다. 어리광이란 것을 피운 적이 없을 것 같은 그런 포스가 느껴진다. 꼬마 아가씨 얼굴 위로 우리나라 아이들 모습이 오버랩된다. 이른 아침부터 밤 열두 시 야자 시간까지 종일 학원과 학교에 틀어박혀 점수를 올리기 위해, 안정된 직장에 들어가기 위해 모든 에너지를 쏟아 붓고 있을 불쌍한 영혼들.

땀이 너무 식으면 몸이 굳기 때문에 배낭을 들쳐 메고 다시 걸음을 시작했다. 쿰중은 그렇게 천상의 세계로 다가왔다. 사실 쿰중은 갈 생각이 없었다. 포터가 아주 멋진 마을이라며 하산길에 꼭 들르자고 재촉한 것이다. 포터의 누나가 쿰중 숙소에서 일하기 때문이기도 했지만 그런 꿍꿍이를 떠나서 '베리 뷰티풀 빌리지'라며 계속 추천한다.

고교에서 뛰다시피 하산을 하고 막판에 한 시간 정도 다시 급경사를 오르는데도 그다지 힘든 줄을 모르겠다. 제대로 잠을 잘 수 있을 것이란 기대감에 힘든 것을 참을 수 있었는데, 마을 들어가는 길이 영화 '반지의 제왕'에 나올 듯한 비밀의 길처럼 펼쳐져 있다.

신비스러운 길을 조심스레 걷다 마을 입구에 도착하자 푸른색 깃털을 가진 닭처럼 생긴 아름다운 네팔 국조가 우리를 반긴다. 다소 흥분된 마음으로 마을에 들어서니 마을 뒤편에 재미나게 생긴 바위산이 병풍처럼 펼쳐져 있다. 마을 뒤편으로 거대한 설산이 버티고 서 있는 것이 숨겨진 비밀의 장소에 온 듯한 느낌이다. 저절로 입이 벌어졌다. 옆에서 길을 걷는 서양인 아줌마들도 다들 입을 쩍 벌리고 있다.

생각할 겨를도 없이 이틀을 묵겠다는 말이 나와 버렸다. 이틀 거리를 하루 만에 내려온 것은 잠도 잠이지만 하루빨리 타멜 거리로 내려가서 한국말을 속사포처럼 퍼붓고 싶은 욕구가 있었기 때문이다. 그러나 도시에 대한 욕구를 밀어낼 정도로 아름다운 마을이었다. 거기다 PC방까지 있었으니 금상첨화였는데, 4,000m가 조금 못 미치는 고산지역 마을치고는 상당히 큰 규모였다.

숙소에 들어서자 역시나 식당에는 서양인 트레커들이 자리를 잡고 앉아서 대화에 열중이었다. 주로 프랑스인들을 자주 보게 된다. 방을 잡고 나서 식당에 내려와 메뉴판에 그려진 사진을 보니 달밧이 괜찮아 보인다. 예상대로 맛 또한 예술이다. 트레킹 중에 처음으로 밥 한 톨 안 남기고 훑어 먹었다.

그곳 주인도 몽골계로 보이는 친근한 인상을 주는 할머니다. 얼굴에 박혀 있는 주름살이 그 사람의 생을 대변해 주는 듯하다. 주름이 신경질적이지 않고 따뜻해 보이지만, 고생을 많이 한 듯한 상흔으로 느껴지기도 한다.

핫 샤워를 하고 싶어 양동이를 주문하자 손님이 많아서 끓일 시간이 없

　　　　　　　　　　　　　　　　　나에게로 돌아온 여정

다고 한다. 아예 부엌으로 떠밀고 들어가서 요 며칠 동안 고생해서 어쩌고 저쩌고하면서 손짓, 몸짓으로 부탁했다. 그러자 슬쩍 웃으며 한쪽 아궁이에 야크 똥으로 불을 지피면서 기다리라고 한다. 한참을 기다리니 고맙게도 그 무거운 물을 직접 가지고 2층 숙소까지 올라왔다.

화장실 안에서 쪼그리고 앉아 몸을 씻으니 입에서 신음이 절로 나온다. 정말로 행복하다. 뜨거운 물을 버리기 아까워 잠시 바라보는데 땟국물 때문에 물이 혼탁하다. 그 물속에 양말과 속옷 등을 박아 넣고 빨래를 해 본다. 양동이 속에 먹물색 구정물이 가득하다.

뜨거운 물 한 동이가 이렇게 소중할 줄이야. 침낭을 깔고 자리에 눕는데, 그리 춥지도 않고 마을이 완전 명당이다. 눈을 감고 바로 잠이 들고 나서 얼마나 잤는지 모르겠지만 눈을 뜨니 기적이 일어났다. 주위가 밝은 것이다. 해가 떴다는 신호다. 오……, 신이시여…….

세상에 감사할 일들이 그렇게 많았던가. 뜨거운 물로 몸을 씻는다는 것, 자고 일어났는데 주위가 환하다는 것. 예쁘고 기특한 산소 방울들.

열 시간 넘게 꿀맛 같은 잠을 자고 상쾌한 기분으로 식당에 내려가 달밧을 주문했다. 아침에는 보통 달걀 프라이에 마늘죽을 곁들이는 경우가 많다. 속이 부대낄까 봐 달밧을 주문하는 경우는 한 번도 없었는데, 아침에

먹어 보아도 저녁에 먹었던 그 맛 그대로다.

　행복에 취해서 쿰중 마을 산책에 나섰다. 포터가 한쪽 산에는 호랑이가 있으니 가지 말라고 해서 쿰중 마을 뒷산을 오르기로 했다. 그 산도 어김없이 귀여운 언덕처럼 보인다. 언덕 위에 잘생긴 바위가 세 개 있는데, 하나는 시커먼 흑룡 모양 바위고, 하나는 거대한 송곳니처럼 생겼다.

　　　　　　　　　　　　　　나에게로 돌아온 여정

마음 같아선 바위산 꼭대기까지 금방 갈 듯한데도, 이 동네 산은 정말 묘한 마력을 갖고 있다. 틀림없이 언덕 같은 곳이지만 한번 오르기 시작하면 한도 끝도 없다. 도대체 거리가 줄어들지를 않는다. 바위 역시 마찬가지다. 점점 가까이 갈수록 그 바위 하나가 남산 규모의 자그마한 산이다. 거리 감각이 마비되는 희한한 지역이다.

결국, 산 중턱 즈음에 있는 오래되어 폐허가 된 집터까지 가기로 마음먹고 올라가는데, 얼마 안 있어 쿰중이 지옥 옆 동네로 변해 버리고 말았다. 숨이 턱에 차서 힘든 것도 있었지만, 힘들어서 지옥이 아니라 생각지도 못했던 상황이 닥쳐온 것이다.

# 야크와의 만남

히말라야 산길을 걷다 보면 짐을 등에 지고 걷는 소나 야크를 자주 만난다. 다들 온순하고 별문제가 없다고 생각해 온 녀석들인데, 쿰중 마을 뒷산에도 야크가 제법 많이 보였다. 그런데 이놈들이 산을 오르는 나를 빤히 쳐다보는 것이었다. 지금껏 그런 소를 본 적이 없었기에, 느낌이 싸한 것이 기분 나빴다.

소가 사람을 빤히 쳐다보는 것 자체가 기분 나쁜 것이다. 그것도 잠깐 보는 것이 아니라 계속해서 쳐다본다. 보통 소나 양들은 고개를 땅에 박고 풀을 먹는 것이 일상이지만, 이놈들은 나를 쳐다보는 것이 일이다. 그 녀석들의 눈길을 애써 무시하며 산을 오르지만 왠지 느낌이 안 좋다.

바위산을 타면서 아찔한 고공을 걸어갈 때면 죽음의 공포가 함께 하기 때문에 콧물이 줄줄 흐르고 대장이 타들어 가며 변이 마려워지곤 하는데,

     나에게로 돌아온 여정

비슷한 느낌이 폐허가 된 집터에서 찾아왔다. 엉덩이를 까고 앉아 보지만 영 소식이 없다. 그러나 아랫배는 무언가를 내보내고 싶어 속이 저려 왔다.

그럴 이유가 없는데 왜 그런지 이해가 안 간다. 집터가 문제가 있는지, 귀신이 서식하고 있는 곳인지 찜찜해 하면서 더 위쪽으로 가려고 길을 내려서자 어디선가 이상한 소리가 들린다. 쉭쉭 하는 소린데, 소리 속에 뾰족한 무언가가 들어있는 것처럼 매우 위협적이다. 중국 무협영화에 보면 사자후라고 목소리로 상대를 공격하는 무공이 있는데, 아마도 그 느낌과 비슷하지 않을까 싶었다.

처음엔 멀찌감치서 들렸으나 금세 그 소리가 가까워지고 가까워진 만큼 씩씩거리는 소리가 감각을 자극한다. 그 순간 뒤편에서 온몸의 털이 설 정도로 커다랗게 씩씩 소리가 난다. 뒤돌아보니 집채만 한 소가 나를 쳐다보면서 코로 소리를 내고 있었다. 불과 10m 거리다.

야크란 녀석인데, 보통 소의 크기를 떠올리면 안 된다. 최소 두 배가 넘는 정도의 크기로 느껴지는 거대한 녀석이고, 생긴 것도 매우 위협적이다. 눈알도 부리부리한 것이 보통 소의 순박한 눈망울이 아니다. 눈동자 주위에 하얀색 털이 안경을 쓴 것처럼 뼹 둘러쳐져 나 있고, 그 옆으로 윤기가 좔좔 흐르는 검은색 털이 흘러내린다. 얼굴 생긴 것도 소가 아니라 전설 속의 설인처럼 험악한 유인원을 닮았다.

그 녀석이 나를 노려보며 입을 쩍 벌려 이빨을 드러내고는 거대한 콧소리로 씩씩거리는 것이, 아마 길을 비키라는 뜻인 듯하다. 만약에 안 비키면 뿔

로 들이받겠다는 경고메시지가 감으로 다가왔다.

그 순간 겁도 났지만 일단 기분이 나빴다. 포터에게 들었던 호랑이도 아니고, 소한테 쫓겨 도망치다니 뭐 이런 경우가 있나 싶어 어이가 없었다. 하지만 녀석의 덩치와 생김새에 주눅이 들어 일단 길옆에 낮은 나무가 우거진 경사지 쪽으로 올라갔다.

뛰어가는 것은 괜히 자존심 상하고, 고산지역이라서 뛸 생각도 없었다. 천천히 몇 발자국 오르고 야크를 쳐다보니 아까 그 자리에 없다. 내가 서 있던 자리를 한참 지나서 벌써 저 위쪽으로 올라가고 있었다.

몇 초인 듯 잠깐 사이에 그렇게 빨리 이동할 줄 몰랐다. 의외로 속도가 빠른 녀석이었던 것이다. 내가 못 봐서 그렇지 그 괴물 같은 소가 아마도 내 등과 거의 1m 정도의 거리를 두고 길을 지나쳐 갔을 것으로 생각되니 등줄기가 서늘해졌다.

트레킹 내내 길가에서 바로 옆을 스치듯 야크를 보아 왔기 때문에 별 경계가 없었던 것인네, 왜 똥이 마렵고 등줄기가 서늘해졌던 것이지 나중에 포터를 통해 알게 되었다.

그 녀석 때문에 목표했던 위쪽에 있는 건물까지 가기가 어려워졌다. 녀석

　　　　　　　나에게로 돌아온 여정

은 그 덩치와 풍기는 포스로 보아서 대장 야크로 추정되었는데, 걷기 좋게 나 있는 길을 녀석과 다른 야크들이 차지하고 있어서 길이 막혀 버린 것이다. 그놈들을 피해 숲길을 헤쳐 올라야 하지만 쉽지 않을 듯해 보였다.

바로 하산하자니 재미없을 것 같아서 한참을 걸어 건너편 구릉까지 올랐다가 하산하려는데 소들이 10여 마리 보인다. 이 녀석들은 나를 경계하지 않고 풀만 먹고 있었다. 감을 잡았다. 사람이 키우는 소들이었다. 괜히 겁먹고 다른 방향을 잡는 탓에 내려오는 길이 조금 고달팠다.

마을로 내려와서 그간 굶주렸던 PC방을 찾았다. 묻어 놓은 주식시세를 확인하고 숙소로 돌아와 포터에게 야크 이야기를 했다. 이 단어 저 단어 써 가면서 물어보니 야생 야크는 절대 조심해야 한단다. 자기가 아는 포터 한 명은 야크한테 쫓겨서 죽을 뻔했는데, 그 녀석이 얼마나 빠르던지 죽어라 뛰어서 간신히 허리를 스치듯 뿔을 피해 살아난 적이 있다고 한다.

야생 야크 중에 덩치 큰 녀석은 두목이니까 무조건 피해야 한다는 것이다. 그러면서 그 큰 눈을 똥그랗게 뜨고 '베리 데인저러스'를 연신 반복한다. 그러면, 그런 사실을 미리 이야기해 줬어야지, 산에 올라가는 것을 뻔히 알고, 산 초입으로 안내까지 해 주고도 야크 이야기를 안 해 준 것이 섭섭했다.

로부체에서 나를 구한다고 길을 찾아 나서 준 건 고마웠지만 포터가 모든 것을 완벽히 컨트롤하는 것은 아니란 생각이 들었다. 이래서 비싼 돈을 들여 가이드를 챙기는 모양이다.

쿰중에는 야생 야크가 상당히 많아서 마을 사람들이 주기적으로 총을 가지고 사냥을 한다고 한다. 그닐은 마을 사람들 잔칫날이라고 하는데, 총으로 사냥하면 왜 도망가지 않고 산에서 사느냐고 했더니 한꺼번에 다 잡는 것이 아니라 한 달에 한 마리만 잡으면서 숫자를 조절한다는 것이다.

야크도 사람이 나타나면 자기 동료를 죽이러 온 것으로 생각할 수 있기 때문에 야생 야크는 각별히 조심해야 한단다. 그것도 모르고 그 덩치 큰 녀석 앞에서 태연하게 걸으면서 자리를 옮겼으니, 만약 그 대왕 야크가 뜀박질해서 그 뿔로 밀어붙였다면 그 즉시 이승과 작별 인사를 했을지도 모를 일이다. 어째 그 구역엔 현지인들도 아예 안 보인다 싶었는데, 야생 야크들이 모여 사는 구역이 따로 있었던 것이다. 하루도 안심할 수 없는 지역이다.

집채만 한 야크와 조우하고 두 번째 밤을 보내고 나니 역시 밖이 훤하다. 불과 800m 정도의 차이인데 이렇게 달라질 수 있는지 신기하다. 하긴 800m면 북한산 높이다. 몸의 모든 컨디션이 거짓말처럼 정상으로 돌아왔다. 몸 상태를 축하하듯 아침에 하얀 함박눈이 내린다. 우리나라보다 훨씬 위도가 낮은 지역이지만 워낙 높은 지역인 탓에 10월 중순에도 함박눈이 내린다.

눈길을 걸어 남체 마을로 가는 도중 굉음을 내는 거대한 수송용 헬리콥터가 나타나 커다란 건축자재들을 내려놓았다. 워낙 경치가 좋은 지역이라서 제법 규모 있는 고급 숙소를 짓는다고 한다.

한 시간 조금 넘게 걸으니 둥그런 부챗살 모양의 남체 마을이 반겨 준다.

시기를 잘 맞춘 덕에 남체 바자르를 구경할 수 있었다. 바자르는 생각보다 규모가 크지도 작지도 않았는데, 모처럼 재미난 현지인들의 장터를 구경하니 여행하는 맛이 살아난다.

죽치고 앉아 사진을 찍다 보니 중국산 오리털 옷을 만지작거리며 한참을 머뭇거리는 할머니 한 분을 만나게 되었다. 낯이 익어 보니 쿰중 숙소 주인이다. 내려가 반갑게 인사를 나누지만, 옷이 비싸 결국 사지 못하고 돌아서는 모습에 마음이 짠하다. 제법 장사가 되는 듯 보였는데, 지출하는 부분이 많아서인지 음식재료만 한 보따리 사서 마을로 돌아간다고 한다.

얼굴 주름만으로는 80대 노인으로 보이지만 외국어 실력이 상당하다. 서당개 3년이라고 숙소를 오래 운영하다 보니 자연스럽게 생활영어 실력이 일정 수준을 넘은 듯하다. 마을까지 몇 시간은 걸릴 텐데 무거운 배낭을 메고 어느 세월에 숙소에 도착할는지. 깊은 산중생활의 고달픈 현실이다.

포터는 신발이 없어서 친구에게 빌린 신발을 신고 산행을 하고 있었는데, 장터에서 신발을 만지작거린다. 기분 좋게 신발과 옷을 사주고 둥그런 남체 마을을 구경하면서 보름간의 히말라야 산행을 슬슬 정리했다.

혼자 여행하는 바람에 정보력이 없고, 현지 상황을 잘 몰라서 힘겨운 상황에 부닥쳤던 것인데, 패키지여행이었거나 사전에 많은 정보를 가지고 있었다면 이렇게 힘들지는 않았을 것이다.

돌이켜 생각해 보니 조언을 듣긴 했었다. 무스탕 왕국에 동행했던 국어선생님 한 분이 히말라야는 안나푸르나와 달리 매우 힘드니 가더라도 꼭

　　　　　　　　　　　　나에게로 돌아온 여정

한국인 패키지 팀에 끼어서 가라고 당부했었다.

8,000m급 정상을 오르는 전문가들도 있는데 일반인이 트레킹하는 코스가 뭐 대단하랴 하는 건방진 생각에 당시에는 형식적으로 알았다고 대답하고 말았었는데, 그토록 혹독한 신고식을 할 줄은 몰랐었다.

# 납작해진 뱃살

루클라로 귀환해서 비행편을 알아보는데, 오는 날도 그렇더니 떠나는 날
도 조그마한 루클라 공항에 서양인이 가득하다. 아침 7시 출발 비행기임에
도 여덟 시가 되도록 감감무소식이다. 이번엔 아예 발권 데스크에 직원이
보이질 않는다. 상황을 보니 옆 창구에서 임시표를 발급하고 있고, 포터가
열심히 대화를 나누지만 통하지 않는 눈치다. 한 시간이 훌쩍 흘러가 버린
다.

갑갑해서 직접 나섰다. 다른 영어는 잘 하지도 못했고 할 필요도 없었다.
직원에게 티켓에 명시된 비행시간을 이야기하고 프라블럼을 연발하자 직원
이 나를 스윽 처다본 후 임시 발권표를 한 장 찢어 건네준다. 어필을 안 하
면 온종일 있어도 떠나지 못할 동네다. 그러고 나서도 비행 대기실에서 한
시간을 더 기다린 후 드디어 히말라야를 떠났다. 짧디짧은 활주로에서 잘도

                          나에게로 돌아온 여정

이륙한다.

비행기가 흔들리건 말건 아무 생각이 안 든다. 떨어져서 죽게 되면 그것도 운명이려니 하고 차분한 마음으로 풍경을 음미했다. 보름 동안 곤죽이 되어 돌아다니다 보니 그저 그런 것이, 마음 상태가 확실히 무뎌져 있었다. 무사히 카트만두에 착륙해서 매연과 경적 소리가 혼을 빼놓는 타멜 거리로 돌아왔다. 하루 6,000원짜리 허름한 숙소도 5성급 호텔 못지않게 훌륭해 보인다.

숙소에서 녹물 섞인 물로 샤워하는 동안 어색한 감각이 느껴졌다. 가슴께를 지나면 항상 탄력 있는 동산이 나왔었는데, 손이 곧바로 미끄러져 내려간다. 배가 납작해져 버렸다. 식당에서 몸무게를 재 보니 10kg이 넘게 줄었다.

한국 음식을 정신없이 먹고 나서 인터넷을 즐기고 있는데, 바로 옆 좌석에 한국인 솔로 여행객이 인터넷을 하고 있는 것이 눈에 띈다. 어디서 왔느냐고 물으며 한참 대화를 나누다가 같이 저녁이나 하자고 얘기를 던졌다. 취업이 확정된 상태에서 인도와 네팔을 여행 중인 조카뻘 되는 여학생이었다.

평상시 같으면 숙소에서 조용히 책을 보든가 인터넷을 하면서 다음 여정을 준비했을 터이지만, 그날은 혀가 고팠고 사람이 너무 고팠다. 아무리 먼 이국땅 여행지라고 하지만 처음 보자마자 저녁을 같이 먹자고 할 정도로 사교적이진 못한 성격임에도 그날은 그랬다.

보름 동안 고팠던 한국말을 쏟아내니 살 것 같다. 아마 그 졸업생은 '무슨 수다가 이리 많나' 하고 속으로 한마디 했을 것이다. 그 학생하고 약속을 했던 다른 여행객과 같이 어울리며 저녁을 먹다 보니 인도에서처럼 또 다른 여행객들을 줄줄이 만나게 되었다.

한국 사람이 너무나 그리웠기에 바로 그 다음 날 여행 제안을 해서 카트만두 근교의 박타푸르를 돌아보았다. 얼결에 만나게 된 제3의 여행 파트너는 직업이 예술 분야라 그런지 주량이 장난이 아니었다.

나처럼 공직에 있던 사람과도 공연 기획을 많이 한다면서 자연스레 직업 이야기가 나오는데, 앞으로는 어떻게 살아갈 계획인가 묻는다. 몇 개월 동안 방랑자처럼 떠도는 모습을 보면서 나름 생소한 느낌이 들었던 모양이다. 왠지 구체적인 말을 하고 싶은 마음이 들지 않았다. 그냥 천천히 생각해 보겠다고만 답했다.

2개월 전 안나푸르나 라운딩을 끝내고 포카라에서 망중한을 즐길 당시에도 대안학교를 운영하던 여성으로부터 같은 질문을 받은 적이 있다.

맥주를 한 잔씩 하면서 내게 앞으로의 계획을 묻는데, 몇 년 정도 세계 명산을 트레킹하고 난 후 여러 가지 방향으로 돌파구를 찾고자 했던 마스터플랜이 술술 터져 나왔었다. 학생들과 함께 1년 동안 세계 여행을 하며 세상의 다양한 삶을 체험시키는 독특한 방식의 학교를 운영하는 사람이어서 박자가 맞았던 것일 수도 있다.

그런데 그날은 그런 계획을 이야기하고 싶은 마음이 일어나지 않았다. 히

   나에게로 돌아온 여정

말라야에서 죽을 고생을 하고 난 이후부터 삶의 마스터플랜이 과연 최상의 선택인 것인지 의문이 들기 시작한 것이다. 다른 한 가지 이유는 술 때문이었다. 상대는 워낙에 술을 잘 마시니, 과거 직장에 다닐 때 곤욕스럽게 회식 자리를 지키던 악몽이 떠올랐다.

그래도 단 하루에 불과하지만 먼 이국땅에서 만난 소중한 여행 동료인데 내 입장만 생각하며 훌쩍 떠날 수는 없는 노릇이다. 트레킹을 하면서 항상

7시 정도의 초저녁에 잠들던 버릇 때문에 잠이 뚝뚝 떨어진다. 그날의 만남 이후 앞으로의 여정에 대하여 깊이 생각해 보았다.

그러나 답이 쉽게 떠오르진 않는다. 직장 생활을 할 때보다 풍부하고 혹독한 마음공부가 되는 것임은 틀림없다. 3개월의 여행 기간이 3년처럼 느껴질 정도로 많은 사람을 만나고 다양한 주제의 이야기를 나누었으며, 멋진 풍경과 지독한 고생 속에서 영혼의 풍요를 느꼈다.

몸은 고되었지만 영혼은 배가 빵빵하게 부를 정도로 풍족한 생활을 만끽했는데 무언가 결정적인 한 가지가 부족했다. 골대를 향해 열심히 볼을 차 넣어 보지만 득점을 내지 못하는 짜증 남 같은 것 말이다.

숙소에 돌아오니 안나푸르나 북벽을 알파인 스타일로 등반하다가 실종된 산악인에 대한 뉴스가 핫이슈다. 트레킹을 다녀온 시점과 실종 시점이 같았다. 만약에 내가 로부체의 구름 속에서 영원히 실종되었더라면 신문지 조각의 한 구석에라도 기사가 실리게 될 것인가. 왠지 모르게 가슴이 아려 왔다.

'이프(if)'라는 단어는 무의미한 것이지만 그런 가정을 해 보면서 내 존재감에 대한, 값어치에 대한 판단을 스스로 내려 보았다. 여행길에서 픽치기를 당할 수도 있을 것이고, 양 주먹에 확실하게 잡히는 미래가 없어 보였다.

하산하자마자 만났던 조카 같은 여행객과 같이 타멜 거리를 다니다가 마날리를 소개해 주었던 아가씨를 우연히 마주치게 되었다.

불교의 발상지에서 수행 공부를 하고 잠깐 돌아왔다고 한다. 다시 입에 발동이 걸렸다. 보름 동안 잠자고 있던 혓바닥이 신이 나서 물 만난 고기처

 　　　　　　　　　　　　　　나에게로 돌아온 여정

럼 팔딱거렸다. 숙소 부근의 식당에서 밥을 먹는 두 시간 내내 명상에 관한 대화를 나누었다. 대화라기보다는 거의 일방적으로 내 이론을 무지막지하게 주입시켰다는 게 맞을 것이다.

슬슬 떠드는 것도 지겨워지고, 원래 계획대로라면 랑탕 쪽으로 열흘 정도 트레킹을 가려 했었지만 마음이 바뀌었다. 그새 신물이 난 것이다. 아름다운 설산과 현지인들의 정겨운 마을이 따분하게 여겨졌다. 숙소 식당에서 주가 차트만 바라보고 있자니 따분함이 조금 회복되긴 했지만 사람 욕심은 끝도 없는 것이고, 열흘 남짓한 시간 동안 숙소에서 사람들을 지켜보며 지냈다.

그 기간에 특별히 나서서 사람들과 어울리지는 않았고, 온종일 일기 쓰는 것이 일과가 되었다. 아무 말도 안 하고, 주위 트레커들이 무슨 대화들을 나누나 유심히 지켜보면서 사람 구경하는 것이 일이었다.

직접 대화를 나누지는 않았지만 사람들의 대화를 듣는 것이 재미있었다. 그들은 잠시도 쉬지 않고 말을 나누었다. 여행에 대한 화제가 단연 압도적이었지만 그밖에 잡다한 말을 쉴 새 없이 지껄여 대고 있었다.

일주일 넘도록 사람들 대화를 듣기만 하다 보니 억양, 목소리, 태도 등을 보면 사람에 대해 어느 정도 알 수 있을 것 같았다. 며칠 전에 내가 그런 식으로 열심히 혀를 놀렸다는 사실이 믿기지 않을 정도로 그들의 대화 모습들이 왠지 딱해 보였다. 마치 말을 못 하면 죽어 버릴 사람들처럼 보였기 때문이다.

묵언 수행이란 것이 있다던데, 트레킹을 하면서 보름 동안 묵언 수행을 하고 사흘 정도 정신없이 혀를 놀리고 나서 다시 열흘 남짓 묵언 수행을 한 셈이다. 그리고 귀국했다. 집에 도착하자마자 한 달 정도 조용한 곳에서 명상 공부를 해 볼 요량으로 인터넷을 뒤지며 정보를 탐색해 들어갔다.

더불어 차기 여행지로 남미의 파타고니아가 멋지다는 소리를 많이 들어서 남미 일주를 계획 중이었는데, 직장 동료들로부터 저녁 식사를 함께 하자는 연락이 왔다. 3년 같은 3개월을 보내고 나니 얼굴을 보고 싶기도 했고, 오랜만에 만나서 술 한 잔을 걸치게 되었다.

　　　　　　　　　　　　　　　나에게로 돌아온 여정

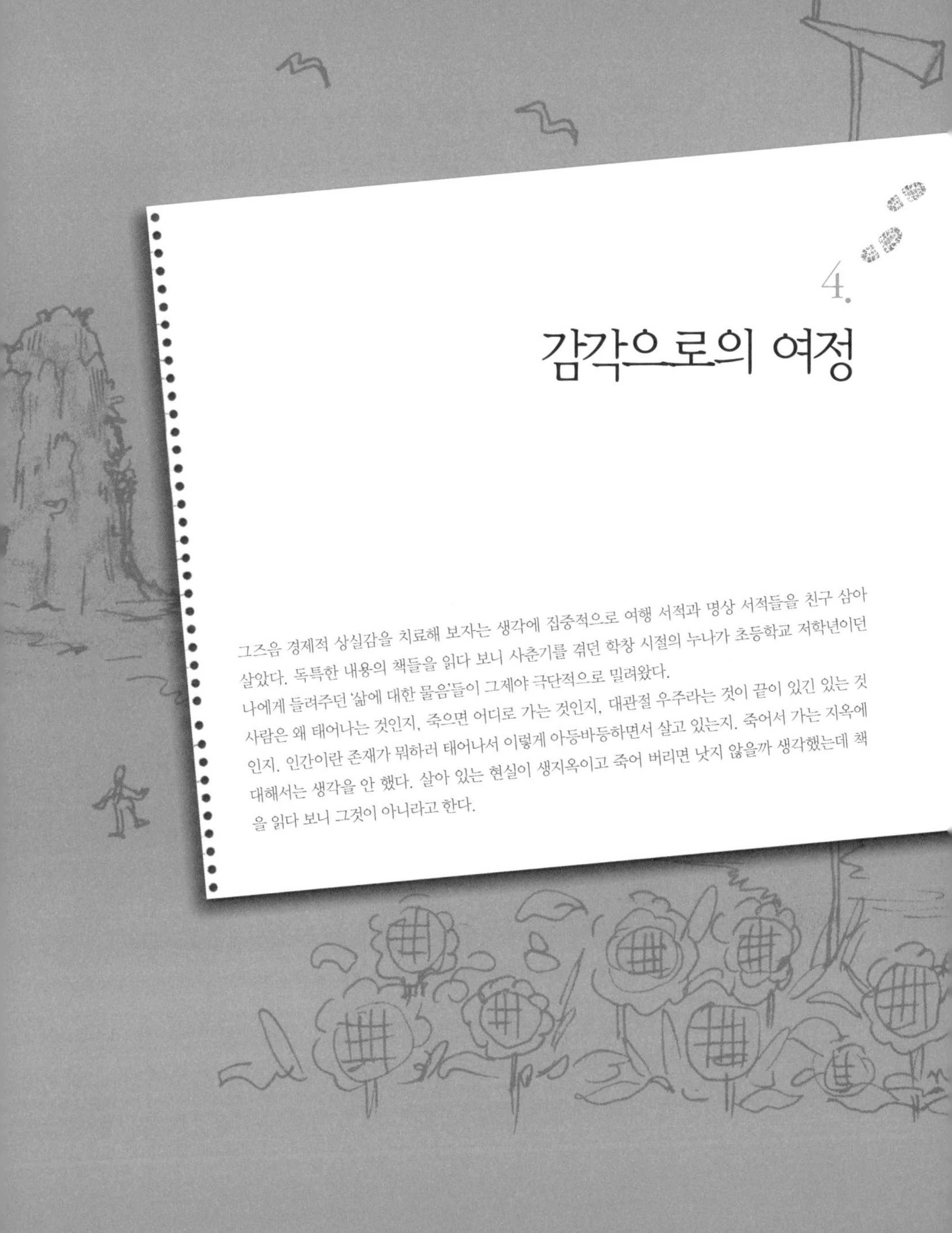

4.

# 감각으로의 여정

그즈음 경제적 상실감을 치료해 보자는 생각에 집중적으로 여행 서적과 명상 서적들을 친구 삼아 살았다. 독특한 내용의 책들을 읽다 보니 사춘기를 겪던 학창 시절의 누나가 초등학교 저학년이던 나에게 들려주던 '삶에 대한 물음'들이 그제야 극단적으로 밀려왔다.

사람은 왜 태어나는 것인지, 죽으면 어디로 가는 것인지, 대관절 우주라는 것이 끝이 있긴 있는 것 인지. 인간이란 존재가 뭐하러 태어나서 이렇게 아등바등하면서 살고 있는지. 죽어서 가는 지옥에 대해서는 생각을 안 했다. 살아 있는 현실이 생지옥이고 죽어 버리면 낫지 않을까 생각했는데 책 을 읽다 보니 그것이 아니라고 한다.

# 가까이 하기엔 먼 알코올

같은 부서에 근무했던 직원들과 같이 식사하면서 모처럼 그간 품어 왔던 이야기 보따리를 풀어 놓았지만 늘 그렇듯 상 위에는 당연하다는 듯 술병이 올라왔다. 덕분에 소주를 한 병 정도는 마신 것 같았다.

그리곤 다음 날 아침, 술에 대한 애증의 감정이 일어났다. 오랜만에 만난 직원들과의 대화 자리는 좋았지만, 알코올의 감각을 빌미로 유대 관계가 이어지는 것이 맘에 들지 않는다.

술과의 애증 관계는 술병을 애인처럼 품에 안고 사시던 아버지 덕분에 유년 시절부터 시작되었다. 컵에 가득 담긴 독한 소주를 사이다라고 하시면서 건네주셨는데, 그것이 생애 첫 번째 음주 경험이었다.

이후로도 술과는 친하게 지내지 못해서 절연하기로 맹세했던 적이 몇 번

     나에게로 돌아온 여정

있었다. 20대 중반 술병에 걸려 며칠 동안 물도 못 마시고 죽다 살아났을 때, 그리고 가장 결정적인 시점은 선친의 병상 앞에서였다.

아버지는 젊은 시절부터 약주를 즐겼고, 노년이 되어서도 술과 더불어 살다시피 했는데, 그러다 보니 당뇨가 오는 것은 당연한 일이었다. 증상은 점점 심각해져서 협심증에 이어 심근경색 증상까지 나타났고, 결국 마지막에는 뇌경색이라는 치명타를 맞고 중환자실에 입원하게 되었다.

병실에서 손가락 하나 움직이지 못하고, 뼈와 살이 썩어 들어가는 고통 속에서 임종의 문턱을 몇 차례 맞이했다. 아버지는 뇌수술을 해서 억지로 생명줄을 이어 놓은 상황에 대하여 한을 품으셨고, 고희 생일을 맞아 보지도 못한 채 70의 나이에 지구에서의 모질고 모진 여행을 마무리하셨다.

척추까지 썩어 들어가고 있는데, 손가락 하나 꼼짝 못 하고 목과 눈동자만 돌리면서 100일 동안 누워 있으라고 하면 1분도 못 버티고 미쳐 버릴 것이다. 그때 술을 아예 끊어 버리기로 다짐했다. 아버지처럼 살과 척추가 썩어 나가는 고통 속에서 죽고 싶지 않았다.

그렇게 나에게 알코올은 인생을 망쳐 놓는 지긋지긋한 존재였지만, 술에 대해 사람들이 갖는 인식은 여전히 관대하기만 했다. 술을 안 마신다고 발을 빼는 것만으로도 나와 그들 사이에 항상 무형의 벽이 생기는 것을 느낄 수 있었다. 절친했던 동료들과의 유대감을 버리고 싶지 않아서 소주잔을 주고받는 동안에도 내 마음속에는 알코올에 대한 뿌리 깊은 적대감과 자유롭게 취해보고 싶은 애증의 감정이 서로 싸우고 있었다.

머칠 지나지 않은 현실에선 또 회식이 있다면서 별다른 일정이 없으면 참석하라는 연락이 왔다. 순간적으로 식탁 위에 놓여 있을 술병들이 떠올랐다. 도서관으로 출퇴근하는 것이 일상이었기에 참석하는 것은 별문제 없었지만, 일이 있어서 못 갈 것 같다고 둘러댔다.

술 때문에 자연스럽게 거짓말을 한 것인데, 대형서점에서 진행하는 저자 강연회에 청강 신청을 해 놓았던 일이 떠올랐다. 예약해 두었던 강의에 참석하는 것도 일이란 생각에 마음에 찔리는 부분도 있고 해서 명상 강연회에 참석해 보기로 했다.

강의 내용은 이미 책을 읽었기 때문에 예상대로였지만, 재미난 이벤트성 행사가 어우러진 독특한 체험이었다. 그리고 내친김에 예전부터 봐 두었던 명상센터도 찾아가 보았다. 10여 년 전부터 관심을 두고 구경만 하고 있던 곳이었는데, 도심 한복판에 있는 자그마한 건물에 들어서서 간단하게 상담을 마치고 몸 풀기 체조부터 시작했다.

한참 동안 몸을 풀게 하더니 이번에는 누워서 차분히 이완하라고 한다. 그러자 갑자기 아랫배가 더워지면서 열감이 찾아 왔다. 명상 서적을 읽으면서 허리 쪽으로 그와 유사한 현상이 딱 한 번 있긴 했는데, 오랜 세월이 지나서 찾아온 느낌이다 보니 감격스러웠다. 조금 더 누워 있고 싶었지만 자세 명상이라는 것을 해야 하니 일어나라고 한다. 오래전부터 명상 사이트에서 보아 왔던 동작이다.

반 시간 넘도록 곤욕스러운 시간을 보냈다. 나잇살이나 먹어서 초등학생

  나에게로 돌아온 여정

시절처럼 벌 받고 서 있자니 뭐하는 짓인가 싶다. 그런데 일은 그 다음 날 제대로 터졌다.

평상시처럼 전철을 타고 도서관에 가서 주식시세판을 열심히 들여다보고 있었다. 잠깐 사이에 몇백만 원씩 오르내리다 보니 집중을 해서 시세판을 지켜보는 것이 일이다. 거의 전업투자자가 되어 버린 형국인데, 문득 뭐하는 짓인가 싶었다.

시세판에 빠져 있을 것이 아니라 그간 책을 읽으면서 한글 프로그램에 기록해 왔던 명상 서적을 차분히 읽기로 했다. 남미 가서 읽으려고 타이핑해 둔 자료들인데, 주요 부분의 문장에 색을 입히기도 하고 밑줄도 긋고 하면서, 마치 공무원 시험공부를 하던 때처럼 마음에 와 닿는 부분을 집중적으로 재정리했다. 그렇게 5분쯤 지났을 때, 허리의 감각이 이상해졌다.

자연스레 허리가 세워지면서 천천히 숨을 쉬고 있자니 허리에 있는 명문혈이 자극되면서 아랫배 속으로 바람 같은 것이 밀려 들어왔다. 마치 숟가락이나 주걱 같은 것이 허리를 통과해 뱃속을 후벼 파는 느낌이다. 조금 지나자 숨을 쉴 수가 없었다. 아니, 숨을 쉴 필요가 없었다는 표현이 더 맞을 것 같다.

코나 입을 통해서 공기가 들어가야 사람이 사는 것인데, 그런 물리적인 작동이 되지 않았음에도 하나도 갑갑하지가 않았고 오히려 몸은

더 상쾌해져 갔다. 그와 동시에 명문혈 부분이 뜨거워지는 것이 느껴졌다. 당시 얇은 거위 털 패딩 점퍼를 입고 있었는데, 그 열기가 겉옷을 타고 허리를 휘감고 있었다.

왜인지 모르겠지만 하염없이 눈물이 흘러내렸다. 이 상태가 한도 끝도 없이 지속되기를 바랐으나 몇 분이 지나서 조용히 평상시의 감각으로 되돌아가 버렸다. 호흡의 세계에 발을 디딘 바로 다음 날 그런 체험을 하고 나니까 여행이고 뭐고 다 제쳐 두고 호흡에 모든 힘을 쏟아 붙기 시작했다.

그러나 이후로는 아무리 열심히 호흡을 해도 당시 느꼈던 체험은 찾아올 생각을 안 한다. 그리고 당장 발등의 불처럼 풀리지 않는 숙제가 있었으니, 호흡 수련에 들 때마다 자세명상 시간은 고통의 시간이었다. 일정한 자세를 취하고 20여 분을 서 있다 보면 몸이 후들거리면서 한겨울임에도 불구하고 땀이 흥건하게 흘러내렸다.

　　　　　　　　　　　　　　　　나에게로 돌아온 여정

# 개혈

수련인지 극기 체험인지를 시작한 지 한 달 정도 되는 시점이었는데, 지도 강사 중 한 명이 제대로 호흡을 배우려면 한 자세만 30분을 넘겨야 한다고 운을 뗀다. 반 시간이 넘어가야 제대로 개혈이 되면서 숨 쉬는 참맛을 알게 된다는 것이다.

바로 그 가르침을 받아들였다. 마음을 모질게 먹고 자세를 취하는데, 20분이 넘어서자 몸은 물론이고 손바닥까지 땀으로 흥건히 젖어서 축축해져 온다. 초침이 흐를수록 참을 수 없을 것 같은 경계점이 찾아오고, 1분을 넘기는 것이 초반 20분을 버티는 것보다 더 고통스럽다.

며칠 동안 땀과 씨름하고 있다 보니, 어느 날부터인가 일정시점이 지나가자 땀이 멈추면서 고통스러운 느낌이 사라져 갔다. 팔이 선선해지면서 기분도 좋고 계속해서 몇 주 동안 공부에 푹 빠져 지내던 즈음, 돌발 상황이 발생했다. 정수리 부근이 따끔거리면서 통증이 오기 시작하는데, 많이 아프진 않았지만 제법 쑤셔 오는 것이다.

그땐 백회혈이 열리는 것인 줄 몰랐다. 심하게 아프지는 않았기에 무시했고, 머리의 통증에 신경 쓸 여력이 없는 것이, 아랫배가 뜨거워지기 시작한 것이다. 책에서 읽어 왔던 것처럼 경락이라고 불리는 핏줄과도 같은 기맥이 유통되는 모양이었다.

그날 이후로 자세를 잡고 열심히 숨을 쉬다 보면 손바닥에 있는 장심혈로 들어오는 기운이 자연스레 단전과 연결되었다. 수련하는 시간이 기다려지고 하루하루가 번개처럼 지나갔다. 그렇게 보이지 않는 세계에 푹 빠져 지내다 보니 예기치 못했던 반응이 가슴에서 나타나기 시작했다. 명상 자세를 취하고 있다 보면 가슴에 있는 명치 부위가 갑갑해져 오는 것이다.

권투선수들이 가슴을 잘못 맞으면 숨을 못 쉬게 되고 심한 경우 사망에까지 이르는 곳이 명치다. 중단혈이라고 해서 사람의 감정이 살아 숨 쉬는 매우 소중한 혈자리라고 배웠는데 그 예민한 급소가 뻑뻑해지면서 아픈 느낌이 든다.

호흡의 부작용은 아닌가 하고 걱정하다가, 여느 때처럼 전철 안에서 사랑에 대한 명상 서적을 읽고 있는 중이었다. 책 내용에 깊이 감동하며 정신없이 책 속에 빠져들고 있는데, 손바닥이 묵직해지더니 갑갑하던 가슴이 풀리면서 가슴이 뜨거워져 온다.

무슨 일인가 싶어 손으로 가슴을 만져 보고 쓰다듬고 이리저리 분석하고

　　　　　　　　　　　　　나에게로 돌아온 여정

있자니, 이번에는 달콤한 사탕 냄새가 풍긴다. 옆에 앉은 여성이 향수를 뿌린 것인가 하고 코를 돌려서 맡아 보지만 향수 냄새는 아니다. 전철 안에서는 잘 몰랐는데, 그날 저녁 집에서 명상에 들자, 어머니가 어린 아기의 가슴을 토닥이면서 아기를 재우는 듯한 느낌이 전달되어 왔다. 그러면서 사탕 녹는 냄새와 다리미질 냄새가 계속 풍겨 올라온다.

처음에 명문이 열릴 때와는 다른 차원의 감격이었다. 은은한 열기가 가슴을 휘감으면서 온 세상이 예쁘게만 보인다. 중단혈이 제대로 열리면 수련하는 내내 눈물만 흘리다가 볼일 다 본다고 하더니 조금이나마 이해가 갔다.

향기의 느낌은 마치 박하사탕처럼 화한 느낌인데, 나중에 들은 얘기지만 호흡이 깊어지게 되면 난초 향기 비슷한 선향이 방안 가득 차게 된다고 한다. 언제 그 정도 수준까지 갈 수 있을는지 막막하긴 하지만 가능성을 발견한 것만으로도 획기적인 사건이었다.

어떤 원리에서 그런 향취가 났는지 잘 모르겠지만 보름 정도가 지나면서부터는 아쉽게도 사탕 내음은 사그라졌다. 입에서는 코를 찌르는 악취가 풍겨 나오는데, 가슴에서는 향내가 뿜어져 나오니 사람의 몸이란 것이 천국과 지옥을 공유하고 있다는 생각이 들었다. 몸만 그런 것이 아니라 마음 역시 하늘나라 신선의 마음씨를 품다가 어떤 경우엔 지옥의 아귀 같은 마음을 품을 때도 있으니 그 변화의 진폭이 극단을 달린다고 할 수 있을 것이다.

호흡이 잘 되는 만큼 초반에는 몸살을 달고 살았다. 독감에 걸린 것처럼 몸이 욱신거리는 것은 기본이고, 나중에는 코와 입술에 물집이 생겨날 정도로 몸 상태가 그로기 상태까지 간 적도 있었다.

몸은 아프지만 그럴수록 기운은 더 잘 들어왔다. 배추가 익어서 맛난 김치가 되듯, 몸은 그 에너지를 소화하고 받쳐 주기 위해서 체질 변화가 뒷받침되어야 하는 것 아닌가 하는 생각이 들었다. 그러는 와중에 몸에서 나타나는 명현 반응과는 깊이가 다른 정신적 몸살이 슬슬 노크해 오기 시작했는데, 발단은 입방정에서부터 시작되었다.

같이 명상하는 동료들과 대화를 나누다 보니 의외로 상당수의 사람이 기운의 느낌을 잘 모르고 있었다. 별다른 직업 없이 호흡만하는 입장이긴 하지만 아무리 직업이 있다고 하더라도 꾸준히 수련을 해 온 사람들이 왜 감



나에게로 돌아온 여정

각이 무딘 것인지 그 이유가 궁금해졌다.

그즈음 명상 센터에서 교육 중이던 강좌를 들으면서 뜻밖의 정보를 듣게 되었다. 아마도 기운을 강하게 느낄 수 있는 체질이 따로 있는 모양이었다.

명상 선배들의 조언도 이어졌는데, 기감을 즐기고 기운을 돌리는 재미에 빠지게 되면 마음공부에서 멀어지게 되면서 강한 기감을 찾아 유랑하게 될 수 있으니 조심해야 한다는 것이었다. 그리고, 기감이 예민한 사람들은 자기가 호흡을 잘하고 있다는 착각에 빠질 수 있는 커다란 위험에 노출되어 있다는 소리를 듣게 되었다.

느낌이 약한 사람은 시키는 대로 열심히 호흡을 하면서 차분하게 축기를 하고 진도가 나가는 반면, 기감이 강한 사람은 감각에 취해서 제대로 축기도 못한 채 수박 겉핥기식의 호흡만 하다가 볼 일 다 볼 수도 있다는 것이었다.

기운에 대하여 잘난 듯 함부로 말할 것이 아니라는 무언의 압박을 받고 정신이 번쩍 들면서 모든 기적 현상에 대한 대화를 자제했다. 마음을 그렇게 고쳐먹자마자 간질거리던 이마가 잠잠해졌다. 다소 아쉽긴 했지만 일주일 정도가 지나자 드디어 아랫배에 이물감이 잡히기 시작했다. 바닥을 알 수 없을 정도로 숨을 깊게 내쉬고 온 마음을 모아 천천히 숨을 들이쉬자 탱탱한 공과도 같은 감각이 단전에서 느껴진다.

그러고 나서 정신적 몸살이 가라앉는 듯하였다. 엄밀히 말해 정신적 고통이나 환희 같은 것은 마음이 만들어낸 착각이니 일시적으로 그렇게 착각했다는 게 맞는 표현일 것이다. 따라서 잠깐의 명상만으로 평생 시달리던 정신적 몸살이 가라앉는다는 것은 천만의 말씀이었다. 퇴직 후 모든 경제활동이 주식에 집중되어 있었는데, 호흡에 푹 빠져 있는 몇 개월 동안 2억에 달하는 현찰이 솔솔 증발해 나가면서 마음이 다시 찌그러들기 시작했다.

# 주식의 굴레 속에서

어느덧 호흡을 배운 지 100일이 지나가고 그동안 상상도 못 했던 감각의 세상 속에서 살고 있었지만, 강력 본드처럼 붙어사는 친구가 있었으니 주식이란 괴물이었다. 그 괴물은 명상의 세계를 공부하는 산행길에 엄청난 크기의 장애물로 다가왔다.

처음 주식에 손을 댄 것은 98년도 가을이었다. IMF 때문에 주식 시장이 망가진 시점이었다. 나라가 망한다는 소문이 돌았고, 종합지수는 기어코 300을 깨뜨리면서 200포인트대를 찍고야 말았다. 그 순간 마법에 걸린 듯 청약저축을 깨고, 은행에 가서 1,000만 원을 대출받았다.

시장을 살리려는 정책 때문이었던지, 당시에는 획기적인 제도가 많이 생겨났다. 증권사 객장에 나가지 않고서도 인터넷을 통해 고객이 직접 거래를 하는 이트레이딩이라는 혁신이 있었고, 두 번째는 상, 하한가 비율이 12%에서 15%로 높아졌다. 혁신 바람을 타고 증권시장에 불이 붙었다.

주식시장이 살아나면서 유가증권 거래의 기본이랄 수 있는 증권주부터 폭발했다. 불과 두세 달 사이에 모든 증권주가 상한가를 밥 먹듯 하더니, 대부분 30~40배씩 오르면서 고공행진을 했고, 은행주부터 시작해서 각종 가치주들이 기본적으로 4~5배씩 올랐다.

불과 석 달 사이에 세 배 넘게 자산에 살이 붙었고, 한 달 월급이 우습게 보였다. 우선주들이 수십 배씩 폭등하면서 열풍을 이어갔고, 밀레니엄버그니 뭐니 해서 증권가가 뜨거워졌다. 코스닥이 비정상적으로 끓어올랐고, 그 유황불 속에서 정신 못 차리고 계속 헛발질만 했다.

그리고 정신을 차려 보니 전 재산이 증발해 있었다. 연봉 다섯 배에 달하는 현찰이 어디론가 사라져 버렸다. 대망의 2000년을 맞아 깡통을 차고 삶을 고뇌하기 시작했다. 온몸에 힘이 사라지고, 정신 상태는 끝없는 나락으로 떨어져 갔다.

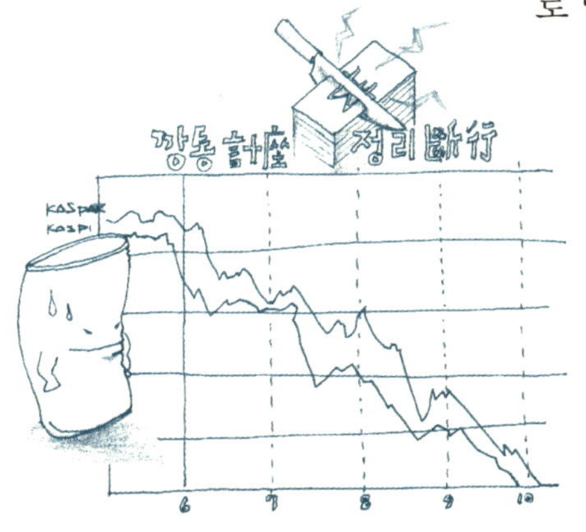



설상가상이라고, 그즈음에 맡고 있던 업무까지 나를 바닥으로 끌어내리고 있었다. 불법을 단속하는 업무였는데, 첫날부터 당혹스런 상황을 맞았다. 철거 대집행을 하려고 하자, 건물주가 낫을 들고 나와 다 죽여 버리겠다고 입에 거품

   나에게로 돌아온 여정

을 물면서 난리를 쳤다.

나중에는 으레 그러려니 했다. 가장 흔한 레퍼토리가 단속 장비인 포크레인 쇠바가지 밑에 드러눕거나 단속 장비에 올라타서 '건물을 철거하기 전에 나부터 죽여라'였다. 온갖 독기 서린 욕설은 기본이다. 어떤 때는 단속 중장비를 향해 삽과 곡괭이를 집어 던지기도 하고 상식을 초월하는 풍경이 끊임없이 연출되었다.

그래도 업은 업이었다. 상황이 조금 진정되고 나면 만나서 대화를 나누어 보는데, 그 사납던 사람들이 의외로 온순해지면서 하소연이 흘러나온다. 소중한 건축물이 눈앞에서 부서지는데 빤히 앉아서 지켜보기만 하는 것이 오히려 비정상일 것이다. 눈이 뒤집히고 머리꼭지가 돌아 버리는 게 당연하다.

그럴 때마다 나도 같이 감정을 폭발시키고 싸움을 일삼으며 지냈지만, 그건 그나마 견딜 만했다. 나를 진짜로 폭발시키고 나락으로 떨어뜨린 건 주식이었으니까. 전 재산을 도박처럼 주식판에 몰아넣고 살다 보니 올인을 당하는 즈음부터 업무는 고사하고 살고 싶은 의욕의 끈조차 사라질 정도였다.

중학생 때도 가출했다가 자살하려고 목에 칼을 들이댄 적이 있었는데, 그때도 궁극적인 이유는 역시 돈이었다. 업무에서 오는 극한의 스트레스도 무시 못 했지만 내게는 돈이 더 심각한 문제였던 것이다.

그즈음 경제적 상실감을 치료해 보자는 생각에 집중적으로 여행 서적과 명상 서적들을 친구 삼아 살았다. 독특한 내용의 책들을 읽다 보니 사춘기를 겪던 학창 시절의 누나가 초등학교 저학년이던 나에게 들려주던 '삶에 대한 물음'들이 그제야 극단적으로 밀려왔다.

사람은 왜 태어나는 것인지, 죽으면 어디로 가는 것인지, 대관절 우주라는 것이 끝이 있긴 있는 것인지. 인간이란 존재가 뭐하러 태어나서 이렇게 아등바등하면서 살고 있는지. 죽어서 가는 지옥에 대해서는 생각을 안 했다. 살아 있는 현실이 생지옥이고 죽어 버리면 낫지 않을까 생각했는데 책을 읽다 보니 그것이 아니라고 한다.

마음공부를 시켜 주는 책들을 계속해서 읽은 영향이었는지 몰라도 주식을 대하는 태도가 조금씩 바뀌어 가고 있었다. 이미 올인을 당하고 끝장났지만 그래도 월급은 나오니 살 만한 세상 아니겠는가.

그리고, 업무에 대한 가치관도 조금씩 변해 갔다. 어지간한 민원 건들을 적당한 선에서 가장 나은 방법을 찾아보려는 얼렁뚱땅 가치관이 생겨났다. 한 사람 한 사람 만나서 대화하다 보면 다 그럴 만한 이유가 있어서 위법을 하는 것이었고, 옆 동네 이웃 사촌일 뿐이었다.

그렇게 업무에 적응되는가 싶더니 보직이 옮겨지고, 재건축이라는 생뚱맞은 업무를 맞게 되었다. 2000년대 초반부터 수도권에 재건축 열풍이 불면서 업무량은 늘어나고, 이상한 신호가 잡혀 왔다. 연탄으로 난방을 하는 허름한 11평짜리 아파트가 3억을 넘어섰다고 했다.

다들 미쳤다는 생각이 들었다. 명색이 담당 공무원이었지만 돈과는 인연이 없었던지 시장 상황을 멍하니 구경만 했다. 지켜보고 있는 동안 11평짜리 아파트는 가격이 폭등하면서 9억 원을 넘어섰고, 수도권 재건축시장은 돈을 앞잡이 삼아서 점차 아수라장으로 변해 갔다. 그 아귀다툼 속에서 불법 건축물과는 차원이 다른 민원과 소송이 쏟아져 내렸다. 나 스스로 그 복마전 속에 들어가야만 삶을 이어 나갈 수 있었다.

그러거나 말거나 시간은 지나가고 업무에 치여 살다 보니 통장 잔액이 조금씩 늘어났다. 그리곤 마약보다 더 지독한 주식에 다시 손을 댔다. 밥은 안 먹고 살아도 주식을 안 할 수는 없었는데, 결론은 뻔한 것이다. 그 이후로 몇 년 동안 소중한 월급이 계속 증발해 버렸다.

퇴직 후에 오프라인을 통해서 호흡명상을 배워 가고 있었지만 주식은 여전히 따라다녔다. 그리스 사태로 유럽이 망가지면서 명예퇴직금 8,000만 원이 며칠 사이에 증발되었으나, 귀국한 이후 차곡차곡 상승하더니 호흡명상을 시작하는 즈음에는 역으로 8,000만 원을 버는 쾌거를 이루었다.

아쉬움을 채우려는 끈적끈적한 욕심의 늪에서 헤매고 있는 사이, 또 다시 마음이 오그라지기 시작했다. 15년간 주식을 해 오면서 별의별 희한한 주식 상황을 다 경험해 보았지만 그런 경우는 처음이었다. 보름 내내 흘러내리면서 시퍼렇게 마감을 하는데, 벌었던 돈을 다 날리고, 결국 2011년 마지막 주식 거래일을 남겨 놓고 정신이 폭발해 버렸다.

그날 마음공부고 뭐고 간에 하늘을 향해 무진장 욕을 퍼부어 댔다. 왜 사람으로 태어나 이런 경험을 하게 하느냐며 성질을 부렸다. 돈 욕심을 부

려 주식을 팔지 않고 붙잡고 있었으면서 괜히 하늘에 화풀이를 하다니.

몇 년 전 알토란같은 종잣돈 2억 원을 홀라당 날릴 때도 그렇게 악다구니가 나오진 않았다. 스스로의 판단으로 고점에서 처분을 못 했던 것이기에 마음 관리를 하면서 극도의 스트레스는 받지 않았다. 심지어 유럽사태로 피 같은 명예퇴직금이 나흘 만에 날아갈 때도 웃고 말았었다.

그런데, 그 날은 왜 그랬는지 미친 사람처럼 폭발해 버렸다. 나중에는 그런 생각이 들었다. 기운의 감각이라는 것을 통해서 하늘이라는 존재가 있다는 것을 알았기 때문에 그 객관적 실체를 향해 짜증을 냈던 것이 아닌가 하는 생각 말이다.

  나에게로 돌아온 여정

그러나 무슨 조화인지 2012년 새해 벽두부터 상한가를 치면서 수천만 원이 달라붙었다. 다음날도 장이 시작되자마자 시세판이 붉은색으로 변해 있는데, 잠깐 사이에 몇천만 원이 늘어나 있다. 그 며칠간 엄청나게 갈등했다. 정리를 해 버리면 1억 이상 이익을 얻게 되지만, 또 다시 욕심에 빠져 버렸고, 결과는 윷놀이 용어로 '백도'였다.

그날 이후로 수시로 인터넷을 확인하면서 떨어져 내리는 주식을 바라보며 감정을 다스리는 것이 일과가 되었다. 몇 년 전의 상황이 그대로 되풀이되었고, 부동산까지 무너져 내리며 반년 동안에 2억 원에 달하는 현찰이 모니터 상에서 지워져 갔다. 욱하고 치밀었다간 상기가 될 것 같았다. 화병이라고들 하는데, 말 그대로 마음에 불이 붙으면 기운이 다 타 버리는 모양이다.

# 백일 수련


　주식이 떨어진다고 스트레스 받았다가는 죽도 밥도 안 될 것 같았다. 하루에 몇백만 원씩 일숫돈 받아가듯 자산이 증발하는데, 그럴 때마다 남산 길을 걸으면서 마음을 진정시키는 것이 주요 일과가 되었다. 긴장을 풀지 못하면 호흡이 되질 않으니 답이 없는 일상들이 이어져 갔다.

　주식이란 괴물은 그렇게 살살 달래가면서 맹숭맹숭하게 하루하루를 보내던 중이었다. 수련장 가까운 식당에서 맛나게 점심을 먹으며 몇몇 동료들과 새벽 백일 수련을 진행해 보자는 대화가 오갔다. 어떻게 진행을 할 것이며, 누구에게 연락을 취하자는 등 재미나게 이야기를 나누고 있자니 손바닥이 이상해져 왔다. 동시에 옆에 앉은 수련 동료 한 명이 공기가 달라지지 않았느냐고 말을 건넨다.

　그 순간 장심혈과 백회혈이 자극되면서 특유의 에너지가 내려앉는 것이

 　　　　　　　　　　　　　　　　나에게로 돌아온 여정

느껴졌다. 제대로 한번 새벽수련을 해 보라는 무언의 신호였다. 이후로 열 댓 명의 동료들이 적극 호응을 하면서 새벽 백일 수련이 시작되었다. 평소 6 시 기상에서 5시로 한 시간 당겨졌는데, 그 한 시간 때문에 한 달을 고생했다.

새벽수련이 좋다는 것은 귀에 딱지가 않도록 들어 왔기 때문에 온갖 정성을 다해 호흡에 심취해 들어갔다. 5시에 일어나 명상을 시작하면 백회에서부터 단전까지 하늘과 하나가 되는 느낌이 들었다. 자세 명상을 하다 보면 컨디션이 좋은 날에는 채 몇 분이 지나지도 않아서 피부가 열리는 듯한 느낌과 함께 몸이 시원해져 온다.

혈이 열리면서 느끼게 되는 감각은 호흡을 할 때마다 차이가 있다. 한 번은 늘 다니던 명상 센터를 벗어나 며칠간 여행을 떠난 적이 있다. 궁궐을 지을 때 많이 사용했다던 빨간 소나무가 밀집해 있는 연안 지역이었는데, 해수욕장 쪽으로 천천히 드라이브하다가 해안도로에 접어들자마자 중단혈로 바람이 불어왔다.

차를 세우고 운전석에 앉은 상태에서 잠시 깊은 호흡을 해 주니 단전으로 독특한 시원함이 밀려 들어왔다. 경치 좋은 바닷가에서 술을 마시면 술에 덜 취한다고 하던데, 왜 그런지 알 것 같았다. 바다의 시원함을 온몸으로 즐기고, 휴양림에서 잠을 자고 여느 때처럼 새벽명상에 드니 몇 분 지나지도 않아서 처음 느껴 보는 기운이 상반신을 자극했다. 상쾌한 소나무 잎이 상체의 혈을 기분 좋게 콕콕 찍어 누르는 듯한 느낌이었다.

그리고, 명상 센터에서 느껴지는 감각은 조금 달랐다. 인체 내 경혈과 기맥이 녹는 듯하면서도 그 뜨거움 속에 시원한 감각이 더해지는 것이, 말초적인 감각은 덜하지만 깊은 진국을 우려내 마시는 듯한 묵직한 느낌이다.

그런데, 컨디션이 좋아 명상이 최고조에 이를 때는 아예 몸 자체의 감각이 없어져 버리게 된다. 1년 가까이 호흡하면서 이런 현상은 서너 번 정도밖에 체험하질 못했는데, 몸이란 것이 있는지 없는지 종잡을 수가 없다. 내가 이 지구라는 땅덩이에 존재하고 있는 것이 맞는가 하는 의문이 들 정도다.

   나에게로 돌아온 여정

몸과 마음 상태가 좋을 때는 그렇게 천상의 세계에 가 있는 듯한 선물을 받곤 했지만, 컨디션이 안 좋은 날에는 느낌이 절반 이하로 뚝 떨어지게 된다. 굴곡이 심한 것인데, 이 굴곡이 극으로 치달은 사건이 발생하게 되었다.

새벽명상에 몰입하면서 기운이 점점 강해지자 입병이 도지기 시작한 것이다. 만나는 사람마다 말을 건네다 보니까 수련경력이 오래된 몇몇 동료들이 조언해 주기 시작했다. 근본적인 공부 목표는 마음을 비우는 것이라면서 기운에 너무 얽매이지 말라는 것이다. 그리고 기감이 예민한 것이 장점도 있지만 좋은 것만은 아니라면서, 나중에 시일이 지나면 무슨 소린지 알게 될 것이라며 깊은 얘기는 하질 않는다.

그러고 보니 어지간히 호흡 공부를 해 온 사람들과 대화를 나누다 보면 아예 기운이라는 단어 자체를 언급하지 않았다. 나처럼 1년도 안 된 초보들이나 명문이 어쩌니 장심이 어쩌니 하면서 떠벌리지 다들 일상적인 대화만 나누고 있다.

어릴 적부터 기운의 세계에 대한 동경이 있었고, 그간 꿈꿔 왔던 세계에 안착했다는 증거로서 몸이 말을 하는데, 왜 그것이 안 좋다는 것인지 이해할 수 없었다. 그러나 그 이유를 알 수 있는 상황이 그리 오래지 않아 전개되었다.

# 무서운 상기증

어지간하면 민원인과 감정을 녹여서 싸우지는 않는다. 감정이 들어가면 공적인 일을 객관적으로 처리할 수 없기 때문이다. 일부 거친 태도를 보이는 민원인들에게는 험하게 대응하는 경우가 있기는 했지만 속마음으로는 감정을 넣지 않는 경우가 대부분이었다.

그런데 어쩔 수 없이 감정을 이입해서 싸운 적이 몇 번 있었다. 누구나 직장생활 하면서 그런 일은 다 겪어 보았겠지만, 그렇게 감정을 불태우고 나면 힘이 쭉 빠지고 가슴부터 갑갑해진다. 게다가 배도 살살 아프고, 밥 먹고 싶은 생각도 없어지면서 그 후유증이 며칠씩 가곤 했다.

마음의 세계를 몰랐던 때에도 이 정도였는데, 명상을 알고부터 마음이 몸에 미치는 영향이란 상상을 초월한다는 것을 직접 깨닫게 됐다. 책으로만 접해 왔던 상기 증상은 예상했던 것보다 훨씬 더 심각했던 것이다. 감정을

　　　　　　　　　　　나에게로 돌아온 여정

통제하지 못하고 심적인 한계선을 넘어서게 되면 호흡으로 축적되어 있던 기운이 자기 자신을 공격하는 무기로 변하는 모양이었다.

아랫배에 모여 있던 기운이 위로 올라오게 되면 심장부터 공격하는데, 마치 100m 달리기할 때처럼 엄청난 속도로 맥박이 뛰기 시작한다. 그런데, 그 뉘앙스가 달리기 할 때와는 많이 다르다. 뜀박질할 때야 몸이 고통스럽고 심할 경우 구토가 나오는 정도에서 그치지만 기운이 불타면서 심장이 박동을 하니 희한한 고통이 가슴을 감아 돌았다.

고산병으로 심장이 찡찡거려 오는 것과는 비교 불가다. 그 고통에 진저리치면서 방바닥을 뒹굴며 진정을 시켜보려 하지만 아무리 이완을 하려 해도 소용이 없다. 흥분된 기운은 심장에서 타들어 가다가 시간이 지나다 보면 장부를 보호하려는 몸의 섭리 때문인지 상당량의 기운이 회음으로 쏠리면서 회음혈이 열려 버린다.

그러나 쉽게 빠져나가도록 놔둘 순 없다. 해외 산행이라는 부푼 꿈으로 20년 공직을 던져 버렸는데, 그토록 떠나고 싶던 여행도 못 가고 온갖 정성을 바쳐서 모아 놓은 기운이다. 그런데 감정 조절을 못해서 화 한 번 냈다고 모든 기운을 잃을 순 없다.

그때부터 회음혈과의 전쟁이 시작됐다. 기운이 나가지 못하도록 회음혈을 힘껏 조이고 누워 있으면 항문이 자글거리며 아리다. 도저히 못 참고 변기 위에 앉아 있으면 나오란 것은 안 나오고 기운이 빠져나가는 시큰한 감각이 찾아왔다.

회음혈이 얼얼하게 아리면서 순도 높은 에너지가 나가는 것이 고스란히 느껴진다. 그렇게 기분 나쁜 감각은 살면서 경험해 본 적이 없다. 손으로 만져 보면 실제 항문이 동그랗게 열려 있다. 사람이 죽을 때가 되면 항문이 열린다고 하더니 괄약근이 내 통제를 벗어나 있는 상태다.

설사병 환자처럼 방과 화장실을 왔다 갔다 하다 보면 결국 백기를 들 수밖에 없다. 기운이고 뭐고 간에 빨리 몸에서 나가 버리라고 모든 것을 포기하지만 한순간에 쑥 나가는 것이 아니라 오랜 시간에 걸쳐 자글거리는 고통이 이어진다.

저녁부터 시작된 상기 증세는 밤새도록 잠도 못 잔 채 아침까지 헤매고 나면 조금 나아지긴 하지만 소용이 없다. 화를 낼 당시의 상황이 머릿속에 떠오르는 즉시 또 상기되면서 심장이 두근거린다.

몇 개월간 모아 놓은 에너지가 밤새도록 제법 빠져나갔기 때문에 처음에 고생했던 만큼은 아니지만 계속해서 유사한 증상을 반복한다. 생각을 안 하면 되지만 현실적으로 불가능한 일이다. 차라리 기감이란 것을 몰랐다면 이런 고통은 당하지 않을 수도 있었을 텐데.

그렇다고 호흡을 포기할 수는 없다. 독한 성격 때문에 나 자신과의 싸움에서 완패했지만 쉽게 물러설 순 없는 일이다. 이제 걸음마를 배우는 수준

 　　　　　　　　　　　　　　　　나에게로 돌아온 여정

인데, 앞으로 호흡 공부를 하면서 또 다
시 울화가 치밀어 저급한 분노를 내면 어
찌 될 것인가.

두려워졌다. 기운이란 것을 몰랐을 때
는 아무리 화를 내도 죽을 정도는 아니었
는데, 기의 세계에선 차원이 달랐다. 마음
한 조각 굳게 먹는 것만으로도 사람이 크
게 다칠 수 있을 것 같았다.

말 그대로 심력이다. 마음 그 자체가 어
마어마한 에너지라는 것을 알게 되었다. 독한 마음에 힘이 실리니 나 같은
수련 초보자도 그렇게 심한 충격을 입었는데, 수련 고수들은 어느 정도의
수준일지 감조차 잡히질 않았다. 그네들 앞에서 기운이 어쩌니저쩌니 입방
정 떨던 모습이 우습게 보였다.

밤새 고생하고 난 후 자세 명상을 취하면서 수련을 계속할 수 있겠느냐
고 자문해 보았다. 그리고 답을 내렸다. 돌아갈 수 있는 길이 아니었다.

암벽 등반으로 치자면 자그마한 홀더를 잘못 붙잡아 1m 높이의 벼랑에
서 떨어져 손에 생채기가 난 정도다. 앞으로 수백 m, 수천 m의 암릉을 기
어올라야 한다. 아직 갈 길이 구만리인데, 등반을 포기할 순 없다.

어떤 상황이 찾아와도 절대 감정을 폭발시켜서는 안 되는 것이었다. 마음
을 어떻게 먹느냐에 따라 몸 상태가 극으로 치달을 수 있다는 것을 체감했

고, 마음을 비우고 다스리면서 모든 상황을 내 탓으로 돌렸다.

그렇게 손바닥을 뒤집는 것처럼 생각을 살짝 바꾸기만 했을 뿐인데 상기 증상은 거짓말처럼 말끔히 사라졌다. 그리고 더 정성스러운 마음으로 호흡을 하다 보니 느낌이 전보다 더 좋아졌다. 전화위복이 된 것이다.

네팔 솔로 산행을 하면서 육체와 정신이 미쳐 가는 경험을 하고 난 후 산소의 맛을 알았던 것처럼, 호흡의 세계에서도 심적인 한계점을 넘기고 나면 마음을 비워낸 만큼 적절한 보상이 따른다는 생각이 들었다.

# 뜻밖의 기행

    이후에도 주기적으로 머리 아픈 일들이 노크를 해왔고, 그럴 때마다 호흡에 집중하면서 나를 괴롭히는 상황 자체를 즐기기로 했다. 그리고 유달리 무더웠던 2012년 8월, 직장에 다닐 때라면 어디론가 시원한 곳으로 해외여행을 떠났을 테지만, 가까운 곳에서 내게 손짓을 하고 있었다.

    오랜 기간 명상을 해 온 사람들이 모여 사는 공동체 명상마을에서 호흡 공부를 해 보지 않겠느냐는 연락이 왔다. 마을 홈페이지를 열어 보니 구체적인 일정이 공지되어 있다. 안 그래도 날은 덥고 창고 같은 아파트 쪽방에서 비지땀 흘리며 호흡하는 것이 갑갑하던 차였다. 잘 되었다 싶어서 앞뒤 재 볼 것 없이 차를 몰고서 내려갔다.

    보름 동안 명상의 세계에 빠질 생각을 하니 감회가 새롭게 느껴지는데, 호흡 첫날부터 다르다. 본격적으로 깊은숨에 들지도 않고 몸을 푸는 체조

나에게로 돌아온 여정

동작을 시작했을 뿐인데도 중단혈이 휑하니 뚫려 버렸다.

탄력이 제대로 붙었다. 보통 수련을 시작하면 처음 한 시간 정도는 몸을 푸는 체조를 하면서 보내고, 나머지 한 시간 반 정도는 자세 명상과 와공 축기 등을 하게 되는데 내친김에 하루 네 번씩 호흡을 해 보았다. 40도 가까운 살인적 무더위 속에서 열 시간 넘게 수련을 해도 할 만하다.

역시 도심과 다르다는 것을 몸으로 느끼던 와중에 인근에 있는 다른 마을도 방문하게 되었다. 그곳도 마찬가지로 명상가들이 모여 있는 곳이었는데 마을에 도착해서 의자에 앉자마자 가슴에 구멍이 난 듯 시원한 아지랑이가 일렁거린다. 몸을 푸는 체조를 한 것도 아니고, 자연스레 숨만 쉬는데도 중단혈로 특유의 기운이 솔솔 들어오는 것이다.

뭐 이런 경우가 다 있는가. 한편으론 화가 날 정도였다. 도심에서는 그토록 열심히 자세를 잡고 낑낑거려야 기맥이 열리면서 기운이 들어오는 것이 느껴지는데, 이 동네는 무슨 조화로 평범하게 숨만 쉬는데도 기운이 솔솔 들어오는가.

보름간의 명상 스테이를 마치고 나니 뿌듯한 보람이 생기지만 한편으론 찜찜한 마음도 일어났다. 아무리 열심히 수련해도 명상마을에 사는 사람들과는 격이 다르고 차원이 달랐다. 허무감 비슷한 것이 느껴졌다. 마을이라 해 봤자 간단한 조립식 패널로 창고처럼 지어 놓은 집들이고, 자그만 방 하나씩 꿰차고 앉아서 생활하는 사람들인데, 그런 그들과 나 사이에 괴리감마저 생겨난다.

300점 이하 (맛세이)
내려찍기 금지

호흡명상에 모든 것을 바친 사람들이 한두 명도 아니고 수십 명이 모여 살면서 구도 생활을 하고 있으니 그 시너지 효과가 상상초월이었던 모양이다. 당구로 치자면 '천 다마', '만 다마'가 모여 있는 곳이었고, 바둑으로 치자면 프로 몇 단들이 득실거리는 곳이었다.

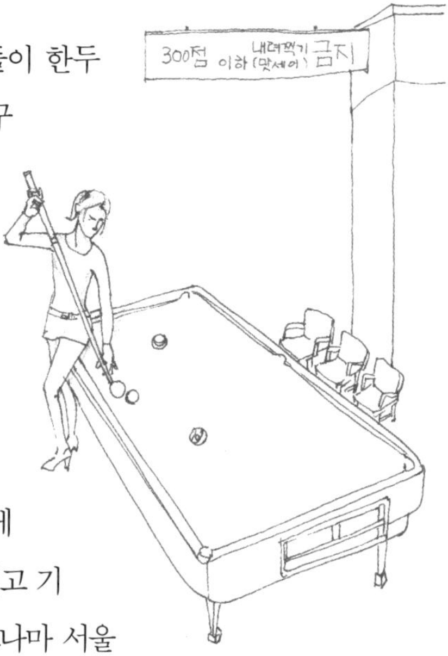

아무리 그래도 그렇지. 명상마을에서 느꼈던 기운을 집에서도 받아 보려고 기를 써 보았지만 잘 잡히지 않는다. 그나마 서울에 있는 명상센터에 가서 수련하면 비슷한 느낌이 잡히긴 하지만 왔다 갔다 하느라 전철 안에서 헤매다 보니 힘이 들었다. 찌는 듯한 무더위는 꺾일 생각을 안 하고, 9월이 찾아오면서 조금씩 마음이 흔들렸다.

명상 그 자체에 대한 기준은 절대적이었기 때문에 흔들릴 일은 없었지만 역마살이 꿈틀거리면서 피어났다. 마을에서 같이 살 수 있는 여건은 안 되고, 찜통 같은 쪽방에서 숨만 쉬며 1년 가까이 지내다 보니 갑갑해졌다.

허구한 날 여행 사이트만 뒤지면서 어디론가 떠나고 싶은 마음을 추스르고 있는데, 갑자기 가까운 친척 어른이 방문해서 얼마간 머무르고 가실 계획이란다.

　　　　　　　　　　　　　나에게로 돌아온 여정

　12평짜리 아파트에서 호흡명상을 해 가며 같이 생활한다는 것이 쉬운 일은 아니고, 바로 그날 저녁 인터넷에 처박혀 비행기표를 뒤져 보았다. 표가 쉽사리 나올 리는 없고, 비즈니스석으로 검색해 보니 다음날 드골 공항으로 가는 빈 좌석이 눈에 띈다. 새벽에 일어나자마자 남미로 떠나기 위해 수년 동안 모아 두었던 13만 항공 마일리지를 전부 다 긁어서 당일 오전 출발하는 좌석표를 끊고 짐을 꾸렸다.

　짐이라 봐야 옷가지 몇 벌 챙기고 양말 챙기고 주물럭거리니 30분 만에 대충 배낭이 꾸려진다. 새벽에 집을 나서자 어머니가 뜬금없이 웬 유럽여행이냐면서 깜짝 놀라신다. 새벽에 표를 끊고 부랴부랴 공항에 도착해서 불과 세 시간 만에 출국 심사대를 빠져나오고 나니, 그제야 웬 정신 나간 짓인가 하는 생각이 든다.

　빠진 것이 없나 몸수색을 해 보는데 가이드북이 없다. 예의상 유럽가이드북은 한 권 있어야 할 듯해서 공항 서점에서 책을 사서 여유 있게 라운지로 향했다. 한두 번 가 봤다고 친근하게 느껴진다. 당일 저녁 숙박지부터 알아보다가 안내방송을 듣고 탑승해서 좌석에 앉는데 영 불편하다. 10여 분 정도 단추를 눌러대며 낑낑거리다 보니 좌석이 움직이는 원리를 조금 알 것 같다.

　돈벌이도 없는 형편이지만 높은 하늘 위에서 고급 서비스를 받으니 잠시지만 딴 세상에서 살고 있는 기분이다. 촌티 좀 내려고 간식으로 라면을 먹어 보려 했지만 깜박 잠이 들고 말았다. 좌석이 눕혀지니 잠도 잘 온다. 좀

은 좌석에서는 30분에 한 번씩 자다 깨다 했는데, 몇 시간을 푹 누워서 잠
이 들었다. 돈이란 것이 좋긴 좋다.

　　　　　　　　　　　　　　　　나에게로 돌아온 여정

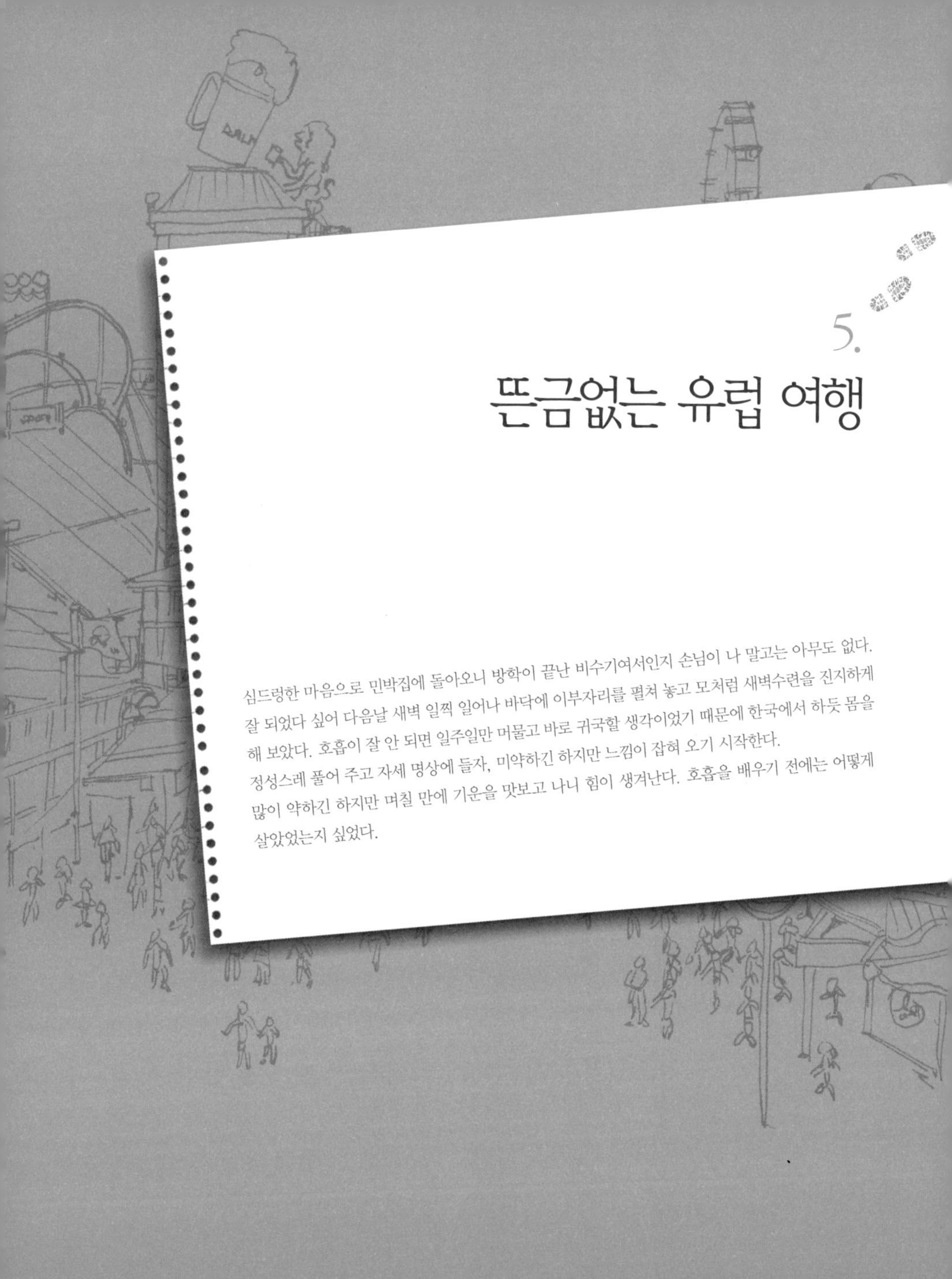

5.

# 뜬금없는 유럽 여행

심드렁한 마음으로 민박집에 돌아오니 방학이 끝난 비수기여서인지 손님이 나 말고는 아무도 없다. 잘 되었다 싶어 다음날 새벽 일찍 일어나 바닥에 이부자리를 펼쳐 놓고 모처럼 새벽수련을 진지하게 해 보았다. 호흡이 잘 안 되면 일주일만 머물고 바로 귀국할 생각이었기 때문에 한국에서 하듯 몸을 정성스레 풀어 주고 자세 명상에 들자, 미약하긴 하지만 느낌이 잡혀 오기 시작한다. 많이 약하긴 하지만 며칠 만에 기운을 맛보고 나니 힘이 생겨난다. 호흡을 배우기 전에는 어떻게 살았었는지 싶었다.

# 정처 없는 파리 여정

드골공항에 도착해 인천공항 라운지에서 미리 봐 두었던 민박집에 전화를 걸어 찾아가려 하는데 전화 사용법을 잘 모르겠다. 진땀 흘리며 간신히 통화하고, 전철표도 어떻게 끊는지 몰라 프랑스 신사의 도움을 받아 겨우 탑승할 수 있었다.

그런데 지하철이 너무 낡았다. 에어컨도 없고 창문을 열고 다니다 보니 지하도의 퀴퀴한 공기가 호흡기로 여과 없이 전해져 들어온다. 채 5분도 안 되어 가슴이 뻑뻑해지면서 가슴뼈가 살짝 아픈 느낌이 든다.

중국에 갔을 당시에도 전철만 탔다 하면 가슴이 기분 나쁘게 뜨거워지면서 뻑뻑해졌다. 그리곤 숨이 아랫배까지 못 가고 가슴에서 단절되는데, 프랑스에서도 역시 같은 증상이다.

수년 전, 패키지로 서유럽을 돌 당시에는 대중교통을 타 볼 일이 없었기

  나에게로 돌아온 여정

때문에 잘 몰랐는데 지하철 승객의 30% 이상이 흑인들이다. 그리고 가끔 머리에 천을 두른 이슬람 사람들도 보인다. 아무리 둘러보아도 동양인은 나 혼자뿐이다.

안내받은 역에서 내려 민박집 주인아줌마를 따라 숙소에 들어서자 특유의 2층 침대로 빽빽한 방이 보이고, 방학이 지나서인지 한가한 편이다.

9월의 파리는 아침저녁으로만 조금씩 찬바람이 불고 낮 동안에는 태양이 내려 쬐는 것이 우리나라 5월 날씨처럼 느껴져 포근하다. 킬링타임용 여행처럼 며칠 머물다 귀국하려는 생각이었기에 관광에 열 올리지 않고 멍청히 앉아서 지나치는 관광객들 구경하는 것이 일이다.

며칠 동안 주요 관광지를 이 잡듯 뒤지다 보니 에펠탑이고 뭐고 지겨워지기 시작한다. 그러던 차에 민박집에서 만난 젊은 여행객들과 짝을 이루어 오랜만에 베르사유도 다시 찾아보고 동행한 젊은 친구의 정보 덕분에 왕비의 촌락이란 곳도 방문해 본다. 동화 속 세상에 온 듯하다. 건물을 친환경적으로 지어 놓아서 마음에 쏙 들지만 현지인들이 살고 있는 곳이라서 들어가 볼 수 없는 것이 아쉬웠다.

제법 규모가 있는 한쪽 집을 돌아서니 드넓은 목장이 펼쳐지고, 따뜻한 햇볕 아래 망아지들이 풀을 뜯고 있다. 관광객들도 제법 있어 보이지만 파리 현지인들도 많아 보인다. 아기와 함께 산책을 하며 새끼 짐승들과 유대를 갖게 하려는 모성애가 보이고, 흐뭇한 풍경들이 쉴 새 없이 이어진다.

그러나 결정적인 것 한 가지가 부족하다. 중단혈을 녹여내는 시원한 빛에너지가 없다. 파리에 온 지 며칠이 지났고, 몸 상태가 그리 나쁜 것은 아닌데, 기운이 돌지 않는 것이다. 아쉬운 마음에 마을을 떠나자마자 멋들어진 정원들이 계속 이어지고, 동행한 아가씨들은 궁전 구경이 처음이라고 하니 서둘러 발길을 재촉했다.

서두르다 보니 거대한 정원에서 미로에 빠져 버렸다. 어느 쪽이 출구인지 모르고 한참을 헤매다가 물어물어 궁전에 도착했지만 벌써 파장이다. 몇 년 전에 패키지로 왔을 때는 콩나물시루처럼 발이 붕 뜬 채로 공중부양해서 돌아다녔던 기억 때문에 별 흥취가 없었는데, 이번엔 반대로 관람객이 우리 일행밖에 없다.

저 앞쪽에서 정장을 차려입은 흑인 양반들이 무전기로 떠들며 문을 닫으려는 모양새다. 재빨리 일행들을 독려해서 거울의 방에 들어섰다. 앞쪽으로는 우리처럼 시간에 쫓긴 관광객들이 안내인의 눈치를 보며 밀려 나가고 있고, 결국 반도 못 본 상태에서 강제로 쫓겨나 버렸다.

시간은 계속 흐르고, 새로운 관광지를 방문하며 흥밋거리를 찾아보지만 금세 물려 버린다. 프랑스의 피라미드라고 불리는 과자 이름 비슷한 독특한 건축물도 찾아가 보고 인근에 있는 바닷가 고성마을도 방문해 보지만 국내에서 느꼈던 시원한 바다 기운은 찾을 수가 없다. 눈요깃거리는 많지만 기운이 공급되지 않으니 여행을 위한 여행일 뿐이다.

민박집 안에서 시간을 보내고 있자니 한가한 모습을 지켜보던 주인아줌마가 파리 근교에 멋진 공원들이 많다면서 공원을 추천해 주기에 숙소를 나

   나에게로 돌아온 여정

와 버스를 탔다. 알려 준 번호는 잊어버렸고 대충 아무 버스나 골라 탔다. 버스 안에서 파리지앵들 타고 내리는 모습을 지켜보는 재미가 제법 쏠쏠하다.

거의 종점이라는 느낌이 들 무렵 사람들이 우르르 내리기에 따라 내렸다. 산책을 나온 듯한 할머니와 손자로 보이는 아이를 따라가 보니 제대로 된 공원을 만났다.

공항으로 쓰던 부지였던지 낡은 활주로가 있고, 안쪽으로 제법 큼지막한 호수가 보인다. 햇볕이 따사롭긴 하지만 바람도 조금 불고 약간 썰렁한 느낌이 드는 날씨임에도 파리지앵들은 핫팬츠 차림으로 조깅을 하고 있었다.

그들과 같이 산책을 즐기다가 준비해 간 빵과 오렌지 주스로 끼니를 해결하고 한숨 푹 자고 일어나니 조깅하는 사람들이 몇 배로 늘어나 있었다. 토요일이라서 파리 곳곳의 시민들이 떼거리로 몰려온 모양이었다.

그러나 그 많은 사람들 속에 흑인은 보이지 않는다. 전철 안이나 길거리에서는 흑인을 많이 만났는데, 공원 안에서는 단 한 명의 흑인도 보이지 않았다. 고개를 갸우뚱하면서 한참을 걷다 보니 학창시절 교과서에서 본 듯한 유명한 그림 속의 풍경과 같은 경치가 나타난다.

그 경치 속에서 나체의 파리지앵들이 태양을 즐기며 누워 있다. 그들의 문화이기에 그러려니 하지만, 더운 날씨라면 몰라도 쌀쌀한 날씨에 옷을 벗고 누워 있는 것이 더 신기했다. 눈을 어디다 둘지 모르겠는데, 그것보다 그 속에 흑인들이 단 한 명도 보이지 않는다는 사실이 내게는 더 의아했다고 할까.

　호수를 건너는 다리 위에서 몰래 사진을 한 컷 찍고는 더 있을 곳이 아니란 생각이 들어 조용히 공원을 빠져나갔다. 활주로 옆에 거대한 침엽수가 보이기에 나무 아래서 호흡을 해 보았다. 여러 사람이 합숙하는 민박집 2층 침대에서 잠을 자다 보니 명상을 할 수가 없었는데 오랜만에 조용한 자연 속에서 기운을 당겨 보지만 잘 느껴지지는 않았다. 스멀거리듯 잡히긴 하는데, 턱없이 부족했다.

　심드렁한 마음으로 민박집에 돌아오니 방학이 끝난 비수기여서인지 손님이 나 말고는 아무도 없다. 잘 되었다 싶어 다음날 새벽 일찍 일어나 바닥에 이부자리를 펼쳐 놓고 모처럼 새벽수련을 진지하게 해 보았다. 호흡이 잘 안 되면 일주일만 머물고 바로 귀국할 생각이었기 때문에 한국에서 하듯 몸을 정성스레 풀어 주고 자세 명상에 들자, 미약하긴 하지만 느낌이 잡혀 오기 시작한다.

　많이 약하긴 하지만 며칠 만에 기운을 맛보고 나니 힘이 생겨난다. 호흡을 배우기 전에는 어떻게 살았었는지 싶었다. 얼결에 떠나온 유럽행이었지만 한 번 유럽에 오려면 고가의 비행기 삯과 시차 적응 등이 쉬운 일은 아니란 생각을 하며 다음 여행 스케줄을 잡아 보았다.

　준비 없이 떠나온 여행이라 기차 패스니 뭐니 하는 것들은 하나도 없고, 저가항공을 이용하면 좋다는 글이 보인다. 적당한 코스를 찾아보니 10만 원 정도의 가격으로 스페인 바르셀로나를 갈 수 있는 항공편이 눈에 띄었다.

　　　　　　　　　　　　　　　　　　　　나에게로 돌아온 여정

파리
프랑스
대서양
산티아고
마드리드
바르셀로나
스페인
발렌시아
그라나다
지중해

# 반도 국가 스페인

열흘 가까이 파리에서 진을 치고 있다가 바르셀로나에 들어섰다. 여행이 란 것 자체가 어딘가로 가다가 볼 일 다 보는 듯하다. 이동하는 과정 중 풍 경과 인종이 바뀌는 느낌에서 여행의 맛이 난다.

한 방에 여럿이서 자면 자세 잡고 명상하는 것이 어려워서 민박집 독방 을 알아보았다. 좀 비싸긴 해도 편하게 잠도 자고, 코 고는 소리도 들리지 않아서 좋다. 여행객들과 어울리기 어렵다는 단점이 있지만 편한 점이 훨씬 더 많다.

한두 군데 유명한 곳을 둘러보고 저녁에 자세를 잡아 보는데 의외로 몸 이 상쾌해진다. 느낌이 나쁘지 않았다. 국내에서 느꼈던 만큼은 아니지만 어느 정도 기력이 보충되는 것을 확인하고 아예 체류일정을 한 달 넘게 늘 리기로 했다.

 나에게로 돌아온 여정

독방에서 푹 잠을 자고 새벽수련에 드니 역시 다르다. 프랑스에서는 긴가 민가할 정도로 미약하게 잡혔는데, 스페인에 입성하자마자 확실한 것이 잡힌다. 우리와 같은 반도 지역이라 그런 것일 수도 있고, 아니면 일주일 정도가 지나서 시차 적응이 되었기 때문일 수도 있다. 독특한 느낌의 기운을 즐기며 하루를 힘차게 시작했는데 지하철이 문제였다.

픽픽한 느낌의 지하철 공기를 마시다 보니 몇 분 지나면 가슴이 뜨거워지면서 여지없이 막혀 버린다. 중국, 프랑스와 상황이 다를 바가 없다. 이력이 나서 이젠 그러려니 하고 이국적인 맛을 즐기려 노력하는데, 스페인의 지하철은 그런 면에서 매력이 있다.

프랑스도 그렇지만 스페인은 유별날 정도로 역사 안에 아마추어 음악가들이 많다. 악기 종류도 가지가지인 것이 똑같은 유형의 지하 악사를 본 적이 없을 정도다. 어떤 사람은 이상하게 생긴 악기 앞에서 책을 펼쳐 놓고 하나하나 배우면서 연주한다.

나중에는 레드 제플린의 고난도 기타곡을 멋지게 연주하는 사람도 보게 되었다. 바로 1m 앞에서 멋들어진 록음악을 즐기며 지하도를 걷는 재미가 쏠쏠하다. 그 덕분에 동전도 조금씩 없어진다.

여행기를 읽다가 바르셀로나는 가우디가 먹여 살린다는 말을 접한 적이 있다. 막상 현지에 도착하니 그 말이 과장이라고 느꼈다. 가우디 건축물보다 스페인 분수 일대에서 여행의 참맛을 더 느꼈기 때문이다. 이국적이면서 장쾌한 도시설계는 물론이고, 탁 트인 바닷가와 지구 방방곡곡에서 찾아온 여행객들 수만 명이 모여서 분수 쇼를 함께 즐기는 모습이 장관이었다.

어느 나라에서든 볼 수 있는 것이지만 재래시장의 활기찬 모습도 보기 좋았다. 태국의 카오산 로드처럼 여행객들이 득실거리면서 거리를 활보하는 차 없는 거리의 풍경 또한 큰 매력으로 다가왔다. 그때까지만 해도 고정된 건축물보다는 살아 숨 쉬는 관광자원이 넘쳐나는 곳인데, 겨우 이름 좀 날린 건축가 한 사람이 도시를 먹여 살린다는 표현은 과장이라고 생각했다

그러다 드디어 그 유명한 가우디의 필생의 역작이랄 수 있는 대성당을 찾아가 보았다. 대미를 장식한다는 말도 있고 해서 맛난 구경거리를 제일 뒤로 남겨 두었던 것인데, 그곳에서 조금 놀라 버렸다. 평소 스페인을 보고 왜 이런 나라가 과거 세계를 주름잡을 수 있었는지 조금 의아했었는데, 가우디의 건축물을 본 후 그것이 어느 정도 수긍이 갈 정도였다.

수년 전 로마에 있는 대성당을 구경하면서 참 대단하게 지어 놓았다고 고개를 끄덕이며 쿨하게 인정했던 기억이 있었는데, 바르셀로나 가족성당은 구경 차원을 넘어서 버렸다. 외관을 수놓은 정성 어린 조각들과 내부에 비치는 빛의 일렁임, 우주선 내부에 들어온 듯한 독특한 천장 구조들.

바르셀로나 첫날부터 성당을 방문했어야 했다. 그래야 중간에 구엘 공원이라든가 기타 건축물들이 더 빛이 났을 것이다. 그리고 바르셀로나에서의 마지막 날 저녁 민박집 사장이 같은 말을 하고 있었다. 바르셀로나는 가우디가 거의 먹여 살린다고 봐야 한다며 운을 뗀다. 이번엔 나도 인정하는 수밖에 도리가 없었다.

　　　　　　　　　　　　　　　나에게로 돌아온 여정

민박집 사장의 도움으로 스페인 기차 패스를 사서 여기저기 들쑤시고 다녀 보기로 했다. 바르셀로나의 에너지를 느끼면서 그럴만한 가치가 있어 보였기 때문이다.

스페인의 수도에 입성해서 딱 고시원 크기만 한 독방에 자리를 잡았다. 숙소에서 도보 20여 분 정도의 거리에 공원이 있기에 걸어 나갔다. 가다 보니 술집인지 음식점인지 빵집인지 약간 헷갈리는 가게들이 줄지어 서 있다. 배가 너무 고파 아무 가게나 들어가서 민박집에서 추천해 준 음식을 손가락질로 시켜 먹었는데 아쉬운 대로 먹을 만했다.

공원에 들어서니 휴일이어서인지 마드리드 시민들이 가득하다. 출구로 들어서자마자 곱게 늙은 할아버지 한 명이 멋들어진 바이올린 곡을 켜고 있다. 옆에 앉아서 가만히 듣고 있자니, 그 앞으로 아기들이 올망졸망 돌아다니고, 강아지를 끌고 나온 산책객들과 조깅을 하는 사람들이 파노라마처럼 펼쳐진다. 그들을 지켜보며 바이올린 독주곡을 듣고 있으니 콘서트홀 최고급 좌석이 부럽지 않다.

세 살 정도 먹은 듯한 아기가 뒤뚱뒤뚱 걸어와서 할아버지 앞에 놓인 돈통에 1유로짜리 동전을 던져 넣고 다시 부모 품으로 뛰듯이 아장아장 걸어간다. 다리를 푹 쉬게 해준 명연주에 감사하며 동전을 던져 넣자 연주를 하는 도중에도 당당한 웃음을 띠며 예의를 표해 준다.

산책을 마치고 돌아와 고시원 골방 같은 독실에서 생쇼를 해 가며 몸을 풀고 자세 명상을 취해 보는데 느낌이 좋다. 바르셀로나와는 약간 다른 듯한 감이 잡힌다. 점점 스페인이 좋아지려고 한다.

아침밥을 챙겨 먹고, 세계 3대 미술관이라고 자랑하고 있는 건물에 들어서니 잘 꾸려 놓았다. 하지만 미술에 문외한이어서 뭐가 좋은지 잘 모르겠다. 두 시간 남짓 거의 의무감으로 둘러보고 기념품 파는 곳으로 가 보니 한 여성의 초상화를 유별나게 많이 팔고 있다. 아마 그곳 미술관에서 제일 유명한 그림인 모양인데도, 본 기억이 없다.

할 수 없이 다시 전시관을 돌아다니다가 도저히 안 되겠다 싶어 안내인에게 그림 있는 곳을 보디랭귀지로 물어봐서 찾아갔다. 희한한 일이다. 두어 번 돌았던 전시관인데 왜 그 여인의 그림만 놓쳤는지 이해가 가질 않았다. 제일 유명한 그림만 빼놓고 다른 그림들만 열심히 보면서 돌아다닌 셈이다.

그런데 그렇게 힘겹게 찾아낸 그림이지만 아무리 봐도 감흥이 오지 않는다. 건너편 전시관에 있던 중세 귀족으로 느껴지는 여성 몇몇의 인물화를 볼 때는 가슴이 뜨거워지면서 감흥이 왔었는데, 매우 유명한 듯한 그 여성의 그림에선 아무런 기운이 느껴지질 않았다.

혹시 감각기관에 이상이 생긴 것은 아닌가 재확인하려고 건너편 전시관으로 달려가 그림을 넌지시 바라보니 바로 중단혈이 자극된다. 아마도 그림 속의 여성이 내 마음에 들었기에 공명이 일어났던 모양이다. 라디오 주파수를 맞추듯 같은 파장대끼리는 기운의 동조현상이 나타난다고 하는데, 그게

　　　　　　　　　　　　　　　　나에게로 돌아온 여정

무슨 뜻인지 알 것 같았다.

　이후부터는 미술관을 구경하는 요령을 조금이나마 터득할 수 있었다. 먼저 미술관에 부속된 기념품점부터 들러서 가장 많이 전시되어 있는 그림들을 외운 다음 그 그림들부터 찾아다니며 관람을 하는 식이다.

　민박집 사장에게 스페인을 방문한 기념으로 투우를 볼 수 있겠느냐고 물어보니 투우 경기가 사양길에 접어들었다고 한다. 너무 잔혹하다는 평이 많아서 수도에서는 휴일에만 하고 다른 도시에서는 거의 하지 않는다는 것이다. 내가 도착한 날이 휴일이어서 다음 경기를 보려면 일주일을 기다려야 한단다.

　아쉬운 마음에 인터넷을 검색해 봤더니 투우의 원고장인 세비야에서 1년에 한 차례 투우를 하긴 하는데, 바로 다음 주에 3일 동안 투우 시즌이 열린다고 안내되어 있다. 잴 것 없이 다음 일정을 안달루시아 지역의 핵심 도시인 세비야로 잡았다.

# 안달루시아, 그 뜨거운 태양

바르셀로나 민박집 사장은 안달루시아를 입에 달고 살았다. 플라멩코를 보려고 자문을 구할 때도 자신이 소개해 주는 극장식 쇼는 너무 비싸고 음식 맛도 별로라면서 안달루시아를 가게 된다면 꼭 그곳에서 춤을 구경하라고 조언해 주었다.

투우에 대해서도 북쪽 지방에서부터 흘러들어온 문화유산이 안달루시아에서 절정을 맞았다고 하며 자꾸 남스페인을 가 보라고 권유한다.

소개비를 손해 보면서까지 자그마한 무대에서 제대로 된 세비야의 춤을 느껴 보라고 권하길 않나, 바르셀로나보다는 안달루시아를 다녀와야 한다면서 자꾸 떠나보내려고 하는 모습을 보며 진실을 읽을 수 있었다. 장사를 하지만 돈벌이를 목적으로만 하지는 않겠다는 최소한의 자존심 같은 것 말이다.

 나에게로 돌아온 여정

　그 사람이 지니고 있는 태도의 일부분일 수도 있겠지만, 아름다운 열정을 품고 숙박객에게 그 열기를 조금이나마 나누어 주려는 모습이 좋게 느껴졌다. 그깟 소개비라고 해 봐야 얼마 되지는 않겠지만, 그 정도 금액은 쳐내버리고 자기가 진정으로 권하고 싶은 부분을 열과 성을 다해 안내해 주는 모습이 좋아 보였다. 그런 부분이 느껴질 때마다 여행하는 맛이 살아난다. 서로 마음이 조금이나마 맞았기에 그럴 수도 있다.

　한참 후의 일이지만 독일로 향하는 마지막 날, 백수 여행객을 위해서 공항으로 가는 버스정류장까지 무료 픽업을 해 주겠다고 자진해서 나서는 사장을 위해 최소한의 성의를 건네주었다. 그런데도 한사코 받지 않으려고 하

기에 억지로 손아귀에 쥐어 주고 쌀쌀한 새벽길을 나섰다. 유럽사태 때문에 명퇴금 8,000만 원을 날렸을 때는 유로화가 저주스럽게 느껴졌었는데, 유로화도 예쁜 구석이 있다는 것이 새삼스럽게 느껴지는 새벽이었다.

고시원 같은 민박집에서 벽에 부딪혀 가며 몸을 푸는 것이 곽곽해서 호텔로 숙소를 옮겨 잡으려 해 보지만, 투우 때문인지 숙박업소를 뒤지는 족족 한결같이 단가가 비싸다. 보통 7만 원에서 10만 원 선이면 이성급 호텔 독실을 잡을 수 있음에도 15만 원 선으로 훌쩍 올라 있었다. 1년에 한 차례 있는 시즌을 놓칠 수는 없는 일이고, 과감하게 투자해서 세비야행을 택했다.

그런데 세비야에 도착한 첫날부터 주변 풍경이 휑한 것이 썩 마음에 들지 않았다. 게다가 너무 덥다. 도착한 기차역도 외진 곳에 있었기 때문에 택시를 타고 숙소를 찾아갔다. 변두리 골목길에 택시가 서는데 영 찜찜한 마음으로 외지고 어두운 길을 헤치며 호텔 간판을 찾아 들어갔다.

주인 내외는 생김새부터가 독특하다. 수도의 사람들에게서 느껴지던 유럽풍의 외모가 이곳으로 오니 약간 털털하게 퇴색된 모습이다. 명색이 호텔이라고 방 안에 변기도 있고 에어컨부터 시작해서 어지간한 것은 다 갖추어져 있다.

우선 너무 배가 고파서 저녁을 해결하러 숙소를 나섰다. 얼마 걷지 않았는데 사람들이 옹기종기 모여 있는 골목길이 보이고 그곳에서부터 본격적인 관광 골목이 시작된다. 바로 길옆에 있는 일식집을 찾아가 김밥과 초밥을 시키려 메뉴판을 보니 금액이 장난 아니게 비싸다.

　　　　　　　　　　　　　　　나에게로 돌아온 여정

밥이 너무 고팠던 차에 허겁지겁 입안에 욱여넣는데, 일부러 맛없게 만들어도 그 맛은 안 나오겠지 싶을 정도로 설익은 밥은 생쌀 비슷한 느낌이고 생선은 스펀지처럼 푸석거렸다.

위 속에 구겨 넣듯 밥을 먹고 주위 산책에 나서자 길이 미로처럼 꼬여 있다. 중심가로 느껴지는 골목길을 가는 도중 카데드랄이라고 불리는 명칭이 자꾸 보인다. 어디선가 들어 봤던 단어인데 가물거린다. 지도를 보고 생긴 모양새를 보니 성당이다. 학교에서 서양 건축사를 공부할 때 몇 번 들었던 기억이 난다.

카데드랄까지 잘 찾아간 것은 좋았는데, 다시 호텔로 돌아오는 길을 찾을 수가 없다. 우여곡절 끝에 택시를 붙잡고 주소가 적힌 명함을 보여 주자 택시기사가 무어라고 하더니 승차 거부를 한다. 아마 가까운 거리에 호텔이 있으니 걸어가라는 듯한 제스처로 보인다.

힘겹게 걸어서 버스가 다니는 대로에 도착하니 늦은 시간임에도 사람들이 한없이 줄지어 서 있다. 버스가 도착하자 우르르 몰려가는 것이 질서가 없다. 어렵사리 버스에 올라 자리를 잡고 있는데, 버스가 어느 쪽으로 가고 있는 것인지 몰라 불안하다.

적당한 곳에서 내려 다시 택시를 잡아타려 하자 관광지를 벗어나 얼마 달리지 않았음에도 인적이 없고 가로등도 없고 길거리에 다니는 차들도 별로 없다. 신경이 날카로워진다. 만약 택시를 못 잡거나 아까처럼 승차 거부를 당하면 숙소에 갈 방법이 없다는 생각에 우울해지려는 순간, 때마침 택시가 한 대 지나간다.

불과 2분 정도 떨어진 바로 옆쪽 길에 숙소가 있었다. 동전 몇 개로 해결될 정도의 가까운 길인데 택시기사가 그렇게 고마울 수가 없다. 스페인도 그렇고 독일도 그렇고 바가지가 없다. 관광지 부근에서 외국인이 타면 일부러 한참을 돌아서 요금을 많이 우려낼 만도 한데, 대여섯 번 택시를 타 봤지만 장난질을 친 적은 한 번도 없었다. 나중에 여행 후반부의 프라하에서 된통 당하긴 했지만.

세비야 도착 첫날부터 제대로 신고식을 치르고 침대에 누워 잠을 청하려니, 밤에도 후텁지근한 날씨가 이어진다. 다음날 새벽, 맑고 상쾌한 공기를 느끼며 새벽수련과 함께 세비야에서의 하루를 시작한 후 투우 입장권부터 알아보기로 했다.

어제 헤맸던 길을 뜨거운 아침 햇살 속에서 신경을 곤두세우며 다시 걸어 보지만 그래도 헷갈린다. 길을 잃어버릴 만도 했다. 머리에 길 모양을 입력해 가며 거리 관광에 빠져 있는데 중간에 투우 입장권을 파는 매표소가 한두 군데 보인다.

얼핏 보아도 홈페이지에 제시된 가격과 큰 차이가 없어서 바로 입장권을 구입했다. 그런데 3일 동안의 경기 중에 마지막 휴일 표는 두 배 정도 비싼 것이, 쓸 만해 보이는 좌석은 수십만 원에 달하는 금액이다. 왜 그런지 물어보니 마지막 날에는 유명한 투우사가 등장하기 때문에 값이 비싸다고 한다.

투우에 대해서 아무것도 모르다 보니 휴일을 피해서 구입했다. 그리곤 여

 나에게로 돌아온 여정

유를 부려 가면서 주위를 둘러보는데 너무 더웠다. 추위는 몰라도 더위는 어느 정도 견뎌내는 체질임에도 이상하게 짜증이 날 정도로 더운 날씨였다. 왜 그런가 분석을 해 보니 아마도 자외선 지수 때문이 아닐까 싶었다.

작전을 바꿔서 에어컨이 가동되는 버스를 타기로 했다. 엉뚱한 곳으로 멀리 가 버리면 곤란하기 때문에 순환 표시가 된 버스를 아무 거나 골라 탔다. 한 바퀴 삥 도는데 한 시간 가까이 걸린다. 시원한 버스 안에서 현지인들 타고 내리는 모습을 실컷 구경하고, 시내 구경도 짭짤하게 하다가 가이드북에 침이 마르도록 칭찬해 놓은 스페인광장을 찾아가 보았다.

유명세를 탈 만큼 좋았다. 사진 놀이도 하고 한참 동안 그곳에서 머물렀지만, 역시 덥다. 그늘 쪽으로 가면 서늘한 느낌과 함께 견딜 만한데, 햇볕에 노출되기만 하면 맥을 못 추겠다. 모든 여행객이 그늘에만 모여 있고 햇볕 쪽에는 개미 새끼 한 마리 안 보인다. 9월 중순의 날씨가 이 정도니 한참 더운 시기에는 여행이 불가능하지 않을까 하는 생각이 들 정도였다.

시에스타가 왜 있는지 충분히 이해가 가는 지역이었다. 자외선을 피해 숲 속 의자에 누워 잠을 청하려 하자 남루한 모습의 덩치가 내 앞으로 태연히 걸어온다. 순간 움찔했는데, 내가 앉아 있는 의자 옆 쓰레기통으로 다가가 뒤적거린다. 깜짝 놀라고 말았다. 그때만 해도 쓰레기통을 뒤지는 거지를 본 것이 유럽 여행에 있어 가장 놀라운 사건이라 생각했으나, 나중에 여행 말미에는 쓰레기통 거지를 보는 것이 일상이 되었다.

깜박 졸 듯 잠을 청하다가 도저히 안 되겠다 싶어 아예 한두 시간 정도 숙소에서 낮잠을 자고 오후에 관광을 하기로 마음을 고쳐먹었다. 이번에는 여유 있게 순환버스를 타고 숙소 앞 정거장에서 내려 호텔방에 도착했다. 그러나 호텔방도 덥긴 마찬가지였다.

직장생활 할 당시엔 사무실에 에어컨을 틀어 놓으면 피부에 바로 닿는 바람이 싫어서 풍향타를 돌려놓는 것이 일일 정도로 바람이 싫었다. 어떤 날은 일부러 자리를 피해서 나가 있다가 올 정도로 에어컨 바람을 싫어하는 체질임에도, 그 날은 에어컨을 틀어 놓고 낮잠을 청했다.

두 시간 남짓 잠을 자고 나니 기력이 조금 살아난다. 햇볕의 강렬함이 조금씩 기울어지는 것을 확인하고 다시 카데드랄로 향했다. 이번에는 길을 잃지 않도록 바짝 긴장해서 골목마다 체크를 하고, 신물이 날 정도로 관광에 열을 올린 후 식당가로 무사히 돌아왔다.

한식집은 어디에 있는지 찾을 방법이 없고, 사람이 많아 보이는 일식집에 들어갔더니 지난번 일식집보다 두 배 정도 비싸다. 회 초밥 한 접시에 4만 원 가까이 주었는데, 감칠맛 나는 쫄깃한 생선살과 적당한 양의 식초가 곁들여진 밥맛이 일품이다. 예전에 일본 여행을 하면서 먹어 보았던 그 어떤 초밥보다도 월등한 맛을 자랑하는 일품요리에 마음은 흡족했지만, 대신 지갑은 얄팍해져 버렸다.

 나에게로 돌아온 여정

# 가슴으로 느껴진 플라멩코

오랜만에 제대로 된 밥을 먹고 나니 힘도 나고, 기대하던 플라멩코 쇼를 보기 위해 길을 나섰다. 미리 봐 두었던 유명한 극장으로 가 볼까 하다가 아직 시간도 멀었고 해서 우선 관광지 길거리를 돌아보기로 했다. 사람 두 명이 겨우 스쳐 지날 정도의 미로 같은 길을 걷고 있는데 젊은 남성이 자그마한 호텔 앞에서 팸플릿을 흔들며 떠들고 있다.

호텔 로비 문 옆쪽에서 입장권을 파는 사람도 보인다. 우리 돈 만 원이 조금 넘는 저렴한 금액을 주고 안내를 받아 들어가니 20여 평 남짓한 공간에 자그마한 마루로 된 무대가 마련되어 있다. 무대 주위로 삼면을 뺑 둘러서 나무 의자 수십 개가 놓여 있고, 관람객이 꽉 들어차 있다. 빈 의자에 앉자마자 바로 공연이 시작된다.

제대로 된 큰 극장이 아니어서 별 기대는 없었다. 안내하던 직원이 나가고 특유의 옷을 입은 여성 무희가 아니라 갸름한 남성 한 명이 기타를 들고 앉아 흐느끼듯 조용한 노래를 읊조린다.

천정이 높고 둥그런 공연장 구조 때문일 수도 있지 싶은데, 심금을 울리는 목소리가 애절하다. 가사를 알아들을 수 없음에도 가슴이 애잔해진다. 어느 순간 남자 가수의 두 볼에 눈물이 사정없이 흘러내리고 있었다. 여행전에 공부를 하지 못했기에 플라멩코의 기초도 모른 상태에서 다소 들뜬 기분으로 상황을 지켜보고 있자니, 드디어 기대하던 여자 무희가 복도 바깥에서 자연스럽게 걸어 들어왔다.

특유의 옷차림으로 날씬한 몸매를 흔들면서 춤을 추고, 뒤에서는 가수 두명이 함께 손뼉을 치며 박자를 맞추고 있다. 관람객에게는 절대 손뼉을 치지 못하도록 사전에 주지를 시켰던 모양인지 다들 조용히 구경만 하고 있다. 슬쩍슬쩍 궁둥이가 들 정도로 흥겨움이 녹아 나온다. 특히 뒤에서 박수를 치는 소리와 여자 무희의 경쾌한 박수소리가 잘 어우러져 궁합이 맞는다.

그러나 거기까지였다. 멋들어진 율동도 기가 막히고, 탭댄스 같은 발소리나 리듬감 있는 박수 소리도 좋지만, 가슴이 터질 듯한 감동은 부족하다. 원래 플라멩코는 이 정도 선인가보다 하면서 약간 실망감이 들려고 하는 찰나, 다 끝난 줄 알았던 공연 뒷부분에 늘씬한 남성이 표를 사고 걸어 들어왔던 복도 쪽에서 성큼 들어선다.

관중들 모두 그의 행동을 지켜보는데, 발걸음부터 손짓과 눈빛까지 전혀 거침이 없다. 불쑥 무대 위로 올라서더니 뒤에서 요란스런 박수 소리가 시

    나에게로 돌아온 여정

작된다. 이번에는 춤을 추던 여자 무희까지 손뼉을 치면서 그 소리가 더 우렁차고 귀에 팍팍 꽂힌다.

그리고 약 20분 동안, 현란한 발짓과 뜨거운 몸짓이 쏟아져 나왔다. 흘러내리는 땀방울이 머리칼을 흐르다가 마룻바닥에 튀어 내리고, 혼을 다 내어놓은 듯 강렬하면서도 슬픈 듯 번쩍번쩍 빛나는 눈동자가 느껴진다. 무언가를 토해내는 듯한 몸짓과 발소리와 박수 소리.

아마추어 말재간으로는 표현하기 어려운 열정을 느끼는 순간 가슴 중앙에 있는 중단혈이 강렬히 자극되기 시작했다. 맹렬한 불길처럼 급작스럽게 중단혈이 가열되면서 중단전으로 타고 들더니 얼마 안 있어 하단전까지 불길이 타고 내려갔다. 춤꾼의 열정이 고스란히 아랫배에 연결되며 불이 붙는 와중에도 내 머릿속은 분석 작업에 들어갔다.

지하철에서 만난 기운은 가슴이 뜨끈해지고 빽빽해지면서 기분이 나빴던 반면 춤꾼에게서 받은 기운은 확실히 그 온도가 더 높다는 것이 느껴졌다. 10여 분 동안 맹렬히 회전하던 가슴이 겨우 진정되고 단전이 잠시 숨을 고르는 사이 무대는 막을 내렸다. 그러자 수십 명의 관중들 모두 한 명의 예외도 없이 자그마한 나무 의자를 박차고 일어나 열정적으로 손뼉을 치기 시작했다.

내 생애에 그토록 열렬히 손뼉을 치던 때가 있었을까 싶다. 당연히 한 번도 없었다고 단호히 말할 수 있었다. 북한 병사들이 손뼉 치는 것은 비교가되지 않을 정도로 온 관중이 한마음으로 기립하여 몇 분간 물개 박수를 보

   나에게로 돌아온 여정

냈다. 손바닥이 아픈 줄도 모를 정도였다.

머리를 텅 비우고 조그만 호텔문을 나서니 날은 이미 어두워져 있고, 미리 봐 두었던 극장식 플라멩코 쇼에 가려던 생각은 간단히 떨쳐 버릴 수 있었다. 그곳엔 더 멋진 춤꾼이 있을 수도 있다. 그러나 자그마한 소극장에서 느낀 감동을 불과 한두 시간 만에 다른 공연을 보면서 지워 버리기가 싫었다.

바르셀로나 민박집 주인의 말이 다시 떠올랐다. 안달루시아 사람들은 그들만의 자존심이 대단하다고 칭찬을 하면서, 플라멩코를 보려면 꼭 세비야 쪽으로 가서 소극장을 이용하라고 애틋하게 말해 주던 그의 마음이 고맙게 느껴졌다.

세비야의 감동은 그것으로 끝나는 것이 아니었다. 교과서에서 공부하던 투우라는 경기를 본고장 세비야에서 관람하게 되다니. 택시를 타려다가 물어물어 투우장을 찾아가는데, 현지인들이 개미떼처럼 어딘가로 향하는 모습이 보인다. 그들 틈에 끼어 부지런히 걷다 보니 방석과 먹을 것들을 파는 잡상인들이 보인다.

게이트로 들어서자 경찰이 입장객을 막아서서 가방 검사를 한다. 내 손가방도 열어 보라고 하더니 물병을 버리라는 듯한 제스처를 보인다. 두 시간 넘도록 그 뜨거운 더위에 어떻게 물 없이 보내느냐고 항변하고 싶은데 말을 못 하니.

그런데 몸짓을 보니 물을 버리기 아까우면 마시라고 하는 모양새다. 그래서 물 한 병을 거의 다 마셔 버렸다. 그런 내 모습을 이상한 사람 보듯 지켜

본 후 금세 다른 현지인들을 검색하기 바쁘다.

그제야 이해가 갔다. 물 폭탄이 아닌지 한 모금만 마시고 다시 가방에 넣고 들어가면 되는 것이었다. 주위 사람들 모두 그런 식으로 물을 가지고 들어가고 있었다. 혼자 여행하면 정보력의 부재 때문에 자잘한 고생들이 줄을 서서 기다린다.

좌석을 찾아갔는데 내 자리에 젊은 현지인 남성이 앉아 있다. 내 좌석이 아니냐고 하자 녀석이 시답잖다는 듯이 엉덩이를 살짝 비켜서 옆으로 옮겨 앉는다. 제법 앞자리였고 해가 들지 않는 그늘 석이어서 상당한 가격을 치르고 입장권을 산 것이었는데 초반부터 기분이 상해 버렸다.

경기장을 둘러보니 생각보다 큰 듯하면서도 어찌 보니 작은 것 같기도 하고 감이 잡히질 않는다. 축구 전용구장을 가 본 적은 없지만 아마 그 정도 크기가 아닐까 싶었다.

드디어 관중석 한쪽에 밀집해 있는 나팔수들의 나팔 소리와 함께 투우가 시작되었는데, 분위기가 생각보다 살벌했다. 왜 그렇게 소를 쳐 죽이는지 이해할 수 없었고, 나중에는 도살장에 온 기분마저 들었다. 우리 쪽 스탠드에 바짝 붙어 거대한 소를 창으로 찔러 대니 시뻘건 피가 줄줄 흘러내렸고, 그 모습을 보는 것과 거의 동시에 중단혈이 막혀 버렸다.

이제껏 살면서 소 잡는 모습을 본 적이 없었기 때문에 정신적인 충격이 있었던 모양이다. 그 충격에 비례해서 가슴이 즉각 반응했던 듯하다.

그리고 보니 지하철 안에서도 그렇고 플라멩코를 볼 때도 그렇고 모든 상황이 가슴으로 다가온다. 중단혈이 막혀 오는 시간, 막히는 정도, 뱃속까지 막히는지의 여부, 그리고 혈자리에서 느껴지는 온도지수로 눈앞에 펼쳐지는 상황에 대한 감각이 채점표처럼 매겨진다.

투우라는 경기는 일정한 규칙에 따라 반복되는 룰이 있었다. 처음 경기장에 소를 풀기 전에 소 등에 단창 같은 것을 꽂아서 소를 화나게 만든다. 게이트를 열면 그 육중한 녀석이 단단히 화가 나서 엄청난 속도로 경기장을 뛰어 다니는데, 그 속도감과 발굽의 타격음이 엄청나다.

그러다가 약 20여 분 동안 여러 명의 투우사들이 창과 죽창 같은 도구로 다양한 공격 세례를 한다. 소가 반 죽어갈 즈음 마지막으로 메인 투우사가 소와 일대일로 현란한 몸부림을 한 후에, 긴 칼을 소 목 부분에 꽂아 심장을 관통시켜 끝을 보게 된다.

그런 식으로 몇 마리를 죽이는데, 나중에는 지겨워졌다. 룰이 똑같기도 했지만 가슴이 먹통이 되니 그 자리가 갑갑할 따름이었고, 옆에 공짜로 앉은 녀석 때문에 좌석이 너무 좁아서 불편할 따름이었다. 설상가상으로 좌석을 강탈한 젊은 친구가 계속해서 줄담배를 피워대니 니코틴의 탁기가 중단혈을 옥죄

어 든다. 주위의 관중들도 맥주를 들이켜며 소 죽이는 현장을 즐기는 모습
이 썩 좋게 보이시는 않았다.

그러다 한 투우사에게 사고가 발생했다. 초반에 나왔을 때 소를 제대로
죽이지 못해 애를 먹던 친구였는데, 두 번째 등장에서 마음이 조급했던지
더 멋지게 소를 약 올리려고 욕심을 낸 듯하다. 순간적으로 소뿔에 받히더
니, 그나마 다행스럽게도 소의 발에 머리를 밟히는 신세는 면했다.

대기하고 있던 투우사들이 쏜살같이 튀어나와서 심각한 상황까지는 가
지 않았지만 보는 사람들은 간담이 서늘해져 버렸다. 반복되는 게임 룰이
지겨워지던 참이었는데, 막상 돌발 상황이 발생하니 지루해하던 마음이 사
치스럽게 느껴졌다.

쓸쓸한 마음으로 길을 나서니 멋진 석양이 깔린다. 그러나 아무리 다채
롭고 역사가 묻어난 멋진 거리라 하더라도 2, 3일 있다 보면 별반 재미가 없
다. 제대로 여행을 하는 것인지 의문이 든다.

어찌 되었건 또 떠날 때가 되었다. 그럼에도 다음 여정에 대한 기대가 살
아 있기에 발밑에 깔린 돌길이 험하지만은 않았다. 택시비도 아낄 겸 무거
운 배낭을 짊어지고 기차역까지 걸어가기로 했다. 메인 관광지에서 대략 40
분 넘게 걸었던 듯하다.

　　　　　　　　　　　　　　　　　　　　나에게로 돌아온 여정

# 아……, 알함브라

드디어 스페인 여행의 하이라이트라 할 수 있는 알함브라 궁전이 있는 그라나다로 향했다. 번화해 보이는 거리 모퉁이에 있는 호텔에 짐을 풀고 바로 시내 중심가를 찾아갔다. 특급여행지라서 서양인이 밀집해 있다 보니 광장이 노랗게 보일 정도다.

여행지에 대한 공부를 전혀 하지 않았기에 광장에 대기 중이던 자그마한 미니 버스를 타고 무작정 어딘가로 향해 떠나갔다. 산자락을 끼며 올라가는 도중에 몇몇 서양인들이 하차하기에 유명한 곳인가 보다 하고 자동으로 따라 내렸다. 궁전인 줄 알았는데 '알바이신' 이라 불리는 궁전 맞은편에 있는 아랍인 마을이다.

하얗게 회칠을 한 이국적 느낌이 물씬 풍기는 마을을 구경하다가 중심가로 돌아와 입장권을 알아보았다. 서점 비슷한 건물에 들어서서 표를 사려는데, 입장권이 다 팔렸다고 한다. 현장 구입은 가능한데 그러기 위해선 아침 7시에는 도착해야 한다고 조언해 준다. 인터넷을 통해 구입하려고 알아봤더니 보름 이후까지 다 매진이었다.

아침에 알람을 맞추어 놓고 새벽명상도 못한 채, 부랴부랴 카데드랄로 향했다. 인근 도로에서 미니 버스가 출발한다는 정보를 믿고 간 것인데, 아무리 헤매도 차 타는 곳이 안 보였다. 이른 아침부터 출근길에 오르는 현지인들의 말끔한 옷차림 사이에서 미니 배낭을 메고 서성이다가 대로로 나가 보았다.

대로로 향하는 출구를 나서자마자 미니 버스가 보이고 노랑머리들이 차 안에 한 가득이다. 물어볼 것도 없이 궁전으로 가는 버스가 틀림없었다. 문이 막 닫히려는 찰나 만원 버스를 비집고 들어서니 그 즉시 출발한다.

승용차 한 대가 겨우 통과할 만한 돌길을 달리는데, 워낙에 차들이 많이 다녀서인지 돌바닥이 거울처럼 반질거린다. 종점에 도착해 사람들을 따라 올라가니 이른 아침임에도 매표소 앞에 관광객들이 꽈배기를 서너 번 틀어서 기다리고 서 있다. 대략 두 시간 정도 기다리면 표를 살 수 있을 듯싶었다.

인터넷에서 얻은 정보대로 건물 옆쪽에 무인 자판기 쪽으로 걸어가니 열댓 명이 줄을 서 있다. 어떻게 표를 뽑나 유심히 관찰하고 있자니, 비밀 암호를 푸는 것처럼 복잡해 보였다. 줄 서서 기다리는 것이 싫어 무턱대고 번호판을 눌러 보았다.

 나에게로 돌아온 여정

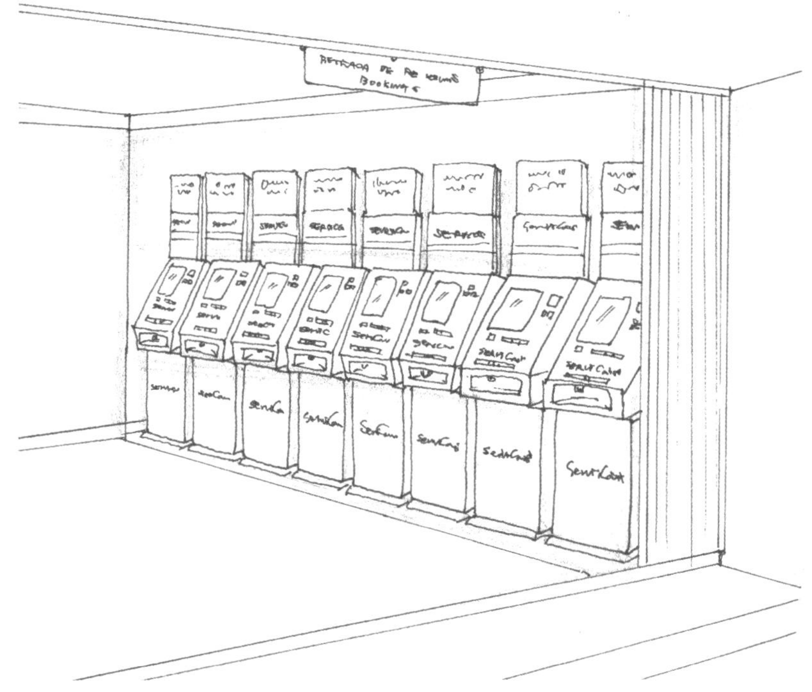

몇 번 단추를 누르다 보니 카드를 넣으라 하고, 계속해서 단추를 누르자 밑으로 표가 나온다. 표를 가지고 흐뭇한 마음으로 입구 쪽으로 향하려는데 아차 싶었다. 나사렛 궁전 입장 시간을 선택했어야 하는데 제대로 한 것인지 움찔하다가 자세히 표를 살펴보았다. 다행히 황금 시간대인 오전 열 시 경으로 찍혀 있다.

급하게 출발하느라 점심을 준비 못 했는데, 매점이 보인다. 일용할 양식을 사서 미니 배낭에 넣고 나오니 똬리를 틀고 있는 줄이 보인다. 점점 불어

나는 뱀 꼬리를 쓱 보곤 당당하게 가슴을 펴고 입장을 하자 또 줄이 한참을 늘어서 있다. 그 또한 5분 이상 기다려야 통과할 듯하다.

안내하는 아줌마가 나를 보면서 재팬 어쩌고저쩌고 말을 건네지만 뭔 소린지 못 알아듣겠다. 그런 내 모습을 보고 있더니 그냥 들어가라고 한다. 왜 나만 특혜 아닌 특혜를 주나 싶어 이상한 기분에 표를 건네주고 바로 입장을 했는데, 알고 보니 수신기를 대여하는 줄이었다.

한국어로 된 수신기가 없었던지 괜히 줄 서서 기다릴 필요 없다고 빨리 입장시킨 듯했다. 나를 배려해서 그런 것인지는 잘 모르겠지만 동양인 혼자 주목받는 느낌이 들어서 기분이 좋지는 않다. 어딜 가나 그렇듯 일본어로 된 수신기는 있을 거라 느껴졌기에 더더욱 기분이 안 좋았다.

그러거나 말거나 몇 분 정도 걸어 들어가니 별천지가 펼쳐졌다. 메인 궁전을 구경도 하기 전에 알함브라의 환상에 녹아들어 버렸다. 어찌 그런 아름다움을 표현할 줄 아는 인간들이 그토록 치고받고 서로 죽이며 싸워 온 것인지. 잠깐이지만 인간이라는 존재를 이해할 수가 없다는 생각을 했다.

물을 소중하게 여길 수밖에 없었던 민족이었기에 정원 곳곳에는 졸졸졸 물이 흐르고, 오래되어 푹 삭아 버린 듯한 고풍스러운 건축물들 사이로 아기자기한 숲들이 조성되어 있다. 여건만 된다면 나무숲 사이로 비치는 따끈한 햇살을 맞으며 건축물 벽에 기대어 반 시간 정도 푹 잠을 잤으면 싶었다.

입장시간이 되어갈 즈음 약 1km 남짓한 제법 긴 길을 지나쳐서 나사렛 궁전 방향으로 향하자 네모난 도서관처럼 생긴 건물이 나타난다. 아무리 봐

    나에게로 돌아온 여정

도 그 건물이 궁전은 아닌 듯싶고, 밑쪽으로 조금 더 걸어가니 황량한 성곽
이 보인다. 그 역시 궁전처럼 보이질 않는다.

입구가 어딘지 헤매다가 물어물어 궁전 입구에 도착했다. 그러나 아무래
도 잘못 찾아온 것이 아닌가 싶을 정도로 뭔가 이상하다. 입구에 들어가는
길부터가 동네 모퉁이 돌아가듯 변변찮은 모습이었고, 궁전 입구 역시 단독
주택 문처럼 자그마하니 볼품이 없어 보인다.

웅장한 맛도 없고, 어째 전 세계적으로 유명한 궁전이 이 모양 이 꼴인가
의심이 갔다. 인도 타지마할의 카리스마 같은 것을 생각했었는데, 기대가 너
무 컸던 것인지 그 또한 그러려니 하면서 전철역 게이트처럼 생긴 쇠막대를

지나쳐서 문 안으로 들어섰다.

놀랍게도 그 문은 차원의 벽이었다. 문 하나를 사이에 두고 어린 시절 '이상한 나라의 폴'이란 만화 영화에서 폴과 니나가 놀던 4차원 세계와 같은 세상이 펼쳐져 있었다. 어째 겉과 속이 그리 다를 수 있는지 궁전을 설계한 사람의 머릿속을 여행하고 싶어졌다. 아랍 세계를 가 본 적은 없지만 파리의 퍽퍽한 지하철 안에서 보았던 아랍 여인의 얼굴에 두른 히잡 속을 훔쳐 보는 기분이 들었다.

지하철 게이트처럼 생긴 볼품없는 통과의례를 거친 모든 관광객의 손에 하나같이 카메라가 들려 있고, 다들 그네들 나라별로 감탄사를 내뱉으면서 정신없이 서터부터 눌러 대고 있었다.

사진이란 것이 그렇다. 서유럽을 패키지로 돌 당시 이탈리아 가이드가 버스 안에서 툭 던지는 말이, 여행 와서 죽어라 사진만 찍는 사람들을 보면 불쌍하단다. 그는 내게 사진은 한 도시에서 딱 두 장 정도만 찍되 출력해서 소중히 간직하라고 조언하며 피렌체의 전경을 배경으로 사진을 찍어 주었다.

그 사람 말이 아주 틀리진 않았다. 유럽 여행을 하면서 수없이 많은 사진을 찍었지만 지금 남아 있는 데이터는 하나도 없다. 다시 볼일도 없지만 하드에 저장해 두었는데, 어떤 하드인지 기억도 안 나고, 어지간한 것들은 다 고장 나서 자료를 찾을 수가 없다.

어쨌거나 이날 나사렛 궁전 안에서만큼은 서유럽을 관광할 당시의 습이

　　　　　　　　　　　　　　　나에게로 돌아온 여정

되살아났다. 아마 나사렛에서만 수백 장은 찍었을 듯하다. 대충 찍는 구도마다 예술사진이었지만, 그 역시 저장해 두었던 하드가 망가져 지금은 남아 있는 자료가 거의 없다. 사진 찍을 시간에 건물 그 자체를 마음으로 감상했어야 했다.

궁전을 감상하고 나오니 뜨거운 지중해의 햇볕이 내리쬐고 있다. 그렇게 아름다운 궁전도 한나절 감상하고 나니 그저 그렇다. 다시 보라고 해도 다리가 아파서 쉬는 편이 더 좋을 것 같은 노곤함이 찾아왔고, 알함브라에 대

한 미련을 뒤로한 채 중심가로 돌아가는 미니 버스에 올랐다.

황홀했던 아랍 문화의 속살을 맛보고 나서 목적지를 잃어버린 방랑자처럼 터벅터벅 걸으며 호텔로 향하는데 주위가 시끌시끌하다. 시끄럽기만 한 것이 아니라 그 소리 속에서 신경질적인 것이 느껴진다. 시위대였다. 젊은 스페인 사람 100여 명이 길거리에서 시위를 하고 있었다. 무슨 내용인지 모르지만 유럽 경제위기와 관련된 듯 느껴졌고, 덩달아 기분이 우울해지면서 조용히 호텔에 들어서니 저녁 끼니가 걱정이다.

며칠 동안 제대로 된 밥 구경을 못 하고 빵과 오렌지 주스로만 식사를 해결하다 보니 몸이 지쳐 간다. 몸도 몸이지만 마음이 지치는 기분이다. 새삼 밥이란 것이 그렇게 소중한 것이었던가 싶었다. 한국 음식점을 찾아볼까 하다가 귀찮아서 그만뒀다. 찾다가 볼일 다 보느라 더 힘들어질 것 같다는 생각에 호텔문을 나서 주택가 쪽으로 방향을 잡았다.

이번에는 아예 정면에서 시위대를 만났다. 아까 무리보다 더 규모가 크고 더 요란스러운 것이 괜스레 겁이 나려고 한다. 형식적으로 하는 시위가 아니라 사람들 표정이 사뭇 진지하다. 예전 같으면 가까이 가서 그네들의 시위 문화를 구경하곤 했을 텐데 주위로 가고 싶은 마음이 생기질 않는다. 그들을 피해 가는 바람에 관광지역을 벗어나서인지 음식점은 보이지 않았다.

음식점에 가 봐야 짜디짠 고깃덩어리에 동그라미가 많이 그려진 계산서가 기다리고 있을 것은 뻔한 일이고, 현지인들이 애용하는 듯한 빵집에 들러 이것저것 골라가면서 빵을 쇼핑했다. 그것도 모자라 자그마한 동네 슈퍼

 나에게로 돌아온 여정

에 들렀는데, 구멍가게를 운영하는 젊은 부부의 모습이 잡지 표지 모델처럼 그럴듯했다. 그곳에서 우유와 과일을 한 보따리 사서 빵과 함께 저녁을 해결했다.

다음 날에도 특별한 일정이 있는 것도 아니고, 다시 배낭을 꾸려 보지만 뙤약볕 더위와 짜디짠 먹을거리에 몸은 점점 더 지쳐 간다. 인접한 포르투갈과 모로코에 가 보고 싶었지만 여행에 치여 가는 내 모습을 바라보며 미련을 접었다.

이름도 기억 안 나는 안달루시아 해안가의 유명한 도시를 두어 군데 돌아보고 나서 뜨거운 지중해의 햇살을 피해 목적지를 독일로 돌렸다. 고속열차 아베를 타고 여섯 시간을 넘게 달려 스페인을 횡단하다시피 해서 다시 바르셀로나에 도착했다. 숙소 주인장의 배려로 버스터미널까지 잘 찾아간 후 거기서 독일행 저가 항공을 타고 프랑크푸르트 영공에 들어섰다.

# 묘한 매력, 독일

같은 유럽이지만 어찌 이리 날씨가 정반대인지 환장할 노릇이다. 기차역 부근에 있는 호텔을 찾아 나서는데 하늘이 우중충한 것이 소름이 돋을 정도로 썰렁하다. 지중해의 햇살에 지쳤던 몸이 제 컨디션을 찾기도 전에, 추위 속에서 몸을 적응시키려니 제법 힘이 든다.

세비야에서도 그렇더니 독일에선 옥토버 축제를 한다고 했다. 고맙게도 여행 일정에 딱딱 맞춰 큰 행사가 기다려 주고 있었다. 부랴부랴 홍보 사이트를 뒤적거려 숙소부터 예약하려니 2성급 호텔이 40만 원에 육박한다. 최하 이틀은 묵어야 할 텐데 네 배에 달하는 금액을 주고 숙소를 정하는 것은 못할 짓이었다.

한인 민박집 역시 오래전부터 예약이 마감된 듯하고, 호스텔 도미토리라도 구하려 하니 침대 하나에 20만 원 가까이 부른다. 한참을 검색한 끝에

　　　　　　　　　　　　　　나에게로 돌아온 여정

기적적으로 10만 원 후반대의 독실이 눈에 띄었다. 앞뒤 잴 것 없이 신속하게 예약하고 결제했다. 편안한 마음으로 호텔을 나서 시내를 둘러보는데 어느덧 해가 뉘엿뉘엿 저물어 간다.

정처 없이 걷다 보니 한쪽 골목이 시끌벅적하다. 사람들이 몰리는 길을 따라 들어서니 축구장 크기 반 정도 되는 제법 넓은 공간에 노점들이 가득하다. 다들 희한한 탑차 비슷한 차량을 주차해 놓고 그 앞에 간이식탁을 갖춰서 포장마차 비슷하게 영업을 하고 있다. 소시지류가 대표 메뉴이고, 닭튀김, 생선요리 등 여러 가지 안줏거리와 술을 팔고 있었다.

그녀들 모습을 훑어보니 우선 생김새가 유별나다는 느낌이다. 같은 서양인이지만 확연히 다르다는 것이 와 닿는다. 다부진듯한 얼굴 생김새들이고, 특히 여성들의 얼굴이 시원시원하다. 예쁘다기보다는 여자들이지만 잘생겼다는 표현이 어울렸다. 남자들도 우락부락한 듯하면서도 프랑스나 스페인 사람들과는 다른 티가 났다.

세계 3위권 경제를 자랑하는 국민답게 표정에 자신감이 느껴진다. 다들 훈남, 훈녀들이고 덩치도 좋은 편이다. 그런 사람들이 최고급 캠핑카처럼 생긴 탑차 앞에서 우리나라 70년대 포장마차에서처럼 노변에 쪼그리고 앉아 맥주를 들이켜고 있다. 외모적으로 궁합이 맞지 않는 부부를 보는 것처럼 어색한 풍경이 연출된다.

이런 장면을 옥토버 축제 기간에만 볼 수 있는 것인지, 아니면 이네들의 일상인지 잘 모르겠다. 배도 출출해지고, 한쪽 탑차 앞에 가서 우두커니 구경하고 있는데, 잘생긴 아가씨와 어머니로 보이는 여성이 시식용 요리를 맛나게 먹으면서 생선튀김을 주문하고 있다.

배가 고파 멍하니 지켜보고 있으니 아랫배가 산처럼 나온 주인장이 미소를 지으며 맛보기요리를 건네준다. 어지간한 음식들은 짜서 먹을 수가 없는데 의외로 간이 딱 맞는다. 신이 나서 한 접시를 시키고 아까 봐 두었던 와인 테이블로 갔다.

둥그런 칵테일바처럼 생긴 탁자 안쪽으로 초로의 아저씨 둘이서 와인을 따르며 영업을 하고 있다. 손가락으로 와인잔을 가리키며 하나 달라고 하자 몇 마디 말을 건네오지만, 당연히 알아들을 리가 없다.

커다란 와인잔 가득 술을 따라 주고, 제법 비싸게 돈을 치렀다. 한 잔에 4유로 정도 준 것 같은데, 너무 비싸서 무어라 하려다가 말도 안 통하고 해서 아무 말 없이 생선가게 앞 테이블로 돌아와 맛나게 저녁을 먹었다. 배를 채우고 나서 와인잔을 반납하러 갔다. 주인장들이 바빠서 탁자 위에 빈 와인잔을 놓고 호텔 방향으로 걸음을 옮기려는데, 그들이 나를 발견하고 손짓하며 불렀다.

　　　　　　　　　　　　　　나에게로 돌아온 여정

2유로짜리 동전을 돌려주는 것이, 잔을 들고 가게 밖으로 나갈 경우에 보증금을 거는 모양이었다. 어째 아무리 물가 비싼 독일이라지만 와인 한 잔에 너무한 것 아닌가 싶더라니, 공돈이 생겨 기분이 좋아졌다. 맛난 생선요리와 달콤한 와인으로 오랜만에 혀가 호사를 누려서 기분이 좋아지자 호텔로 가는 발걸음이 가벼워졌다.

패키지여행이었다면 당연히 한국 음식이 나와 주어야 하고, 일정 시간이 되면 자동으로 버스가 대기하고 있어야 한다. 관광지의 역사라든가 현 사회상황 등 현지 가이드의 전문적이고 풍요로운 설명이 뒤따랐을 테니 당연히 아까와 같은 일을 겪는 일도 없었을 것이다. 그러나 나 홀로 여행을 다니다 보니 그런 소소한 즐거움이 더 크게 다가왔다.

독일에서도 기차 패스를 끊어서 드디어 그 유명한 옥토버 축제를 즐기러 가는데, 숙소를 찾아가는 도심지부터 독일 전통 옷을 갖춰 입은 현지인들로 그득하다. 생각보다 숙소 사정도 좋은 편이다. 방 안에 화장실은 당연히 없지만 세면대가 비치되어 있고, 내부 생김새도 아쉬운 대로 2성급 호텔에 준하는 수준이다.

일단 축제의 현장부터 찾아가 보기로 했다. 물어물어 지하철로 들어가니, 제대로 방향을 잡았는지 지하도 안에 전통 옷을 입은 현지인들이 빽빽이 들어 차 있다.

게이트가 없다는 사실에 황당한 생각부터 든다. 그간 당연하다시피 통제받아온 가치관에 천둥이 내려치는 기분이다. 현지인들이 몰려 있는 자판기 쪽으로 발길을 돌려 어정거리며 기계 앞에 서 있자 바로 옆에 상큼하게 차려입은 아가씨가 나를 빤히 보더니 손짓으로 가도 된다고 한다. 하긴 사람들이 워낙 많아서 표 검사를 할 여건이 안 되어 보인다.

그러나 모처럼 느껴 보는 상쾌한 즐거움을 자진 반납하기 싫어서 기어코 우리 돈 3,000원 넘는 돈을 주고 지하철 표를 샀다. 아침 출근 시간대 2호선은 저리 가라 할 정도로 독일 전통복장을 한 사람들 틈바구니에서 즐거운 비명을 지르다가 그들과 함께 거의 전자동으로 내렸다. 같은 유럽 국가지만 달라도 한참 다른 색다름을 즐기며 지하철역을 나서자 빗줄기가 쏟아졌다.

빗길을 걷다가 행사장에서 처음 반겨 주는 것은 깨진 맥주잔이다. 연이어서 구토를 하는 젊은 친구들이 나타나고, 바닥을 보니 빗물 속에 희멀건 것들이 군데군데 보인다. 기분이 울적해지면서 발걸음을 옮겨 보는데, 대형 술판이 따로 없다. 중단혈이 갑갑해져 왔다. 더 이상 그곳에 있기가 싫어져 발걸음을 돌려 버렸다.

종일 내리는 비에 기분은 가라앉고, 숙소가 있는 시내 중심가로 돌아와 보니 다들 술판에 가 있는 바람에 인적이 뜸하다. 엄청난 기대를 하고 찾아온 옥토버 축제였는데, 기분 나쁜 관광지가 되어 버렸다. 썰렁한 추위 속에

  나에게로 돌아온 여정

빗속을 걸어서인가 배가 고파져 힘을 짜내어가며 길을 걷다 보니 재미난 가게가 보였다.

중형급 슈퍼마켓처럼 다채로운 음식재료들이 즐비하고 자기가 원하는 채소나 소스류, 고기류 등을 담아서 무게로 값을 치르게 되어 있었다. 현장에 비치된 탁자 앞에서 선 채로 식사하거나 테이크아웃도 가능한데, 생각보다 짜지도 않고 맛도 괜찮은 것이 다시 기분이 좋아졌다.

음식의 힘으로 재충전하고 계속해서 거리 관광에 나서자 특이한 광경이 벌어졌다. 길거리 한쪽에서 아름다운 피아노 선율이 흐르고 있었던 것이다. 그랜드 피아노인데, 주변 관광객들도 어리둥절했던지 제법 많은 사람들이 주변에 빙 둘러서서 구경하고 있었다. 순간 머릿속으로 설계도를 그려 봤다. '저 엄청난 크기의 피아노를 거리에 끌고 오려면 얼마나 큰 차가 동원되었을까'로 시작해서 '그 차의 동선은 어떻게 했을까', 결정적으로 '동전을 구걸해서 운영비가 떨어질 것인가'까지 계산해 봤다.

내 머리로는 답이 잘 나오지 않았다. 어쨌든 샤프하게 생긴 젊은 남성으로부터 멋진 피아노곡을 선사 받고, 사진도 찍은 기념으로 무려 2유로를 던져 주었다. 우리 돈 3,000원인데, 지금 생각하니 많이 아깝긴 하다. 그런데 돈통에 1유로 이상의 금빛 주화가 많이 보였던 기억이 난다. 기브 앤 테이크! 투자를 크게 하니 그만큼 들어오는 모양이었다.

   나에게로 돌아온 여정

# 우먼 파워, 독일

거리의 피아니스트에게 3,000원을 쥐어 주고 숙소로 돌아가다 보니, 자그마한 이동식 수레에서 할머니가 밤을 굽고 있다. 푸근한 인상과 옷차림으로만 보면 고급 저택에서 흔들의자에 앉아 고양이와 놀면 어울릴 듯한 캐릭터로 보였지만 그렇게 싹싹할 수가 없다. 밤 개수에 따라 가격이 정해져 있고, 15개짜리 한 봉지를 주문하니 기분 좋게 웃으면서 덤으로 한 주먹 가득 밤을 얹어 준다.

달콤한 밤을 까먹으며 거리 풍경에 취해 있자니 차 없는 거리 모퉁이로 과일을 파는 노점이 보인다. 스치며 지나가려는데 정신이 번쩍 든다. 화려한 금발에 파란 눈동자를 지닌 정통 북유럽 미인이 과일을 팔고 있었다. 잘못 봤나 싶어 다시 발길을 돌려 노점을 보니 동화 속 왕궁에 등장하면 딱 맞을 듯한 얼굴과 몸매를 소유한 절정의 미녀가 앞치마를 두르고 과일을 팔고 있었다. 남남북녀가 맞는 모양이다.

노점이나 상점에서 일하는 사람들을 보면 상당수가 여성이었고, 다들 힘차고 활기찬 기운이 느껴졌다. 길거리 순례를 마치고 숙소에 들어서자 어디선가 본 듯한 영화 속 주인공처럼 생긴 숙소 아줌마가 활짝 웃으며 '굿 이브닝'을 외쳐 준다. 또 기분이 좋아졌다.

이틀째 날에는 세계적인 축제에 대한 최소한의 배려라는 생각에 다시 한 번 초대형 술판을 찾아갔다. 그런데 어제 비 오던 날과는 많이 다르게 가족들이 보였다. 앙증맞은 꼬까옷을 입은 아이들을 데리고 놀이기구를 타면서 휴일을 즐기고 있었다.

그 거대한 광장에 발 디딜 틈 없이 들어찬 현지인들의 모습을 보면서 어떤 물결 같은 것을 느꼈다. 거대한 인파가 바다의 파도처럼 꿈틀거리며 출렁이고 있었는데, 수를 헤아려 보려 했지만 셈이 안 나온다. 10만 명은 무조건 넘어 보였다.

그러나, 축제의 광장 곳곳에 자리 잡은 대형 조립식 구조물 속에는 오로지 맥주와 록 음악뿐이다. 록그룹의 생음악이 울려 퍼지는 가운데 한 창고 안에서만도 수천 명의 인파가 술을 마시고 있었다. 역시나 몇몇 젊은이들은 위장 속에 든 내용물을 확인하고 있었고, 중단혈은 또 다시 퍽퍽해져 갔다. 게다가 얼마나 많이 걸었던지 다리의 감각이 사라질 듯 피곤해져 왔다.

기대가 크면 실망도 큰 법. 또 길을 떠나야 했다. 지도를 검색하다 보니 프라하가 보인다. 독일에서만 보름을 있어야 하는데 하루 이틀 정도는 프라

　　　　　　　　　　　　　　　　　　나에게로 돌아온 여정

PAULANER

하를 방문하는 것도 좋을 듯싶었다.

독일에서 프라하로 가기 위한 정보 탐색에 들어가자 드레스덴이란 도시가 연관검색어로 많이 떠오른다. 고속열차 이체를 타고 드레스덴에 도착하니 중후해 보이는 중세 건축물의 모습이 보기 좋다. 다 비슷비슷하게 생긴 건물이지만 특색이 있다. 사람 얼굴이 비슷해도 개성이 있듯 건축물마다 풍기는 색이 사뭇 달랐다.

나중에 독일의 수도에서 5일 동안 머물렀지만 독일의 힘을 그 자그마한 도시에서 느낄 수 있었다. 주관적인 관점이지만 드레스덴이 가진 첫 번째 힘은 아주 조그만 자기 인형들에 있었다.

드레스덴의 박물관에 가면 자기로 만든 인형은 꼭 한번 볼 만하다고 추천하는 글이 있기에 주저 없이 찾아갔다. 물론 입장료는 무지막지하게 비쌌다. 아래층부터 차례로 관람하며 기가 막힌 물건들을 수도 없이 구경했다. 굳이 인형을 찾아보지 않아도 좋을 만큼 독일인의 장인정신을 충분히 느낄 수 있었는데, 드디어 2층에서 인형들을 만났다.

많은 인파가 인형 전시대 주위로 빙 둘러쳐져서 감탄사를 연발하고 있었고, 자리를 비집고 들어가 인형을 보는 순간 '억' 소리가 절로 나왔다. 별다른 수식어가 필요치 않은 작품이었다. 집에 가져다 놓으면 참 좋겠다는 욕심이 발동할 정도였다. 독일 여행은 박물관 여행이라 할 정도로 곳곳에 진귀한 작품들이 많았지만 그런 욕심이 났던 적은 그때가 처음이었다.

아마도 독일인 선조들의 작품이 맞을 것이다. 세계적인 경제 파워가 어디

   나에게로 돌아온 여정

서 툭 하고 떨어진 것이 아니란 것을 느낄 수 있었다. 우리나라는 언제쯤이나 그 파워가 뿜어져 나올 것인가.

자기 박물관을 나와 숙소 방향으로 걷다 보니 큼지막한 쇼핑센터 건물이 눈에 띈다. 여행을 떠나오기 전, 명상생활에 집중하려는 욕심으로 명상마을 인근에 집 짓는 공사를 시작했는데, 그 덕분에 여행하는 짬짬이 평면도를 그리면서 전원생활을 꿈꾸었다.

수첩에 있던 종이도 바닥나고, 문방구에 들러 모눈종이처럼 줄이 그어진 노트를 사려고 쇼핑센터에 들어섰다. 거금 1유로를 지불하고 화장실부터 들렀다 나오니, 쇼핑센터 지하에 제법 널찍한 종합문구점이 보였다.

이미 뮌헨에서 우먼 파워를 느끼긴 했지만, 박물관에 박제되어 있는 자기 인형보다 훨씬 더 진귀한 힘을 바로 그곳 문방구에서 발견할 수 있었다.

늦은 시간이라서 손님은 나밖에 없었고, 매장 한쪽에서 원하던 노트를 발견했다. 가격은 1유로도 안 되는 헐값 수준이다. 화장실 값보다 더 저렴하다. 실컷 구경하고 노트 한 권만 사는 것이 미안했지만 계산대로 다가가니, 영화 '사운드 오브 뮤직'의 여주인공이 활짝 웃으면서 반겨 준다. 머리스타일도 그렇고 생김새도 그렇고 완전 똑같다.

그런데 이 아가씨, 물건을 포장하고 계산하는 내내 계속해서 활짝 웃는다. 화장실 값도 안 되는 돈을 지불하는 것이 미안할 정도여서 옆에 있는 볼펜을 만지작거리니까 또 환하게 웃으면서 친절하게 설명을 곁들인다. 거짓된 웃음이 아니란 것이 느껴졌다.

잠깐 사이지만 가슴이 환해지면서 피로가 조금 가셨다. 몇 분 정도 그 웃는 모습을 보며 대화를 나누다 보면 틀림없이 중단혈이 활짝 열리면서 해님보다 더 밝은 에너지가 들어올 것 같았다.

하지만 그럴 수 없어 아쉬운 마음으로 쇼핑센터 문을 나섰다. 에스컬레이터를 타고 올라가는 동안 통유리로 된 문구점 안을 다시 들여다보니 손님이 있건 없건 항상 입에 웃음을 띠고 있었다. 포장된 웃음이 아니라는 것이 읽혔다. 경제 대국의 저력은 성냥 한 개비에도 있었겠지만 자기가 맡은 분야에서 무슨 일을 하건 기분 좋게 웃는 스마일 파워에서 나오는 것이 아닌가 하는 생각이 들었다.

독일뿐만 아니라 40일간 유럽을 돌면서 가장 기분 좋고 인상적이었던 순간은 노트를 한 권 사던 그때였다. 아마 그 사람은 하루 24시간 내내 웃고 있을 것 같았다. 입 모양과 얼굴 윤곽과 피부의 흐름을 보면 잠자는 시간만 빼놓고 웃으면서 사는 것이 틀림없어 보였다.

항상 웃으면서 사는 사람이 존재하고 있음에 행복을 느꼈다. 어떤 일을 하건, 어떤 상황에서건 항상 웃을 수 있다면 천국이 따로 없을 것이다. 지난 20년간 싸우는 것이 일과였던 나의 일상들이 잠시 떠올랐다. 지친 다리를 이끌고 숙소에 돌아가는 내내 힘이 들었다. 힘이 들어서인가 웃음이 나오질 않았다.

다음 날 아침 일찍 일어나 프라하에 가기 위해 미리 봐 두었던 버스정류장으로 향했다. 시간에 맞추어 멋진 버스가 들어오는데, 인터넷에서 프린트

 나에게로 돌아온 여정

한 표를 보여 주니 자기네 차가 아니라고 한다. 온라인으로 구입한 것이라서 제대로 표를 산 것인지 불안한 마음에 계속 기다리고 있자니 옆으로 버스들이 들어오지만 다들 내가 탈 차와는 상관이 없다고 한다.

이미 버스 시간보다 20여 분이 넘게 흘러가 버렸고, 주위를 살펴보니 사정이 비슷해 보이는 서양인 한두 명이 보인다. 그들 역시 조금 초조해 보이는데, 말을 걸고 싶었지만 혀가 짧아 물어보기도 그렇고, 멍청히 기다리고 있으려니 다소 낡아빠진 버스가 한 대 들어왔다.

표를 싸게 샀다고 좋아했는데, 버스 상태가 영 아니었다. 덩치 좋은 남성이 버스에서 내려 배낭을 정리하더니 배낭 싣는 비용으로 1유로를 달라고 한다. 말로만 들었지, 실제 배낭값을 받는 버스를 만날 줄은 몰랐다. 차 내부로 들어서자 더 놀라운 모습이 전개됐다.

자그마한 얼굴에 전형적인 서양식 조각미남이 앞에서 몇 마디 하더니 검은 비닐봉지를 들고 돌아다닌다. 세일즈맨인줄 알았는데 손님들 쓰레기를 비닐봉지에 담아서 처리한다. 버스 한 대에 운전기사와 배낭맨, 쓰레기맨까지 총 세 명의 직원이 탑승해 있는 것이다.

배낭값을 받던 덩치 좋은 남자와 둘이서 대화 나누는 것을 들어 보니 독일어가 아니다. 아마 프라하 쪽에서 운영하는 버스인 듯했다. 나도 모르게 체코라는 나라에 대해 싸구려 선입견이 생기는 건 어쩔 수 없었다. 가는 내내 아름다운 경치들을 눈이 시리도록 구경하고 드디어 프라하 시내로 들어서는데, 아니나 다를까 버스터미널도 시원찮게 생겼다.

나에게로 돌아온 여정

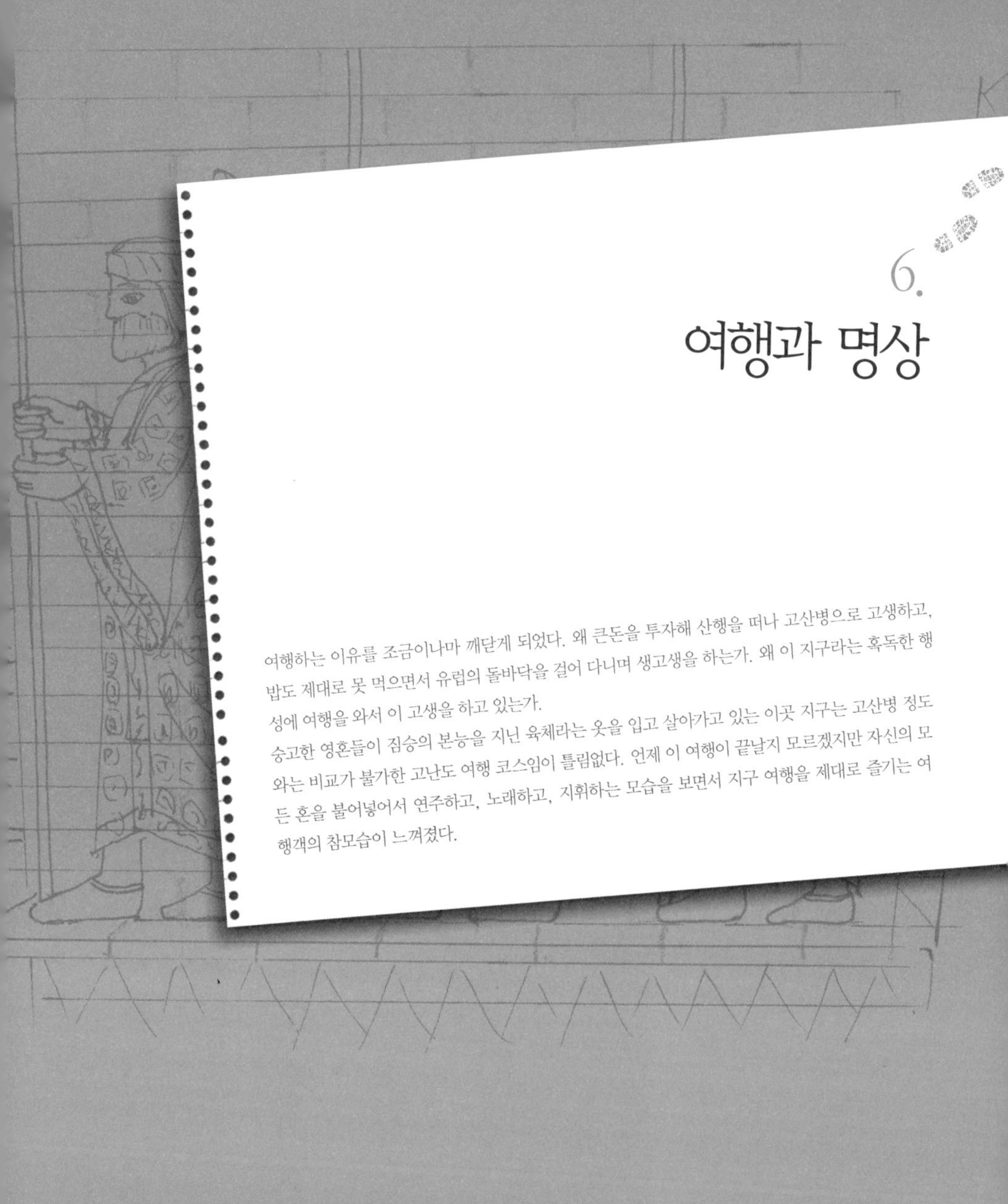

6.

# 여행과 명상

여행하는 이유를 조금이나마 깨닫게 되었다. 왜 큰돈을 투자해 산행을 떠나 고산병으로 고생하고, 밥도 제대로 못 먹으면서 유럽의 돌바닥을 걸어 다니며 생고생을 하는가. 왜 이 지구라는 혹독한 행성에 여행을 와서 이 고생을 하고 있는가.

숭고한 영혼들이 짐승의 본능을 지닌 육체라는 옷을 입고 살아가고 있는 이곳 지구는 고산병 정도와는 비교가 불가한 고난도 여행 코스임이 틀림없다. 언제 이 여행이 끝날지 모르겠지만 자신의 모든 혼을 불어넣어서 연주하고, 노래하고, 지휘하는 모습을 보면서 지구 여행을 제대로 즐기는 여행객의 참모습이 느껴졌다.

# 애증의 프라하

지도에서 보면 버스터미널에서 숙소가 있는 중심가까지는 가까운 편이었다. 그러나 무거운 배낭을 메고 걷기에는 부담스러운 거리였기에 택시를 타기로 했다. 체코 돈이 한 푼도 없기에 환전부터 해야 하는데, 환전소가 보이질 않는다.

명색이 버스터미널이라고 한쪽 구석에 현금지급기가 보인다. 이곳 환율에 대한 개념이 전혀 없는 상태에서 대충 단추를 눌러서 현찰을 지급받고 허기진 배부터 채웠다. 여전히 주메뉴는 빵과 오렌지 주스였는데, 빵 맛은 독일이 훨씬 더 좋은 느낌이다.

터미널 앞에 정차된 택시를 골라잡고, 택시기사에게 숙소 주소를 보여 주니 아무 말 없이 달린다. 그런데 너무 열심히 달린다. 한참을 달리더니 느낌상 관광중심가로 보이는 곳을 한 바퀴 빙 돈 다음에도 골목골목을 돌아서

    나에게로 돌아온 여정

숙소 주변에 세워 주었다. 4만 원 가까이 나온 듯싶었다. 현금지급기에서 찾은 돈을 거의 다 쥐여 주었다.

한마디 하려다가 버스를 타고 오느라 피곤했기에 참기로 했다. 아무 소리 없이 돈을 건네주자 다소 비열한 웃음을 지으며 '땡큐' 하더니 뒤에 '써(sir.)'를 붙인다. 여행 다니는 내내 '써' 소리는 처음으로 들어 봤다.

돈이라는 존재 앞에서 자존심을 버린 모습이 느껴졌다. 그간 스페인과 독일에서는 비굴한 운전자의 모습을 본 적이 없었다. 당당하게 받을 돈만 받아가는 모습이 보기 좋았다. 그래서 조금 슬퍼졌다.

사람이 미운 것이 아니라 택시기사의 행동을 보며 거울을 보고 있는 듯한 서러움이 느껴진다. 주식시세판 앞에서 안절부절못하고 돈의 노예가 되어 있는 내 모습이 비치면서 서글픔이 밀려 왔다.

숙소를 찾아 들어가니 횡재한 기분이다. 홍보 사이트에 3성급이라고 되어 있지만 10만 원 안팎의 저렴한 숙소들은 실제 2성급 수준임을 알고 있었기에 별 기대 안 하고 들어섰던 것이다. 예상대로 식당도 제대로 구비되지 않은 내부구조였는데, 방에 들어서니 다소 낡긴 했지만 거의 4성급 분위기의 고급스러운 느낌이다.

유럽 숙소는 대부분 옛날에 지어진 건축물을 사용해서인지 고풍스러운 느낌보다는 오래되어 후줄근한 느낌이 많이 들었는데, 프라하 숙소에서 고풍이 무엇인지 조금이나마 느낄 수 있었다.

택시 사건은 잊어버리고, 일단 나와서 밥을 먹어야 했다. 택시비로 체코

돈을 다 써 버리고 환전소부터 찾았는데, '수수료 0%'라고 큼지막하게 쓰인 곳이 보이기에 가게로 성큼 들어갔다. 100유로를 건네주고 광고판을 믿고 주는 대로 받아 왔다. 급하게 잡은 일정이었고, 하룻밤만 자야 했기에 환율이고 뭐고 정보가 백지인 상태였다. 그리고 배가 많이 고팠다. 빨리 돈을 만들어서 무언가 뱃속에 집어넣어야 했다.

돈을 바꾸고 길을 걷고 있는데 이상스러운 촉이 왔다. 사기를 당하지 않았는가 하는 생각이 스치면서 돈을 꺼내 세어 보는데, 환율을 모르니 제대로 환전이 되었는지 헷갈렸다. 그런가 보다 하고 걷다가 다른 환전소를 유

　　　　　　　　　　　　　　나에게로 돌아온 여정

심히 지켜봤다. 대충 계산해 봐도 차이가 크게 나는 듯해 보였다. 슬슬 열이 오르며, 한 시간 전에 겪었던 택시 사건이 떠오르면서 가슴이 콱 막혀 왔다.

바로 발길을 돌려 환전소를 찾아가서 정색을 하고 재확인을 하고 싶다고 말을 건넸다. 공포영화에 나오는 쳐키처럼 생긴 담당 여성이 눈동자를 옆으로 살짝 굴렸다가 다시 제자리로 갖다 놓는 것이 포착되었다. 아주 짧은 순간이었지만 양심이 흔들리는 표정이 감으로 전해져 왔다. 그 틈을 놓치지 않고, 돈 계산이 잘못되었다면서 강하게 다그쳤다. 우물쭈물 대처하는 모습이 보였다.

그 기세를 몰아 돈을 덜 받은 것 같다고 설명을 이어 가자 상대가 갑자기 당당해진다. 내가 큰 착각을 했다. 그들이 돈을 살짝 빼내고 일부만 건넨 것이라고 잘못 생각했던 것이다. 내 말이 떨어지기가 무섭게 옆에 날카롭게 생긴 여직원이 가세하며 환율비교표를 보여 주면서 당당하게 설명을 하는 바람에 오히려 내가 머쓱해지면서 한 발 물러서고 말았다.

그런데 뭔가 이상했다. 두 번째 봐 두었던 환전소에 가서 일부러 10유로만 바꾸어 보았다. 그러자 금액이 확연히 달랐다. 확실히 사기 아닌 사기를 당한 것이다. 일단 화를 삭였다. 사소한 걸로 화를 냈다가는 기운이 타 버릴 것 같았다.

꾹 참고 그 유명한 프라하 성 쪽으로 몸을 돌렸다. 강 주변의 고풍스러운 건물들로 눈요기를 하고, '카를교'라는 다리 위에 포진하고 있는 거리악사들의 연주에 심취해 있다 보니 여기저기서 한국말이 들린다. 독일에선 한국인을 만난 적이 없었는데, 프라하는 달랐다. 그런데 많아도 너무 많다.

카를교를 건너서 언덕 초입에 들어서자 자그마한 종이로 만든 선전판이 보인다. 프라하에서 가장 환율이 좋다는 광고다. 첫 번째 환전소에 본 것처럼 '노커미션'이란 단어는 없다. 이쪽 집은 어떤 사기를 치려는지 울화통이 치밀려고 하는데, 한번 속는 셈 치고 들어가 봤다.

환율을 물어보자 몇 마디 건네다가 아예 종이에 내가 받을 금액을 적어서 보여 준다. 깜짝 놀라 버렸다. 첫 번째 사기당했던 환전소는 물론이고, 두 번째 환전소와도 비교가 안 될 정도로 높은 금액을 제시하는 것이다.

너무 놀라서 '리얼리'를 외치며 100유로를 건네주었다. 진짜로 종이에 적힌 만큼 돈을 건네받으면서, 머리꼭지가 돌아 버렸다. 100유로면 우리 돈 15만 원인데, 첫 번째 집은 무려 5만 원 가까운 수수료를 챙겨 간 것이다.

잠시 대화를 나누었다. 환전소 주인도 같이 화를 내면서 그런 양심 없는 가게들 때문에 문제라고 한숨을 쉰다. 그들을 어떻게 처리해야 하는지 자문을 구하면서 폴리스를 외쳤더니 고개를 좌우로 저으며 어쩔 도리 없다고 한다. 나의 미스테이크라고 결론을 내리는 수밖에.

　　　　　　　　나에게로 돌아온 여정

# 위기 상황

맞다. 내 실수였다. 너무 급했던 것이다. 사기꾼 천국인 인도에서도 그런 큰 사기는 안 당했는데, 유럽에 와서 이런 황당한 일을 접할 줄은 몰랐다. 명색이 유럽인데 말이다. 침체된 기분으로 프라하 성을 구경해 보지만 내 성격에 그 멋진 건물과 아름다운 프라하 전경이 눈에 찰 리가 없었다.

주요 명소를 대충 둘러본 후, 다시 환전소로 쳐들어갔다. 이번에는 아주 강한 어조로 엄청난 수수료에 대해 항의했다. 그러나 내 환전을 담당했던 여자는 어디론가 가 버리고 다른 아가씨가 앉아 있었다. 전에 두 여자는 날카롭고 강한 인상의 여성들이었는데, 이번에는 순박하게 생긴 아가씨 혼자였다.

그러거나 말거나 환전 사기에 대한 입장을 되지도 않는 영어로 더듬거리며 설명하니 상황이 심각해지는 것을 보고 아까 옆에 있던 바짝 마른 여성이 나와서 참견한다. 환전한 돈을 물러 달라고 하니 절대 안 된다고 큰소리 뻥뻥 친다.

그러면 광고판에 커미션이 제로라고 되어 있는데, 30% 이상 수수료를 떼는 것이 정상이냐고 따지자 자신들 가게만의 룰이라고 뻔뻔하게 이야기한다. 이미 그런 상황을 수없이 겪어 본 듯한 포스가 느껴진다. 그 사람의 표정에 그러한 이력이 고스란히 그려져 있었다.

가슴이 조금씩 뛰는 걸 느끼며 가게를 고발하기 위해 환전영수증을 달라고 했다. 삐쩍 마른 여성이 자기네 가게는 원래 영수증 발급을 안 한다고 태연히 대꾸한다. 그러면서 그런 안내가 되어 있는 간판까지 당당하게 보여 준다. 작정하고 사기를 치는 가게였던 것이다.

울컥하면서 폭발하기 일보 직전이었는데, 마침 젊은 서양인 남성이 가게로 들어와서 50유로를 환전해 간다. 잠시 휴전을 하고 지켜보자 내가 사기당한 것 그대로 뻔뻔하게 환전해 주고 역시 영수증을 발급해 주지 않는다. 그 사람도 내가 했던 것하고 똑같이 돈을 세어 보지도 않고 대충 주머니에 쑤셔 넣고 가게를 나간다.

지원 사격을 나왔던 여성은 볼 일 다 봤다는 듯 가게 안으로 들어가고 괜히 나중에 자리에 앉은 순박한 얼굴의 아가씨만 난감하단 듯이 내 눈치를 보고 있다. 눈치를 살피는 것이 그대로 느껴진다. 무어라 하며 말을 덧붙이는데, 그 사람도 자신들 가게의 문제점을 다 알고 있다는 듯이 자기는 당시 환전 담당자가 아니라서 어쩔 수 없다는 말만 되풀이한다.

　　　　　　　　　　　　　　　나에게로 돌아온 여정

어차피 돈을 돌려받을 생각은 안 하고 갔었기에 그 이상의 강한 폭발은 없었다. 그 사람들에게 화를 내서 스트레스라도 얹어 주려고 했던 것이었는데, 오히려 내가 더 스트레스를 받아 버렸다. 애초 내 환전을 담당했던 처키를 못 만나서 그랬던 것이다. 드레스덴의 지하상가에서 만났던 사운드 오브 뮤직 여주인공이 생각났다. 유럽 여행 최고의 행복과 최악의 순간 모두 여성들이 걸려 있었다.

길을 걸으면서 계속 마인드 컨트롤을 했다. 자칫 방심하면 상기가 밀려올 수 있는 일이다. 그깟 5만 원 때문에 상기되는 것은 엄청난 손해다. 주식으로 수억이 증발했어도 마음을 달래며 상기증에 걸리질 않았는데, 5만 원 때문에 돈하고 비교가 안 되는 기운을 태운다는 것은 천문학적인 손실이다.

만약 그 자리에서 처키를 만났더라면 내 못된 성격에 고성이 오가고 환전소가 뒤집어졌을지도 모른다. 그러면 현지 경찰이 출동하고 여행객인 나만 바보가 되어 버리는 불상사가 발생할 확률이 높았을 것이다.

우울한 기분을 다스리면서 프라하 국립극장을 찾아갔다. 오페라극장 S석 입장료가 10만 원에 불과하다. 로열석에서 옛날 귀족이 된 듯한 기분으로 극장 문화를 즐겨 보자고 마음을 먹는데, 미묘한 생각들이 떠오른다.

체코에 대하여 아무 정보가 없다 보니, 막연하게 독일보다 경제적으로 훨씬 못한 나라라는 인식부터 있었다. 어찌 생각해 보면 체코를 무시했다고 볼 수도 있다. 오페라극장 입장권을 예매할 때도 생각보다 비싸지 않아서, 프라하를 만만하게 봤던 마음이 없지 않아 있었다.

거기다가 극장에 들어가서는 사기당한 돈을 극장 입장료에서 보충한다는 엉뚱한 마음마저 품었으니 그런 사기를 당하게 된 것은 자업자득이란 생각이 들었다. 체코에 대하여 사전에 공부를 못한 것도 문제였지만, 여행 대상 국가에 대해 스스로 기본적인 예의를 갖추지 못했던 것이 더 큰 문제였다.

그러거나 말거나 이미 지난 일이고, 처음 접해 보는 오페라 문화에 대한 기대감을 잔뜩 가진 채 극장 내부를 둘러보는데, 눈이 휘둥그레진다. 택시

  나에게로 돌아온 여정

도 그렇고 환전소도 그렇고, 시대에 역행하듯 여행객을 등치는 사기꾼들 때문에 몹시 언짢았는데 오페라하우스에 들어오니 타임머신을 타고 프라하 최고의 전성시대로 돌아간 듯한 느낌이 들었다.

다들 멋지게 차려입고 좌석을 채우고 있는데, 혼자서만 여행객 특유의 옷차림으로 들어서려니 좀 어색하고 민망하다. 그건 어쩔 수 없고, '축배의 노래'라는 많이 듣던 곡을 접하니 참 좋았다. 좀 흠을 잡자면 주인공 여성의 목소리가 거슬렸다. 아무리 소프라노라지만 너무 음계가 높았고 쇳소리 같은 날카로움이 가슴을 찔러 댔다. 내용도 잘 모르겠고, 처음 20분 정도는 화려한 옷차림과 멋진 실내장식에 취해서 흥이 돋았지만, 얼마 안 되어 졸음이 쏟아졌다. 오페라 곡을 자장가 삼아 맛나게 잠이 들고 말았다.

최고급 국립극장에서 잠만 자다가 박수 소리에 깨어 꾸물대는 사이에 드디어 막이 내렸다. 후다닥 밖으로 나가려는데, 다들 앉아서 손뼉만 치고 있다. 그러더니 커튼을 살짝 젖히고 여주인공이 얼굴을 비친다. 애들 장난하는 것도 아니고, 그렇게 몇 번을 반복해 가며 코빼기를 비친다.

감흥이 있어야 커튼콜을 하든 말든 하지, 세비야의 감흥을 느꼈더라면 기립박수를 하면서 호들갑을 떨었을 텐데, 주위를 둘러보니 반응들이 그저 그렇다. 예의상 몇몇 관중이 일어나서 손뼉을 치는 분위기다. 손뼉 치는 박자를 느껴 보면 알 수 있다.

빨리 그곳을 떠나고 싶은 마음에 1순위로 극장을 빠져나오는데, 최고급 격식의 옷차림을 한 문지기들이 정중하게 문을 열어 준다. 왠지 미안스럽다.

남루한 여행 복장으로 쑥스럽게 미소를 짓고 거리로 나서자, 고급 차들이 극상 문 앞에 대기하고 있는 모습이 보였다. 곧이어 예복을 빼입은 사람들이 문을 빠져나왔다.

어두운 거리를 빠져나와 강가를 거닐고 있자니 여행기에서 많이 접해 왔던 프라하 성의 야경이 눈에 들어왔다. 보석 같은 아름다움이다. 사자성어가 딱 들어맞는 때가 있다. 프라하 성의 야경은 명불허전이었다.

# 독특한 기운

　명불허전을 구경하고 숙소에 들어가니 다시 기분이 좋아졌다. 암만 봐도 방 구조가 맘에 든다. 겨우 하룻밤이지만 기분 좋게 잠을 청하고 새벽수련에 들었다. 그런데 뜬금없는 기운이 찾아왔다. 파리, 스페인, 독일에서 느꼈던 것과는 천양지차의 감각이다.

　명상자세를 취하자마자 주요 경락으로 전기가 통하는 듯한데, 바닷가 솔밭에서 느꼈던 침엽수의 시원함과는 약간 다른 것 같고, 황산에서 느꼈던 감각과 비슷하다.

　혼란스러웠다. 몸 상태가 특별히 좋은 것도 아니었는데, 왜 바로 옆에 있는 독일 드레스덴에선 못 느꼈던 기감이 전해지는 것인지 잠시 생각해 보았다. 지금도 잘 모르겠지만, 프라하에서 두 번이나 기분 나쁜 사기성 행각을 당했기 때문에 그 부분과 연계되었을 수도 있다는 생각이 들었다.

그것 말고는 답이 나오질 않는다. 국내에서 골치 아픈 일을 겪고 나면 기운이 잘 들어왔던 것처럼 프라하에서도 기분 나쁜 사기 건들을 무난한 선에서 겪어 넘겼기 때문에 독특한 기운을 받을 수 있지 않았는가 하는 생각이 들었다.

새벽명상을 마무리 짓고 아침을 들었다. 복도에 대충 꾸려 놓은 식당 수준에 비해서 생각보다 상차림이 괜찮은 수준이다. 이래저래 기분이 되살아났고, 흥얼거리며 오전 산책을 나섰지만 한 시간도 안 되어 지겨워졌다. 참으로 간사한 것이 사람의 동공인가 보다. 그 건물이 그 건물로 느껴지고, 맛난 식사로 되살아난 기분이 단체 관광객들에게 치여서 다운되어 버린다.

시계탑으로 나가니 탑 위에서 나팔을 불고 있고, 인파 때문에 발 디딜 틈도 없다. 어김없이 식사 시간은 찾아오고 적당한 레스토랑을 찾아 헤매는데, 맘에 드는 곳이 없었다. 비싸기만 하고 짜디짠 고깃덩어리 한 점 나올 게 뻔했기 때문이다.

물도 떨어지고 배는 홀쭉해지고 허기가 졌다. 식당이 많이 있는 곳으로 가기 위해 대로를 건너려고 서서히 발걸음 속도를 줄이는 중이었다. 그때 앞쪽에서 남루한 차림에 키가 훤칠한 거지가 허름한 배낭을 메고 도로를 무단으로 횡단해서 건너왔다. 거지라면 늘 봐 왔기에 별생각 없었는데, 그가 내 앞에 놓인 쓰레기통 속으로 자연스럽게 팔을 넣는다.

그리고 약 2초 정도 팔을 휘저어 먹다 버려진 빵을 꺼내더니 0.1초의 거리낌도 없이 한 입 대차게 씹어 물었다. 또 팔을 쑥 집어넣더니 이번엔 먹다

 • • • • 　　　　　　　　　　　　　　　　나에게로 돌아온 여정

버린 오렌지 주스 통을 집어 들고 꿀떡꿀떡 소리
를 내면서 단숨에 주스를 들이켰다.

　1m 앞에 서 있는 키 큰 거지의 입속에서 저작
된 빵조각과 주스가 식도를 타고 내려가는
느낌이 온몸으로 전해졌다. 그리고 하마
터면 울음이 나올 뻔했다. 가슴이 울컥
해지면서 중단혈에서 눈물이 흐르는 듯
한 느낌이 들었다. 거지는 맛나게 목을
축이고 긴 다리로 성큼성큼 걸음을 옮기
면서 남은 빵을 정신없이 씹어 대며 허기를
달래고 있었다.

　거지의 리얼한 식사 장면을 보면서 거지도 나와 똑같은 사람이라는 인식
이 생겨났다. 나도 너무 허기지고 배가 고팠던 것이다. 주머니에 돈이 없다
면 나 역시 그 거지처럼 행동할 수도 있는 일이었다. 더 슬펐던 것은 그 거
지에게 빵과 주스가 상했는지, 이물질이 묻었는지 확인하려는 최소한의 분
별력조차 없어 보였다는 점이다. 일단은 먹고 마시고 보는 것이다. 그래서
내 가슴이 더 서러워졌던 모양이다.

　거지를 만나기 전까지만 해도 레스토랑에 가느니 그 돈으로 조금 더 맛
난 빵집을 찾아보자고 마음을 먹었었는데, 생각이 바뀌었다. 안쪽 길로 들
어서서 손님도 별로 없어 보이는 한적한 식당으로 들어갔다. 척 보니 돈만

우려내고 맛은 형편없는 그런 식당으로 보였지만 다리가 아파서 그냥 눌러앉았다.

자리를 잡으니 미소가 없는 여종업원이 메뉴판을 턱 건넸다. 메뉴판을 한참 동안 노려보다가 적당한 금액의 고기를 시켰다. 3만 원이 훌쩍 넘는다. 배는 고프고 별도로 오렌지 주스를 시켜서 아까 그 거지처럼 꿀꺽거리며 맛나게 단물을 들이켰다. 행복했다.

고기를 썰어 한 입 넣어 보니 예상대로 소금 덩어리다. 같이 나온 감자 반죽을 같이 덜어 먹으니 짠맛이 조금 가신다. 손바닥만 한 닭고기를 서너 조각 썰어 먹고 계산을 하려는데, 여종업원이 특유의 비굴한 표정을 보이면서 무어라고 말을 한다. 웃지도 않는다. 아마도 팁을 달라고 말하는 듯하다. 내가 머뭇거리고 있자 아예 자기 혼자서 봉사료를 계산하고 잔금을 계산해 준다.

그러려니 하고 나오며 영수증을 보니 부가가치세에 팁, 주스까지 해서 5만 원 넘게 나온 것 같다. 자그만 주스 한 병이 천문학적인 금액이다. 식당을 나오면서 괜히 서글퍼졌다. 밥을 안 먹고 살 수는 없는 것일까.

오후 차 시간에 맞추어 터미널로 향했다. 지리를 파악했기에 천천히 걸어서 갔는데, 고작 30분밖에 안 걸렸다. 프라하에서의 모든 것을 탈탈 털어 버리기로 했다. 택시를 타지 않아 돈이 너무 많이 남

 나에게로 돌아온 여정

는 바람에 제일 비싼 초콜릿 몇 상자를 골라서 지폐들을 다 처분했다.

버스에 타면서 남은 동전을 배낭맨에게 전부 쥐어 주었다. 환율을 계산해 보니 3유로 가까이 될 듯하다. 배불뚝이 배낭맨이 버스에 올라타더니 웃으면서 말을 건넨다. 다음에 프라하 올 때는 배낭값을 공짜로 해 주겠다고 말하는 눈치다. 또 다시 이곳 프라하를 찾을 일이 있을까 싶었다.

두 시간 남짓한 거리를 달려서 드레스덴에 도착해, 먼젓번에 묵었던 호텔에 가니 스위트룸을 배정해 준다. 10만 원 안팎의 저렴한 호텔이지만 두 번째 방문이라서 대우를 해 주는 모양이었다. 방 크기도 크고, 거실도 따로 있다. 멋진 방이지만 새벽수련에 드니 프라하에서의 느낌이 오질 않는다. 독일에서 느꼈던 평범한 수준의 기운이 지속되는 정도다.

한국을 떠난 지 한 달이 넘어가니 지쳐 갔다. 프라하를 마지막으로 귀국할까 싶은 마음도 있었는데, 그러기는 싫었다. 아직 독일의 수도를 밟아 보지도 못했는데 중도 포기할 정도로 마음이 약해지진 않았다. 지치면 지치는 대로 내게 주어진 소중한 권리와 의무라 생각하고 여행을 이어 가면 될 일이다.

드레스덴을 떠나 고속열차에 몸을 싣고 베를린에 도착하니 지하철 노선부터 헷갈리는 것이 그간 거쳐 왔던 소도시들과 많이 다르다. 에스반이라는 명칭의 우리나라 국철과도 같은 전철을 타고 숙소 부근에 도착해 택시를 타고 호텔을 찾아갔다.

# 베를린, 역시 일국의 수도

확실히 다르다. 스페인에서도 그랬고, 독일에서 서너 번 택시를
타 봤지만 비굴해 보이는 티가 전혀 없다. 경제 사정이 사람들
의 가치관을 조절하는 것 같다. 숙소에 도착해 인터넷
지도를 검색해 보니 최단 거리로 운전해 온
것이 맞다.

배낭을 풀고 에스반과 유반을 갈아
타며 도심지를 샅샅이 뒤지다 보니
브란덴부르크라는 곳에서 많은 관
광객이 내린다. 관광객 천지인 것
이 판문점처럼 독일인들에게 의
미 깊은 명소인 듯하다.





나에게로 돌아온 여정

이번에는 버스를 타고 베를린 시내를 돌다 보니 베를린 장벽이 보인다. 버스에서 내려 장벽을 걸어 보았지만 초반에 조금 걷다가 끝까지 걷는 관광객들이 거의 없어서 나도 발길을 돌렸다. 도로를 따라 사람들 무리와 함께 이동하는 길에 분단과 관련된 박물관 주변으로 관광객들이 버글버글하다. 하도 관광객이 많기에 비싼 입장권을 별도로 사서 들어가 봤다.

우선 실망감부터 전해져 왔다. 건물이 작았고 공간도 협소해서 무슨 이정도 건물에 그렇게 비싼 입장료를 받는가 싶어 짜증이 일었다. 사람들에게 치여 입에서 단내만 나고 힘이 들었는데, 시간이 지날수록 가슴이 찡해져 온다. 무슨 내용인지 이해는 못 하지만 도배된 신문기사들과 자유를 찾아 넘어오려던 다양한 시도들을 보면서 짠한 감정이 일어났다.

시간이 갈수록 점점 더 마음이 먹먹해졌다. 여전히 알아들을 수 없는 내용이었으나 커다랗게 확대해 놓은 글자와 신문에 실렸던 사진들을 보면서 가슴이 요동쳤다. 강렬한 메시지가 글자에서 뿜어져 나와 중단혈을 자극해 왔다.

공간이 좁다 보니 바로 옆에서 진중한 모습으로 벽에 실린 내용을 읽는 관광객들의 모습 또한 사뭇 진지해 보인다. 내용을 읽으며 우는 사람은 발견 못 했지만 깊은 상념 속에 빠져 있는 서양인들의 숙연한 눈동자를 보면서 색다른 파장이 전해져 들어왔다. 미술관처럼 넓은 곳이었으면 그런 파장이 더 약했을 수도 있다.

구획된 공간들을 지나치다 보니 가방 속에 접혀 있는 어린아이 형상의 마

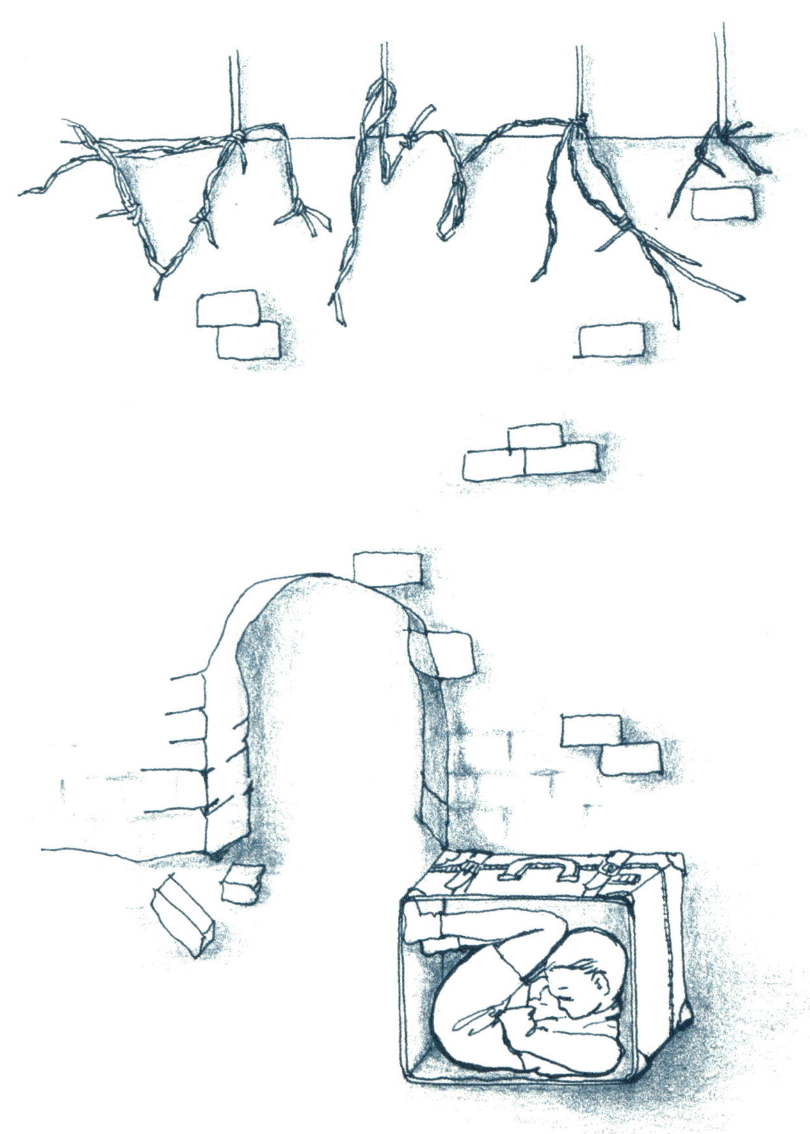



나에게로 돌아온 여정

네킹이 보인다. 시큰한 감정이 올라온다. 자유라는 것이 무엇이기에 가방 안에 어린아이를 구겨 넣고서 탈동독을 시도했을까.

5,000m에 육박하는 무지막지한 곳에서 신음했던 날들이 떠올랐다. 산소와도 같은 것이 자유일 것이다. 그들이 갈망했던 것은 어쩌면 자유가 아니라 빵이었을지도 모르겠다. 그것이 무엇이든 간에 속박에서 벗어나고 싶은 영혼 본연의 DNA가 작동되었기 때문에 그런 무모할 정도의 모험들을 시도했을 것이다.

그 시절 빵과 자유를 갈망하면서 목숨을 걸고 서독행을 택했던 사람들은 왜 동독에서 태어나야만 했을까. 아마도 주변 사람들을 억누르길 좋아했던 성향의 영혼들이 담합을 해서 동독으로 단체 패키지여행을 떠났을 것이다. 통일과 함께 속박에서 벗어나는 쾌감을 느끼면서 소중한 무언가를 배웠을 것이다.

박물관 섬을 한 바퀴 둘러보고 베를린 필하모니를 찾아갔다. 노란 빛깔의 멋진 건축물이 보이는데, 도로 옆에 음악박물관이 눈에 들어온다. 입장하자 깐깐하게 생긴 독일 아줌마가 딱딱한 몸짓과 말투로 무어라 한다. 제스처를 보니 배낭을 지하층에 있는 보관함에 넣고 나서 관람을 하라는 뜻인 것 같았다.

그런데 되게 딱딱하다. 동양인이라고 무시하는 것은 아닌가 싶을 정도로 군인 포스를 풍기는 아줌마였다. 악기들을 구경하는 중에도 수시로 내 모습을 관찰하고 종종 따라다니기도 하는 것이, 기분이 나빠지려고 하는 찰나, 박물관 한쪽에서 아름다운 음률이 흘러나온다.

몇몇 사람들이 모여 있고, 누군가가 전시된 악기를 덥석 집어 들고 연주하면서 간단한 설명을 덧붙이고 있다. 그들 무리에 참석해서 아름다운 선율을 감상하고 있자니 이번에는 파이프오르간이 놓인 곳까지 올라간다. 아마 박물관 소속의 안내 직원인 듯한데, 못 다루는 악기가 없어 보인다.

의자에 앉아 한참을 설명하던 그가 건반 위에 손가락을 올려놓자마자 나의 온몸이 진동하면서 독특한 파장이 몸을 스치고 지나갔다. 파이프오르간이 그렇게 멋진 소리를 내는 줄은 미처 몰랐다.

잠깐 소리를 들려주더니 토스카라고 하면서 1분 정도 연주를 해 준다. 어디서 많이 듣던 음률이다. 정말 좋았다. 파리 노트르담 사원에서 들었던 오르간 소리와는 느낌이 달랐다. 그때는 워낙에 넓은 공간이었고 멀찌감치 은은하게 들려오던 소리였기에 큰 감흥이 없었는데, 음악박물관은 많이 달랐다.

소리가 공기로 채워진 공간 자체에서 나는 듯하다. 드넓은 공간이 울리는 듯한 느낌이었고, 굉음이었지만 고막에 전혀 거슬리지 않았다. 아쉽게도 맛보기 연주는 끝이 나고, 명품 바이올린들을 조심스레 구경하고 있자니, 멀리서 사람들이 어딘가로 우르르 몰려간다. 사람들이 비치된 의자에 줄줄이 앉기 시작했고 안내원은 열심히 설명하고 있었다.

뭔가 대단한 일이 벌어질 거라는 느낌이 들어 잽싸게 걸어가 의자에 앉아 상황을 지켜보자, 갑자기 천장 벽면에 있는 날개벽들이 열리면서 웅장한

 　　　　　　　　　　　　　　　　　나에게로 돌아온 여정

오케스트라가 장엄하게 울려 퍼졌다. 한 대 맞은 것 같다는 표현이 딱 맞는 상황이었다. 예상치 못한 곳에서 깜짝 놀랄 정도의 소리가 퍼져 나왔다. 아까 느꼈던 파이프오르간의 웅장함과는 다른 차원의 소리였다.

일단 의심이 먼저 들었다. 기계장치에 의해 녹음된 소리가 나오는 것이 아닌가 생각했는데, 그러기엔 소리가 너무 생생했다. 말 그대로 생음악이었다. 아예 2층으로 올라가 날개벽 뒤쪽을 들여다보니 그 속에 별의별 희한한 악기들이 다 숨어 있었다. 연주자가 우주선 조종간처럼 생긴 기구를 이리저리 만지고 발로 누르는 동안 줄에 매달린 도구들이 악기를 때려 주는 모습이 보였다.

연주자 한 사람의 손과 발이 정신 못 차릴 정도로 바쁘게 움직이는 가운데 웅장한 오케스트라가 그대로 재현되고 있었다. 심지어 파이프오르간까지 날개벽 속에 들어 있었다. 뭐 이런 나라가 다 있나 싶은 생각마저 드는데, 현관 쪽에서 서양인 관광객들이 줄지어 들어온다.

카리스마 있는 독일인 아줌마가 여전히 여군 포스를 풍기면서 관람객들에게 호령하듯 안내를 하고 있다. 그리곤 비싼 악기들이 다칠까 봐 여행객들을 쫓아다니면서 하나하나 체크하고 있는 모습이 보였다. 무뚝뚝해 보이던 여군의 모습조차 쿨하게 인정할 수밖에 없는 파워풀한 시스템이 박물관 안에 한가득 포진되어 있었다.

몇 분간의 공연이 끝나고, 공연 말미에 늦게 들어온 관람객들은 아쉽다는 표정으로 발걸음을 옮겨 다니고 있었는데, 그들이 불쌍하단 생각이 들 정도로 연주회는 훌륭했다.

이참에 음악의 도시 베를린을 제대로 느껴 보고 싶어 인터넷을 검색하니 필하모니 공연이 마침 다음 날 저녁에 잡혀 있다. 이래저래 운이 좋다. 좌석은 거의 매진이었는데 로열석 몇 개가 남아 있는 것을 확인하고 재빨리 예약에 들어갔다.

저녁 무렵에 다시 중심가로 나와 눈을 호강시키는데, 전철역사에서 독특한 노랫소리가 늘린다. 일본인 아가씨 한 냉이 계난 입구에서 일본어로 노래를 부르고 있고, 앞에는 여행 자금을 지원해 달라는 안내종이와 돈통이 놓여 있다. 그런데 주머니에서 돈을 꺼내려다 그 아가씨와 눈이 마주치는

 나에게로 돌아온 여정

순간 갑자기 생각이 바뀌었다.

같은 한국인이 아니란 생각에 지갑을 열고 싶은 마음이 순간적으로 수그러들었던 것 같다. 동양인 만나기가 하늘의 별 따기지만, 그런 식으로 마주치게 되니 기분이 좀 묘했다.

일본 여성에 관한 경험이라면 그전에 방콕 카오산에서 한 일본 여성 때문에 당황했던 일이 있었다. 길을 몰라 옆에 있던 동양인에게 더듬거리는 영어로 게스트 하우스 방향을 묻자, 유창한 영어로 답을 하더니 대뜸 방을 셰어하자는 제안을 아무 거리낌 없이 해 왔다. 알고 보니 일본인 아가씨였는데, 너무 황당한 제안에 손을 설레설레 저었는데도 한참을 따라붙으면서 길 안내를 해 주기까지 했다.

나중에 룸 셰어가 배낭여행객들에게는 자연스러운 일상과도 같은 것임을 알게 되었다. 게스트 하우스 다인실에서 피로에 지친 여행객들이 조금이라도 저렴한 가격으로 사람이 적은 곳을 찾는 방편 중 하나였다.

물론 이성 간의 룸 셰어에 대해서는 드물기는 하지만, 이후에 여러 가지 피해 사례들을 듣게 되었다. 퍽치기는 아니더라도 성을 이용해 솔로 여행객의 지갑을 노리는 사람들부터 시작해, 마약류 등 별의별 희한한 행태를 보이는 사람들이 제법 있는 듯했다.

사람 많은 먼 이국땅 지하철 입구에서 자국 노래를 부르며 여행자금을 조달하는 모습을 보니 그 용감함에 살짝 기가 죽었다. 한국가요를 부르면서 여행을 즐기는 젊은이들이 과연 있을까 하는 생각도 들었다.

전철역사에서 나와 부지런히 걷다 보니, 브란덴부르크까지 가게 되었다. 옥토버 축제와 연계된 것인지 잘 모르겠는데, 문 뒤쪽에 울창한 숲 사이로 난 대로를 걸어가는 내내 제법 규모 있는 공연장이 펼쳐졌다.

음식 노점은 기본이고, 록그룹부터 시작해서 자그마한 놀이기구들도 있었고, 심지어 이동식 번지점프대까지 있었다. 물론 가격대는 장난이 아니었다. 수요가 있어야 공급이 있는 법. 비싼 가격에도 불구하고 흔쾌히 지출하는 젊은이들을 보니 그 나라의 경제 사정이 짐작됐다.

다음날 낮 동안 내내 박물관 섬을 샅샅이 뒤지면서 제법 유명한 고대 페르시아관을 들어가는 순간 입이 벌어지고 말았다. 어릴 적 학교 교과서에서 보던 유명한 그림들이 그대로 타일 조각품으로 남아서 전시되어 있었다.

그네들은 인류 문화유산을 잘 보존하고 지킨다는 명분을 내세우고 있지만 장물이 아닌가 짐작되었다. 아주 예쁘고 곡선미가 살아 있는 조각 작품에 감탄하며 살짝 손을 얹었다가 경비원에게 주의하라는 경고를 받았다. 멋진 문화유산이 그네들 말대로 경비원들 사이에서 소중하게 잘 보존된 채로 관광객들을 맞이하고 있었다.

# 필하모니의 사랑

독일 빵은 품질이 좋은 편이었다. 맛나게 저녁 빵을 먹고, 드디어 필하모니 건물로 들어섰다. 입구에서부터 턱시도와 드레스를 차려입은 사람들이 빽빽하게 들어차 있고, 멋진 로비에서 화려한 옷차림을 한 현지인들이 와인 잔을 기울이며 담소를 나누고 있었다.

영화의 한 장면이 그대로 재현되었다. 그 속에 남루한 여행 복장으로 손에 미니카메라를 들고 돌아다니는 내 모습이 어색하게 따로 놀았다. 프라하 국립극장에서는 곧바로 좌석에 들어가는 구조라 잘 몰랐는데, 필하모니는 내부 구조가 독특하다 보니 도저히 커버가 안 됐다.

직장생활을 할 때는 초창기 서울에서 근무할 때를 제외하고, 정장에 넥타이를 맨 적이 거의 없었다. 공식행사를 하는 날이나 시민들 앞에서 강의하는 식의 특별한 날을 제외하고는 늘 캐주얼 차림으로 업무를 봤는데, 큰 맘

먹고 알래스카 크루즈를 떠난 적이 있었다. 그때는 어쩔 수 없이 정장을 챙겨 갔었다. 최상의 음식서비스가 제공되는 크루즈 디너파티에 참석해야 하기 때문이다.

서양의 정찬 문화를 검색하다 보니 정장을 입어야 디너파티에 입장할 수 있다는 말이 있어서 양복에 넥타이를 매긴 맸지만, 영화에서처럼 풀로 정장을 갖춰 입는 사람은 60% 정도에 불과하고 나머지는 다 캐주얼한 옷차림들이었다. 나도 딱 하루 입고서 내팽개쳤던 기억이 난다.

　　　　　　　　　　　　　　　　　나에게로 돌아온 여정

필하모니도 비슷하긴 한데, 그 분위기가 조금 다르다. 열에 여덟 정도로 많은 수의 현지인이 정장과 턱시도를 입었고, 여성은 다채로운 색상의 드레스를 자랑하며 화려한 로비를 빛내고 있었다. 가끔 나처럼 캐주얼한 복장으로 돌아다니는 서양인들이 보이는데, 느낌상 관광객으로 보였다.

로비를 구경하다 보니 대부분의 독일인이 외투를 맡기고 있었다. 좌석이 크지 않기 때문에 거치적거릴 것에 대비하기 위해서인 듯했다. 그들처럼 외투를 맡기고 화장실부터 찾았는데, 그곳에서도 사용료를 받는다. 돈통에 0.5유로를 던져 넣자 두툼한 인상의 후덕해 보이는 아저씨가 웃어 준다. 독일이 유럽이었다는 사실을 다시금 느끼고 좌석을 찾아 들어갔다.

멋진 드레스를 입은 대다수의 현지인이 고층 부분에 있는 원거리 좌석으로 올라간다. 그들 틈에 끼어 있다가 나 혼자서 2층에 위치한 로열석 출입구로 향하자 나비넥타이를 맨 정장 차림의 점잖은 독일 여성이 정중하게 좌석 방향을 안내해 준다. 조금 어색하기도 하고 민망스럽기도 하다.

100유로가 넘는 큰 금액을 지출해서인지 좌석은 말 그대로 로열석이었다. 정식 연주가 시작되기 전에 악기를 조율하는 모습을 가까이서 지켜보니 악기 소리가 영롱하게 들린다. 소리도 소리지만 바이올린을 튜닝하는 모습이 더 재미난다.

드디어 제비 꼬리 같은 옷을 입은 지휘자가 입장하는데, 어디서 많이 보던 사람이다. 오늘내일할 정도로 나이가 지긋해 보였지만 지휘에 들어가니 포스가 장난이 아니다. 현악기 연주가 끝나고, 이어서 한 여성이 새빨간 드레스를 입고 무대에 올라선다.

동양인으로 느껴지는 인상인데, 노래가 시작되자마자 그 넓은 홀이 여성의 카리스마로 꽉 들어찼다. 파이프오르간에서 느꼈던 것처럼 공간 자체에서 여성의 혼이 실린 목소리가 귀청을 건드려 왔다. 그리고 얼마 지나지 않아 중단혈이 열리면서 고온의 에너지가 가슴을 파고든다.

황홀한 아름다움이 목소리를 따라 가슴을 적셔 들어간다. 예전에는 감격스러운 생음악을 들으면 피부에 소름이 돋거나 눈물이 흘러내리는 선에서 그치고 말았는데, 기운을 배우고 나서는 모든 것이 달라졌다.

프라하 국립극장에서 느꼈던 쇳소리 같은 소프라노가 아니라 중후함이 느껴지는 소프라노다. 그리고 좌석과 무대가 가깝다 보니 노래하는 여성의 얼굴이 그대로 와 닿는다. 클라이맥스를 향해 다가가는 눈썹의 일그러짐과 입 모양의 변화 등 표정이 변화하는 모습을 지켜보면서 중단혈과 아랫배의 온도는 점점 더 뜨거워졌다. 저 멀리 뒷좌석에 앉았더라면 느끼지 못했을 감동이다. 여성의 마음 수준이 중단혈에서 수치화되어 느껴진다.

2분 같은 20분이 흘러 지나갔고, 관중들은 엄청난 환호와 함께 박수 세례를 해 주었다. 세비야의 이름 모를 소극장에서의 감동이 그 큰 무대에서 그대로 이어진다. 어찌 사람의 목소리가 그렇게 아름다울 수가 있는가.

기운을 배우기 전에도 네발 뭄중의 깊은 신중에서 야생 야크의 콧소리 속에 숨어 있는 살기를 느낀 적이 있었다. 그런 것을 보면 사람들은 누구나 본능적인 감각을 지니고 있는 게 아닐까 싶다. 중단혈이 요동치면서 하단까

 나에게로 돌아온 여정

지 뜨거워질 정도의 공연을 보고 나면 관중들의 서비스가 도를 넘은 듯 격렬했었는데, 그런 부분으로 짐작이 간다.

뜨거운 흥분을 달래고 중간 휴식시간에 다시 로비로 나섰다. 다들 배가 고팠던지 아까보다 훨씬 더 많은 사람이 와인과 음료를 즐기고 있었다. 나비넥타이를 맨 종업원들은 정신이 팔려 있는 수준이다. 원체 많은 사람이 잠깐의 휴식 시간을 이용해 다과를 먹기에 거의 반사적으로 돈 계산을 하고 음료를 서비스하고 있었다.

나의 주식이 되어 버린 오렌지 주스를 주문하고 맛나게 한 잔 마시려는데 바쁜 와중에도 병째로 주는 것이 아니라 컵에다 따라 주면서 갖추어진 서비스를 제공한다. 고품격 서비스가 미안할 정도로 단숨에 주스를 들이켜고 좌석으로 돌아왔다. 드디어 메인이랄 수 있는 베토벤의 교향곡을 연주한다.

그런데 별 재미가 없다. 어릴 때 즐겨 듣던 유명한 교향곡이 아니라서 음의 흐름을 읽을 수가 없다. 그리고 생각보다 소리가 작게 들리는 편이다. 여성이 노래 부를 때는 강렬한 카리스마와 함께 적당한 강도의 음량이 전해져 왔는데, 무슨 교향곡이 어째 영 이상했다.

예전에 직장에 있는 시민회관에서 소편성곡을 감상할 때는 온몸이 울릴 정도로 멋들어진 생음악 소리에 놀랐던 기억이 있었는데, 그 당시의 감동을 기대했었지만 턱도 없는 수준이다. 아니 멀리 되돌아갈 것도 없이 바로 어제 음악박물관에서 느꼈던 환상적인 단독 오케스트라와는 비교조차 되지 않았다.

괜히 짜증까지 나면서 나중에는 슬슬 졸음까지 쏟아진다. 옆자리에 앉은 영화 '대부'의 주인공 알 파치노처럼 잘생긴 현지인은 졸고 있는 나를 자꾸 힐끗거리며 눈치를 준다. 한참을 졸다가 반사적으로 일어나서 다시 병아리처럼 꾸뻑거리다 보니 드디어 마지막 클라이맥스로 느껴지는 대목이 찾아왔다.

정신을 바짝 차리고 약간의 기대감과 함께 무대 상황에 몰입하는 순간 바이올린합주가 적당한 음량으로 치솟아 올랐다. 연주자들 모두 허리를 꺾으면서 활을 추어올리고, 바이올리니스트들이 앉아 있는 의자가 흔들리면서 악기 소리 속에 의자가 덜컹거리는 소리가 섞여 들렸다.

또 다시 중단혈이 회오리쳤다. 악기를 걸친 턱과 활을 든 손이 어울리는 모습, 그리고 의자가 덜컹거릴 정도로 심혈을 다 바쳐 가며 연주하는 모습을 보는 순간, 포용하기 벅찰 정도의 아름다움이 중단혈을 휘감으며 들어왔다.

정말 아름다웠다. 거기에 다 늙어서 오늘내일하는 지휘자가 격정에 휩싸여 지휘봉을 흔드는 모습까지 어울리면서 무대가 살아 움직이는 하나의 생명체처럼 느껴졌다. 그 생명체는 촛불이 꺼지는 마지막 순간처럼 화려한 불꽃을 태우는 듯했고, 단원들 모두 웅장한 하모니를 이루며 관객에게 신비한 생명의 에너지를 전해 주고 있었다.

그리고 곡이 끝나는 순간, 옆에 앉았던 알 파치노는 갑자기 손가락을 입에 넣더니 휘파람을 불어 젖히며 기립박수를 했다. 거의 모든 관객이 일어

     나에게로 돌아온 여정

선 채 손뼉을 치고 있었다. 알 파치노의 엉뚱한 행동에 웃음이 나오려는 것을 참고 있자니 단전의 열기는 조금씩 사그라지고 있었다.

이들의 형식은 어디든 비슷했다. 아까 노래했던 여성가수가 다시 입장해서 막강한 박수세례를 받고 들어가더니, 지휘자가 또 다시 여성가수를 부른다. 그러면 또 무대로 올라와서 박수세례를 받고, 수차례 이어지는 박수 타임까지 관람한 후, 아쉬운 마음으로 필하모니를 나섰다.

여행하는 이유를 조금이나마 깨닫게 되었다. 왜 큰돈을 투자해 산행을 떠나 고산병으로 고생하고, 밥도 제대로 못 먹으면서 유럽의 돌바닥을 걸어 다니며 생고생을 하는가. 왜 이 지구라는 혹독한 행성에 여행을 와서 이 고생을 하고 있는가.

숭고한 영혼들이 짐승의 본능을 지닌 육체라는 옷을 입고 살아가고 있는 이곳 지구는 고산병 정도와는 비교가 불가한 고난도 여행 코스임이 틀림없다. 언제 이 여행이 끝날지 모르겠지만 자신의 모든 혼을 불어넣어서 연주하고, 노래하고, 지휘하는 모습을 보면서 지구 여행을 제대로 즐기는 여행객의 참모습이 느껴졌다.

수많은 사람의 가슴에 사랑을 전해 주고 있는 멋진 모습. 그리곤 언젠가 육체의 옷을 벗어 던지고 영원의 세계로 돌아가게 될 것이다. 명상을 한답시고 하루 일곱 시간 넘게 투자해 가면서 호흡에 몰입하고 있었지만, 그네들이 전해 주는 열정의 기운을 느껴 보니 진짜배기 명상가들은 따로 있다는 생각이 들었다.

필하모니에서 받은 뜨거운 사랑의 에너지를 가슴과 하단전에 품은 채 어두워진 거리의 싸늘한 공기 속으로 나섰다. 나는 그들만큼 제대로 명상을 하고, 제대로 지구여행을 하고 있는가? 새삼 고국이 생각났고, 직장생활 할 당시 서로 극심한 공방을 벌이며 소송까지 벌이던 상황들이 떠올랐다. 온 힘을 다해 송장을 작성하면서 싸우는 것도 제대로 된 명상이 아닐까 싶은 생각이 들었다.

한국 김치로 만든 찌개가 그리워졌다. 경락이 녹아내리는 듯 묵직한 기운을 못 받은 지 한 달이 넘게 흘렀다.

늦은 시간임에도 필하모니 때문에 버스를 운영하는 듯이 보였다. 버스 안에 양복을 차려입은 신사들이 가득하다. 그들 사이에 섞여 가다 보니 국철 에스반역이 보인다. 승강장에 올라서자 사람이 한 명도 안 보인다. 11시 가까운 시간이라 열차가 다 끊긴 모양이었다.

기차역을 나와 숙소 방향으로 걷는데 야속하게 열차가 지나간다. 한 정거장 정도의 거리라서 그냥 걷기로 했지만, 한 정거장이 너무 길다. 가로등도 없는 음침한 느낌의 거리가 이어지고 별생각 다 하면서 호텔로 찾아 들어갔다.

베를린에서만 닷새를 보냈다. 이제 40일간의 여정을 마무리해야 하는데,



나에게로 돌아온 여정

아직도 이틀이 남아 있다. 독일 기차 패스도 이틀 치 여유가 있고 해서 함부르크로 향했다. 지저분한 도시라는 오명부터 들었는데, 기차역에서 내리니 많이 색다르다.

지저분하다기보다 역동적인 중급 도시라는 느낌부터 든다. 기차역 생김새도 '은하철도 999'에 나오는 것처럼 재미난 분위기다. 조금 걸어 나서니 사람들이 서로 어깨를 부딪치기도 하고, 침 뱉는 사람들도 보이고, 긍정적으로 표현해서 인간적이다.

언제나 그렇듯 중심가부터 삥 둘러보고 광활한 호수와 북유럽 냄새를 실컷 들이마신 후, 수도로 돌아왔다. 그리고 독일에서의 마지막 일정을 프랑크푸르트에서 마무리 지었다.

공항에 도착하니 한국인 천지다. 귀국할 때마다 느끼는 거지만 그 많은 한국인이 다 어디서 쏟아져 나왔는지 모르겠다. 비즈니스석 발권 창구를 안내받았는데 서비스가 다르다. 창구에 있는 현지인 여성이 굉장히 친절하게 웃으며 발권해 준다. '사운드 오브 뮤직'보다 더 예쁘고 정중한 태도를 보였지만 노트를 살 때처럼 가슴이 환해지는 느낌은 없었다. 형식적인 웃음이어서 그런 게 아닐까 싶었다.

짐을 부치고 라운지로 들어서자 공간이 비좁으니 비즈니스석 손님만 라운지를 이용해 달라는 안내문이 붙어 있다. 의자에 앉아 주변을 둘러보니 똑같은 레퍼토리다. 모여 있는 사람마다 어떻게 해야 마일리지를 많이 모을 수 있는지에 대해 열띤 대화들이다.

기나긴 항해를 끝내고 좌석에서 일어나려 하자, 뒤쪽에서 정장을 입은 사람들이 우르르 몰려나온다. 앞에 앉은 사람이 다 내리고 나서 이코노미 좌석의 하차가 시작되는 것으로 알고 있었는데 뭐가 그리 급하다고 난리들인지.

그런가 보다 하고 짐을 챙기고 있자니 승무원이 와서 죄송하다고 양해를 구한다. 뒷좌석에서 급한 일 때문에 먼저 하차하게 되어 양해를 구한다는 내용이었다.

기분이 좋지는 않았다. 어쩌다 한 번 마일리지를 탈탈 털어서 앞좌석에 앉았던 것인데, 내 본연의 권리에 대한 박탈감이 밀려온다. 그러나 문이 열리면서 잠깐이지만 귀족 대우를 받았던 것에 대해 덧없음이 느껴졌다.

퍼스트 클래스가 있다는 것을 깜박 잊고 있었던 것이다. 그곳에서 대여섯 명이 문을 나서는 모습이 보이고, 뉴스에서 몇 번 본 유명 정치인이 나타난다. 옆에는 귀티가 좔좔 흐르는 사람들이 동행한다. 얼굴 때깔부터 다르다.

그들이 내리자 아까 뒤에서 몰려왔던 양복 입은 사람들이 부지런히 수행한다. 좁은 좌석에서 잠도 제대로 못 잤을 터인데, 깔끔하게 넥타이까지 매고 군인이 열을 맞추듯 뒤따라 붙어서 정중히 수행을 하고 있다.

안 그래도 여행을 마치고 다소 심란한 상태였는데, 40일 동안 제대로 빨지도 못했던 후줄근한 외투를 걸쳐 입고 그들 뒤로 열심히 걸어나갔다. 그런데 퍼스트 클래스 멤버들이 출국 심사대를 거치지도 않고 VIP라고 쓰여

   나에게로 돌아온 여정

있는 별도 출구로 몰려나간다.

　그럴 필요 없는 일이겠지만 귀국 첫날부터 심사가 뒤틀린다. 돈이 뭐기에. 계급이 뭐기에. 어쩔 수 없는 차원의 벽이 있어야만 하는 것인지.

# 7.

# 시골 생활

미련을 못 버리고 마음공부, 채널링, 깨달음 등등 명상과 관련된 책을 수백 권씩 사다가 이 잡듯 읽곤 했는데, 그 많은 책 속에서 독특한 공통분모들이 잡혀 왔다.

육신이라 불리는 지구의 옷을 입고 생명활동을 하고 있는 것보다 더 위대한 기적은 없으며, 지금도 육체의 속박을 체험해 보고 싶어 하는 용감한 영혼들이 지구여행을 오고 싶어 줄을 서서 기다리고 있다는 것이다. 그러니, 소중한 기회를 놓치지 말고, 육신이 있는 지금 이 순간 최선의 삶을 살아 달라는 주문이 중복되어 거론되곤 했다.

# 방랑벽

맛난 김치찌개를 먹고, 새벽수련부터 들어갔는데, 많이 약해졌다. 40일 동안 외유를 했으니 당연한 일이다. 오랜만에 서울 센터를 찾아 깊은 명상에 드니 제 컨디션이 돌아온다.

귀국하고부터는 다른 곳에 신경 쓰는 것이 싫어서 온종일 호흡에 들었다. 새벽수련부터 시작해서 잠시 밥 먹는 시간을 제외하고 계속해서 숨에 몰입하는데, 처음에는 조금 힘들지만 하루 이틀 지나니 금방 적응이 된다.

유별나게 눈도 많이 내리고 추운 날씨가 이어졌지만 경락은 쉴 새 없이 불타올랐다. 그간 해외에서 어떻게 40일이나 살아왔는지 용할 정도였다. 그리곤 새해를 맞이하여 절 명상을 했다. 온몸에 땀이 절어서 흘러내린다. 하루 만 배씩 절 명상을 하는 사람도 있다지만 내게는 500배도 벅찼다. 왜 그런지 잘 모르겠지만 절을 하는 동안 지나간 세월이 흘러가면서 참회의 눈

 나에게로 돌아온 여정

물이 흘렀다.

유럽여행을 하면서부터 시작된 집 짓기는 반년이 넘어서 마무리되었다. 우여곡절 끝에 전원생활에 들어갔는데, 초봄임에도 불구하고 이사 첫날부터 눈 때문에 생고생이었다. 운전할 때도 스노체인 없이 조심해서 달려 보지만 운전대와는 상관없이 차가 저 혼자 알아서 지그재그로 내려간다.

식은땀과 함께 길옆 도랑으로 빠지기 일보 직전에 간신히 차가 멈추어 섰다. 지나온 도로 노면을 바라보고 있으니 어린아이가 볼펜으로 장판지에 낙서해 놓은 듯이 한 폭의 추상화가 그려져 있었다. 그간 도심에서 빡빡하게 살아온 40여 년의 자화상일 수도 있다.

산골에서의 일상 또한 여전히 호흡이다. 지난해 여름 명상마을에서 감동했던 것처럼 원 없이 호흡에 빠져서 지내는데, 몇 개월 흐르다 보니 방랑벽이 도진다. 그렇게 마음이 싱숭생숭할 때는 묘하게도 예기치 못했던 여행 일정이 생기곤 하는데, 협동조합 일과 관련해서 오랜만에 며칠 동안 강릉을 방문하게 되었다.

마을 동료들과 영동선을 타고 시내에 접어들어 예약해 둔 숙소를 향해 차를 운전해 가는데 중단혈이 시려진다. 바닷가라서 그런가 생각해 보지만 그러기엔 그 시원함의 깊이가 다르다. 두 시간 동안 운전하느라 피곤하기도 했기에 숙소에서 낮잠을 자고 난 후, 앉아서 호흡에 들었다.

호흡을 배운 지 겨우 1년밖에 안 되었기에 제대로 된 좌공은 힘이 들었고, 자주 해 오던 방식대로 무릎을 꿇고 합장명상에 심취해 보는데, 조금씩 집중이 깊어지면서 몸이 증발하기 시작한다.

딴 세상 속에 젖어 있다가 수련을 마치고, 다음날 시간을 내어 숙소 인근에 있는 조선시대 여류시인의 생가를 찾아갔다. 평일이라서 관광객이 거의 보이지 않았다. 고택을 둘러보다가 마당 안쪽 깊숙이 위치한 시인이 살았던 방 쪽으로 걸음을 옮겼다. 초상화가 놓여 있고 시문이 적혀 있는 액자도 보인다.

초상화 앞에 잠시 서서 숨을 가다듬어 보니 첫날 느꼈던 기운이 차분히 내려앉는다. 똑같은 그림임에도 마드리드 프라도 미술관의 인물화에서 느꼈던 감각과는 비교 불가다. 아지랑이가 내려오듯 시원시원한 기운이 백회에서부터 시작해 안개처럼 감겨 오는 것을 느끼고 기운에 대한 예의를 갖춘 후 입공에 들었다.

가만히 서서 입공을 시작하자마자 백회와 중단혈이 가동된다. 10분 가까

이 흐르자 목 뒤편에 있는 대추혈 부근이 얼음 녹듯 조각조각 분해되어 증발하더니 대추혈을 통해서도 기운이 들어오면서 단전이 특유의 감각으로 차오른다.

반 시간 정도 흐른 듯한데, 뒤에서 관광객이 지나치는 소리가 들려오는 바람에 어쩔 수 없이 호흡을 정리하고 감사의 인사를 드린 후 생가를 나왔다. 아쉬운 마음에 마지막 날 다시 한 번 생가를 찾아갔다. 대청마루에 앉아 쉬고 있자니 문화재 해설사가 들어오고, 연이어 학생들이 시끌벅적 들어왔다. 덕분에 당시의 사회상과 젊은 나이에 세상을 떠나야만 했던 여류 시인의 애절했던 삶을 제대로 공부할 수 있었다.

떠나기 전에 자동차 안에서 잠시 앉아 숨을 고르고 있자니, 이번엔 머리로 아지랑이 같은 에너지가 밀려온다. 심장이 깨지는 듯한 상기증의 고통을 겪은 이후로 머리 쪽으로는 기운 생각을 하지 않았는데, 무슨 일인가 싶다.

머릿속으로 바람처럼 기류가 흘러드는 것이, 마치 꿈을 꾸는 것 같기도 하고, 신묘한 상태가 잠시 이어지더니 졸음이 쏟아져 내린다. 생가에 오기 전에 낮잠을 충분히 잤음에도 불구하고 심하게 졸려 온다.

그리곤 깜빡 잠이 들었다가 비몽사몽 간에 몇 분 정도가 흐른 후 깨어났다. 뇌를 구성하고 있는 DNA가 에너지를 제대로 소화하지 못하는 바람에 그 피곤함이 잠으로 연결되는 것이 아닌가 싶었다.

집으로 돌아와서 볼텍스 지역과 비교부터 해 보는데, 특별나게 다른 부분은 없다. 그리곤 늘 똑같은 일상이 이어졌다. 그러나 얼마 지나지 않아 사소한 듯하면서도 많이 달라진 부분을 깨닫게 되었다.   전에 읽었던 명상서적을 다시 집중해서 읽는 중이었다. 혼자 조용히 호흡하면서 책을 읽고 있자니 모든 이치가 똑같은 것이란 생각이 떠올랐다. 초상화 앞에서 호흡하는 것과, 책을 읽으면서 호흡하는 것이 다를 바가 하나도 없었다. 수련 초기에도 전철 안에서 사랑에 대한 명상서적에 집중하고 있는 순간, 중단혈이 녹아내리면서 사랑의 사탕 냄새가 피어올랐었다.

그러고 보니 호흡을 처음 배우던 날도 요약해 두었던 명상서적을 읽으면서 명문혈이 열렸었다. 진짜배기 볼텍스는 먼 곳에 있는 것이 아니라 가장 가까운 내 방 책꽂이 속에, 그리고 내 마음속에 있었다. 공부의 핵심은 마음이었다.

볼텍스에 대한 환상을 떨쳐내고, 새로운 주거환경에 적응해 가다 보니 공동체 마을의 현실이 조금씩 읽힌다. 만만치 않아 보였다. 재래식 화장실을 활용하여 퇴비를 만들고, 공동교육, 공동취사 등의 방식으로 최대한 자연에 가깝게 살아가려고 노력하고는 있지만 사회적, 경제적 여건 등이 쉬워 보이지 않았다.

돈이 되는 부분은 그나마 1차 산업에 있으나 호흡 공부를 근간으로 태동한 마을에서 모든 힘을 돈벌이에만 쏟아 부을 수는 없는 일이다. 같이 어울려 농사일도 해 보고, 도끼질도 하고, 퇴비 냄새 속에서 신발에 흙 묻혀 가며 살다 보니 옷장 문 열 일이 없다. 도시에서 입던 옷들은 장롱 속에서 퀴퀴한 냄새만 풍기고 있다.

   나에게로 돌아온 여정

# 시간의 흐름

시간은 번개처럼 흘러가고, 신발장 속 구두는 시퍼렇게 곰팡이가 슬었지만 몸의 감각은 조금씩 변해 갔다. 좌공 호흡법을 배워 가면서 자그마한 변화들이 쌓이다 보니 아랫배가 서서히 바뀌어 간다. 호흡을 할 때마다 시원한 청량감으로 단전이 젖어든다.

경락도 상황은 비슷하다. 임독맥 뿐만 아니라 몸통, 양팔, 다리 할 것 없이 시원해지는데, 컨디션이 좋은 날에는 그 청량감이 머리까지 연결되면서 무형의 세상 경계점에 서게 된다.

호흡을 일상화하면서 살다 보면 금방 깨달아서 무언가가 되는 건 줄 알았는데, 어느덧 시골 생활도 1년이 넘어가고, 새해가 돌아왔다. 신년도 되었고 마음을 다질 겸해서 오랜 기간 호흡 공부를 해 온 사람들과 함께 집중 명상에 드는 기회를 가져보기로 했다.

그런데, 단체 명상 첫날 저녁부터 몸이 노근노근해지더니 강릉 볼텍스에서처럼 이상할 징도로 졸음이 밀려왔다. 아무리 졸려도 눈을 뜨고 호흡을 가다듬으면 컨디션이 회복되곤 했는데, 그날은 대책이 없을 정도로 졸렸다. 결국, 졸다가 볼 일 다 보고 다음날을 기약하기로 했다.

잠을 푹 자고 나서 다시 몰입에 들어가자 여태까지 느껴 보지 못했던 사랑스러운 느낌이 전해져 온다. 마치 온몸이 숨을 쉬는 듯한 기분인데, 사랑의 기운이 몸에서 익어 간다고 느끼는 순간 또 졸음이 밀려온다.

졸다가 잠깐 정신이 돌아오면 몸의 감각은 천상의 세계를 방문하고 있다.

졸지 않고 그 압박감을 받아내기만 하면 한 단계 도약이 가능할 것 같은데, 졸음은 더 심해져만 간다. 목의 무게가 천근은 되는 것 같다.

예전처럼 필름이 끊기면 안 되기에 손톱으로 여기저기 꼬집어 대며 정신줄을 조금씩 이어 가고 있었다. 고개는 자꾸 밑으로 떨어지고 상체가 바닥으로 꺼지는데, 문득 눈을 떠 주위를 둘러보니 동료들이 꼿꼿이 앉아 태연한 모습으로 호흡하고 있는 모습이 눈에 들어왔다.

시골살이에 1년 넘도록 호흡만 하면서 수

    나에게로 돌아온 여정

런 단계가 올라갔으리라 자평했었는데, 기대가 여지없이 허물어져 버렸다. 고도의 사랑 속에서 편안한 모습으로 숨 쉬고 있는 사람들의 모습을 보면서 개구리 뻗듯 모든 것을 인정하고 말았다.

멀어도 한참 먼 모양이었다. 단체명상에 동참한 동료들은 두말할 필요가 없고, 그런 엄청난 기운을 운기시키고 있는 지도강사의 수준은 대관절 어느 정도이며, 깨달음의 경지를 밟았다는 선각자들의 수련 단계는 감조차 잡을 수 없을 것 같았다.

주위 동료에게 물어보니 예상했던 것처럼 몸이 기운을 소화하지 못하기 때문에 졸음 현상이 나타나는 것이라고 했다. 다소 아쉽긴 했지만 그 정도의 수준 역시 현실임을 인정하면 되는 일이었다. 끈을 놓지 않고 꾸준히 호흡하는 자체에 의미가 있다는 태평한 마음이 다른 한 편에서 일어났다.

그러나 호흡에만 몰입한다는 것이 쉬운 일만은 아니다. 별다른 소득원 없이 숨만 쉬고 앉아 있는 것에 대한 압박감을 무시할 수 없다. 거기에 호흡명상에 대한 선입견도 만만치 않은 중압감으로 다가온다.

그렇지만 나 역시 호흡공부에 매진하기 전에는 비슷한 관점을 가졌던 적이 있었다. 직장에 몸담고 있던 시절, 한 달에 한 번 있는 명강사 초빙 시간이 있었는데, 잘못된 방법으로 단전호흡을 하다가 부작용을 겪는 사람을 치료했었다는 현직 의사의 부정적인 말을 들었다.

당시만 해도 기운이란 것이 있는지 없는지 확신하지 못했던 시점이었다. 말 그대로 긴가민가하던 때였는데, 호흡에 대한 정확한 지식은 모른 채 부작용을 먼저 알게 되면 선입견이 생기기 쉬운 것 같다.

어쨌든 겨우 호흡의 초입에 든 나로서는 몰입을 방해하는 1차적인 요인들이 조금 신경 쓰이긴 했지만, 그 무렵 진짜 어려움은 따로 있었다. 시골살이를 통해 기운이 좀 들어오면서 힘이 뻗치는가 싶었는데, 그 소중한 기운을 덥석 안겨 주실 리는 없을 터, 공부가 되어 가는 만큼 우울증부터 시작해 다양한 유형의 테스트들이 쉼 없이 찾아들기 시작했다.



나에게로 돌아온 여정

# 끝없는 검증

명상을 제2의 직업으로 생각하고 시골행을 택했음에도 가끔 산골 생활이 지루해지곤 했다. 시작할 때의 설렘과 신선함이 점점 사라지고 있었다. 뒷간 들어갈 때 다르고 나올 때 다르다더니 그 말이 명상의 세계에도 그대로 적용된다. 어지간한 체험은 감동으로 다가오지 않고, 더 새로운 감각을 찾게 된다.

그렇게 새로움을 추구하면서 명상에 몰입하다 보면 특유의 신묘한 감각과 함께 머리로 기운이 쏠리게 된다. 그러나 아직 단전이 제대로 뿌리내리지 않았음을 잘 알고 있기에 함부로 머리를 자극해선 곤란하다. 그럴 때마다 꾹 참고 기운을 아랫배로 내려 앉히는 것이 일이다.

기초가 되는 하단전을 잘 다지지 않은 상태에서 머리, 즉 상단전이 자극되는 재미에 빠지면 컴퓨터에 바이러스가 침투하듯 문제가 생길 수 있다.

컴퓨터의 경우 어지간한 바이러스는 백신 프로그램을 내려받아 한 번만 돌려주면 바로 치료되지만, 수련의 세계에서 지능적인 바이러스는 치료가 상당히 어렵다.

그런 경우가 정신 영역을 공부하는 사람들이 기운의 세계를 막연히 두려워하는 이유가 되기도 한다. 미지의 영역에 대한 갈망으로 기운의 세계를 탐구하고자 하나 부작용이 두려워 머뭇거리는 것이다. 통제하는 방법은 간

     나에게로 돌아온 여정

단하다. 하단전에 집중하는 것, 또 수련 과정 중 나타날 수 있는 감각이나 능력에 지나친 관심을 두지 않는 것이다. 모든 것이 마음으로부터 시작되므로 마음을 다스려 '정심', 바른 마음을 유지해야 한다.

마음을 다스리기 위해 좋은 책을 읽고 운동도 하고 열심히 호흡도 하다 보면 감각의 유혹에서 벗어나 활력을 찾곤 하는데, 그러면 기다렸다는 듯 다른 부분에서 테스트가 시작된다. 사람마다 차이가 있겠지만 나에게는 감각적인 오락에 중독되는 문제보다 훨씬 더 힘들고 어려운 부분이 바로 감정 싸움이다.

예전 같으면 고려의 대상이 될 수도 없었던 사소한 일상들이 이상할 정도로 강력한 힘을 갖추고 부딪쳐 온다. 상대방의 평범해 보이는 몸짓과 손짓, 말투 한 마디가 마음을 흔들면서 공격해 들어오고, 사소한 문구 하나가 속을 뒤집어 놓는다. 그런 것이 못마땅해서 끝까지 대치하다 보면 또 상기 증을 겪으면서 죽을 고생을 하기도 한다.

감정의 화살이 상대가 아니라 나에게로 향할 때는 더 큰 사달이 날 수 있다. 혼자서 무슨 헛생각을 하고 있는지, 나란 존재의 태도와 행동거지는 왜 그렇게 위선적인지 자꾸 되돌아보게 된다. 그리곤 사소한 발언 하나까지 되새김질하면서 자신을 괴롭히곤 한다.

나 자신을 괴롭히고 미워하기 시작하면 호흡이 안 되는 것은 물론이요, 기껏 다스려 놓았던 감각과 감정이 후회와 증오라는 이름으로 화해서 중단 혈을 공격한다. 그러면 한기처럼 서늘한 느낌의 기운이 중단에 맺히면서 마음이 추워지는 느낌이 든다.

이럴 때는 호흡으로 마음을 다스려서 맺힌 한을 풀어 주는 것 말고는 답이 없다. 어린 시절부터 현재까지 삶을 이어 오고 있는 나라는 존재를 이해하고 사랑해 주는 것이다.

그러나 아무리 호흡을 열심히 한다 해도 타고난 성격이란 것이 쉽게 바뀔 순 없는 일이다. 그렇게 쉬운 일이라면 애당초 지구에 태어나 삶이라는 공부를 할 필요도 없었을 것이다. 당연한 일일지 모르지만 유사한 상황들은 쉼 없이 되풀이해서 찾아오고 그 강도도 점점 더 세지는 기분이다.

그런 식으로 감각과 감정을 다스림에 있어, 행동과 태도를 취함에 있어, 그 속에 정성과 감사와 겸손의 마음이 녹아 있는지 쉴 새 없이 테스트는 이어진다. 끝없는 담금질에 녹초가 될 즈음이면 서글픔 같은 것이 밀려온다. 왜 이러고 살고 있나. 명상 공부를 하기 전에는 안 그랬는데.

# 명상이 무엇이기에

'명상'을 검색해 보니 '고요히 눈을 감고 깊이 생각하는 것'이라고 사전 해설이 되어 있다. 부수적으로 나오는 내용 중에 '마음을 안정시키고 편안해지는 것'이라는 문장이 보인다. 그러면 명상을 하지 않는 사람들은 마음이 덜 편안하단 소린가? 생각하기 나름일 것이다.

80년대 후반 전국에 단전호흡 바람이 불 당시 주요 화두는 초월능력이었다. 호흡을 가다듬어 기운을 받으면 인간 본연의 DNA가 살아나면서 잊혔던 기적적인 능력을 발휘할 수 있다고 적혀 있는데, 그게 말처럼 잘 되지는 않았다. 숨만 차고, 얼굴만 시뻘게지고, 단식하고 생식한다면서 몸만 축났다.

미련을 못 버리고 마음공부, 채널링, 깨달음 등등 명상과 관련된 책을 수백 권씩 사다가 이 잡듯 읽곤 했는데, 그 많은 책 속에서 독특한 공통분모

들이 잡혀 왔다.

육신이라 불리는 지구의 옷을 입고 생명활동을 하고 있는 것보다 더 위대한 기적은 없으며, 지금도 육체의 속박을 체험해 보고 싶어 하는 용감한 영혼들이 지구여행을 오고 싶어 줄을 서서 기다리고 있다는 것이다. 그러니, 소중한 기회를 놓치지 말고, 육신이 있는 지금 이 순간 최선의 삶을 살아 달라는 주문이 중복되어 거론되곤 했다.

삶의 도가니 속에서 지옥의 아귀다툼과도 같은 모습을 신물 나도록 보아 왔는데, 지구에서의 삶이 기적이라니…… 이게 도대체 말이 되는 소리인가?

히말라야 냉동창고 속에서 고산병과 공황장애로 미쳐 가고 있던 때를 생

   나에게로 돌아온 여정

각해 보면 이해가 가기는 한다. 산 좋아하는 사람들은 고산병이 아니라 그보다 더한 것이 찾아온다고 해도 기회만 되면 네팔행을 택할 것임은 두말할 필요 없을 테니까.

호흡에 심취해 있던 와중에도 명상서적은 항상 품에 끼고 살았는데, 책을 읽다가 한 줄의 문장 속에서 '유레카'를 외쳤던 적이 있다. '마음 한 조각 바꾸어 먹는 것이 기적'이라는 문구 때문이었다. 그리고 지나간 일들이 떠오르기 시작했다.

극으로 치닫는 성격 탓에 공직 인생 최대의 위기가 닥친 적이 있다. 결국, 퇴직금을 담보로 하고 소송을 불사하며 감정싸움을 걸었는데, 시간이 흘러가면서 마음이 점점 변해 갔다. 이상할 정도로 싸움에 대응하는 과정에서 탐탁지 못했던 내 과거지사가 자꾸 오버랩 되어 떠오르는 것이다.

우리네 인생이라는 것이 한 편의 영화처럼 느껴졌다. 그리고 내가 못나서 모든 일이 벌어졌다는 생각에 감정의 화살을 하나씩 되돌리기 시작했다.

마음을 그렇게 먹는 순간부터는 형식적인 싸움일 뿐이었고, 활시위를 이완시키고 나니 오히려 나란 존재를 되짚어 볼 수 있게 해 준 그 상황이 감사하게 느껴질 정도였다. 생각을 그렇게 고쳐먹자 마음이 그렇게 편안해질 수가 없었다.

생각해 보면 더 물러날 수 없는 벼랑 끝으로 삶이 몰리게 될 때 획기적인 심적 변화가 뒤따르곤 했다. 누군가가 감정을 극한으로 건드려 정신줄을 놓고 싸움을 벌이든가, 회생하기 어려울 정도로 심각한 사기를 당하든가, 전

재산을 날리고 지옥의 나락에 떨어질 때 등……. 그럴 때마다 어떻게든 죽지 않고 살아야겠다는 생각에 뇌 속의 메인 회로가 뒤바뀌게 되는 모양이었다.

이후에도 유사한 일들이 셀 수 없을 정도로 반복됐지만 까마귀 고기를 먹은 듯 또다시 감정이 펄펄 되살아나곤 했다. 그럴 때마다 흥분을 가라앉히고 모든 것을 내 탓으로 돌리면서 마음을 진정시키는 것이 일과가 되었고, 조금이나마 효과를 보곤 했다. 그런 정신적 전환점들이 없었다면 아마 남은 공직생활을 제대로 이어가지 못했을 것이란 생각도 든다.

그렇게 20년을 바라보면서 카운트다운을 해 온 것인데, 그때만 해도 일부

    나에게로 돌아온 여정

러 먼 곳에서 깨달음을 찾고자 하는 일념뿐이었다. 삶이라 불리는 의무감에서 벗어나 마음껏 방랑생활을 하면서 존재의 이치를 손아귀에 넣겠다고 버킷 리스트를 꾸려온 것인데, 결국 원점으로 돌아와 버리고 말았다.

책에서 배워 왔던 것처럼 깨달음에 이르는 가장 빠른 지름길은 나를 짜증 나게 하는 일상의 삶이란 것을 호흡공부를 통해 인지했기 때문이다.

그럴 수밖에 없는 것이, 온종일 단전호흡 한다고 유난을 떨 때보다 주변에서 일어나고 있는 소소한 사건들을 이해와 감사와 사랑으로 응대하는 순간 더 엄청난 기운이 축복처럼 쏟아져 들어오니 인정할 수밖에 없는 일이다.

기운을 처음 접할 당시만 해도 호흡의 세계를 모르고 삶의 구렁텅이에 처박혀 사는 사람들이 그렇게 불쌍해 보일 수가 없었는데, 지금은 그런 마음 역시 바뀌어 가고 있다. 그간 살면서 접해 왔던 상당수 사람을 떠올리면 나처럼 버럭 하는 사람들이 별로 없었던 것으로 보아 다들 나름의 방식대로 자신들의 명상을 잘하고 있다는 생각이 들기 때문이다.

조금 더 일찍 기운을 접했다고 능사는 아닌 것 같다. 진정한 사랑으로 상대를 받아들일 수 있는 훈련이 되어 있다면, 기운의 세계를 접하는 순간 혹독한 검증 작업 없이 빠른 속도로 몸을 기화시킬 수 있을 것이다.

퇴직한 지 3년이 넘었지만 직장생활에서 겪었던 머리 아픈 상황들을 다시 접하게 된다면 어떻게 대응할 것인가. 예전처럼 울컥거리면서 싸우는 것만이 능사일 것인가?

앞으로 펼쳐질 나의 여정에 누가 또 나서서 내 성정을 담금질하려 들지 겁도 나지만 그렇다고 뒷걸음질 칠 수는 없는 일이다. 무슨 일을 하건 최선의 정성으로 몰입하고, 어떤 상황이 찾아와도 마음을 다스리는 것. 명상의 바다를 항해하기 위한 기초 교양과목이 아닐까 싶다.

공무원 시절의 일입니다. 어느 날 퇴근 시간이 다 될 즈음이었는데, 심성이 곧아 보이던 젊은 직원이 하소연을 늘어놓은 적이 있습니다. 한참 동안 전화 응대를 하고 난 후 도저히 용납하기 어려운 사람들도 있다면서 벌겋게 달아오른 얼굴로 힘없이 말을 건네더군요. 늘 미소 짓던 안면근육이 그렇게 불편해 보일 수 없었습니다.

어떤 유형의 통화였는지 불 보듯 훤한 일이었습니다. 영성이 뛰어난 사람도 어쩔 도리가 없는 모양이구나 싶었고, 고생문이 훤한 그 직원에게 주제넘은 연민의 마음이 피어오르기도 했습니다. 차라리 때로는 자신의 견해를 내세우며 충돌하는 편이 낫지 않을까 생각도 했습니다. 제가 종종 그래 왔었거든요.

그런 성격 때문인지 모르겠지만, 책을 읽다가 '역리'에 대해 독특한 해석을 내린 선현의 지혜에 감응된 적이 있습니다. 세상은 억지스러운 사고방식과 엉뚱한 행동을 하는 사람들로 가득 채워져 있으며, 인간 세상의 값어치는 그렇게 모순적인 상황에 있다고 하더군요.

뒤틀린 사회구조 속에서 극도의 갈등이 발생하게 되고, 갈등을 푸는 과정에서 교훈을 얻는다면 역리가 순리로 변하게 된다는 것이었습니다. 그런 역설적 관념에 감응이 일었던 것은 갈등이 극에 달해 충돌하고 싸우고 수습하는 일상 그 자체가 인간이 경험하고 겪어 넘겨야 할 소중한 자산이라고 생각했던 적이 많았기 때문입니다.

민원사무가 그렇습니다. 이해집단 간의 갈등을 지켜보고 있노라면 답이 안 나올 때가 많습니다. 결국 법이라는 잣대를 이용해서 조정하고 결론을 내려 보지만 어느 쪽이 되었건 결과에 만족하는 경우는 소수에 불과합니다.

그리고 상당수의 경우 법 해석을 놓고 2차 파동이 시작됩니다. 똑같은 낱말과 문장임에도 불구하고 그 접근 방식이 극으로 갈리는 것입니다. 어떤 때에는 너무 억지스럽고 엉뚱하기 그지없지만 당사자 입장에서는 그럴 수 있겠다는 생각이 들기도 합니다.

단속 업무를 할 때도 그렇습니다. 수없이 고발을 해 가며 다양한 유형의 사람을 만나 봤지만 대부분 법이 문제라면서 억울하다고 합니다. 그래도 어쩔 도리가 없습니다. 법은 법이니까요.

제가 프라하에서 환전 사기를 당했을 때도 마찬가지입니다. 사기를 당한

　　　　　　　　　　　　나에게로 돌아온 여정

사람은 체코라는 나라가 싫어질 정도로 갈등이 증폭되지만, 환전소 여직원은 규칙에 따라 업무처리를 하고 월급을 받는 것뿐이거든요.

역설적인 현실은 곳곳에 깔려 있습니다. 호주에 사는 아이에게 산을 그려보라고 하면 산 정상을 평평하게 그린다고 합니다. 그 아이들에게는 에베레스트처럼 뾰족한 산이 비정상이고 불법이겠지요. 그런 식으로 인간은 전부 자신들이 순리라고 정해 놓은 것을 믿고 있다고 합니다.

그렇다면 내가 정해 놓고 있는 순리는 무엇이었을까요? 직장에서 제안서를 받는다며 업무개선안을 제출하라고 한 적이 있습니다. 당시 떠올랐던 것은 휴직을 정례화하는 것이었습니다. 안식년 제도처럼 5년 또는 10년 이상 근속한 직원에게 6개월에서 1년 정도 무급 휴직을 자율 선택할 수 있도록 제도화하자는 제안이지요. 일반기업에서 형편이 어려울 때 시행하는 제도인데, 인건비 절감과 직원능력개발 등을 적은 제안취지서와 함께 안건을 제출했지만 결국 사장되었습니다.

제안이 채택될 것이란 기대는 크지 않았지만, 그것이 채택되어 현실화되었다면 저는 그 즉시 휴직을 신청하고 유랑 생활을 시작했을 겁니다. 그것이 제가 정해 놓았던 최상의 순리였고 버킷 리스트 1호였습니다. 주위 동료들에게는 그런 모습이 엉뚱함의 극치를 달리는 역리로 보였을지 모를 일입니다.

현시점에서 제안서를 제출하라고 한다면 아마 내용이 조금은 변하게 될 것 같습니다. 오랜 시간 동안 유랑하며 성찰의 시간을 가진다고 해서 뭔가 금방 깨달아지는 것이 아님을 알았기 때문입니다. 진리는 내 손아귀 안에 있는데도 자꾸 밖에서 찾으려 한 것 같기도 하고요.

지금은 은퇴하고 그토록 원해 왔던 장기 여행과 명상 공부를 하고 있지만, 내면적 관점에서는 과거를 곱씹고 있습니다. 역리 속에 살면서 그 역리를 순리로 받아들이는 훈련이 고도의 명상 수업이라는 것을 알고 나니 이제는 온갖 종류의 사람들이 꽈배기처럼 꼬여 있는 사회 현실이 궁금해지곤 하는 것입니다. 그렇게 고생했으면서도 히말라야 산맥이 그리워지는 것처럼요.

희박한 산소 때문에 지친 몸을 이끌고 경사길을 오르다가 여유롭게 하산하는 서양인 트레커에게 부럽다는 말을 건넨 적이 있습니다. 그랬더니 그 친구는 거꾸로 제가 부럽다고 하더군요. 조만간 자연의 위대한 경이를 보게 될 텐데 그보다 더 행복하고 감사한 일이 어디에 있겠느냐며 진심 어린 표정으로 축하해 주었습니다.

희박한 사랑 때문에 고산병으로 신음하는 인생길이지만 누군가는 우리네 사는 모습을 부러워하며 축하의 박수를 보내고 있을 것이란 상상을 합니다.

궁극의 여행지는 우주 저 끝단이 아니라 지금 우리가 발붙이며 살고 있는 한 평 남짓한 바로 이 자리가 아닌가 생각하며 산골에서의 일상을 달래 봅니다.

    나에게로 돌아온 여정